€ 8.40

Erika Kroell
Fürchte Deinen Nächsten ...

RMV

RHEIN-MOSEL-VERLAG
Briedel/Mosel
Römerstraße 6 D-56867 Briedel
Tel. 06542/5151 Fax 06542/61158

ISBN 3-89801-107-0
Lektorat: Udo Marx
Satz: Cornelia Czerny
Umschlagillustration: Sabine Weiss
Druck: Siebengebirgs-Druck, Bad Honnef

Erika Kroell

Fürchte Deinen Nächsten ...

Kriminalroman

RHEIN-MOSEL-VERLAG

Prolog

Das Kind kniete auf dem einfachen Holzstuhl am Tisch und arbeitete sich mit beiden Händen durch den zähen Teig in der Schüssel. Dunkle Haarsträhnen fielen immer wieder über Stirn und Augen, und beim Zurückstreichen hatte es seine geröteten Bäckchen mit Teig und Mehl bekleckert. Durch das weiß gestrichene Küchenfenster schien die Sonne in den Raum und ließ den Staub in der Luft tanzen. Das helle Licht täuschte eine Atmosphäre von Frühling vor; tatsächlich war es noch sehr kalt. Vor dem Fenster schmolzen im Garten die letzten Schneereste in der Sonne. Der bullige Kohleofen arbeitete unablässig und verbreitete eine wohlige Wärme.

»Jetzt bin ich fertig, Oma«, rief das Kind und begann, den Teig von den Händen in die Schüssel zu streifen. Es klappte nicht so, wie es sollte; der Teig wechselte lediglich von der einen zur anderen Hand. Schließlich schüttelte das Kind beide Hände kräftig über der Schüssel aus mit dem Erfolg, dass sich der Kuchenteig in kleinen, spitzen Häufchen ringsum auf der Wachstuchtischdecke und der weißen Schürze verteilte, die das Sonntagskleid des Mädchens schützte. Es lachte vergnügt, lehnte sich zurück und begann, genüsslich die teigverschmierten Hände abzulecken, Finger für Finger.

»Dir wird noch schlecht werden, wenn du nicht aufhörst«, mahnte die alte Frau sanft und stellte eine gebutterte Kuchenform auf den Tisch. Gemeinsam ließen sie den Teig aus der Schüssel in die Form laufen, wobei das Kind die Form gleichmäßig im Kreis drehte und die Frau mit einem Teigschaber die Schüssel leerte.

»Die Schüssel leckst du jetzt aber nicht auch noch aus, Schätzchen.«

»Nein, Oma, ich glaube, ich krieg schon Bauchweh«, antwortete das Kind, stöhnte dabei aber eher wohlig und stippte mit den Fingern die Teighäufchen vom Tisch, um sie auch noch wegzulecken.

Die Frau schob die Kuchenform in den Backofen.

»So, jetzt kann der werden«, sagte sie, streifte sich die Hände an der Kittelschürze ab, band die Schürze des Mädchens auf und nahm es vom Stuhl hoch auf den Arm. Sie drückte es zärtlich an sich und küsste es auf die weiche, runde Wange.

»Mein kleiner Schatz«, flüsterte sie, »geht es dir gut?«

»Ja, prima, Oma«, strahlte das Mädchen und legte der alten Frau die Arme um den Hals.

»Was machen wir jetzt?«

Die Frau lächelte, ließ das Kind auf den Boden hinab und gab ihm einen leichten Klaps auf den Po.

»Während unser Kuchen backt, bereiten wir das Mittagessen vor. Du kannst schon mal in den Keller gehen und einen Eimer Kartoffeln hochholen.«

Sie wandte sich um und griff einen Topf vom Küchenschrank, den sie mit Wasser füllte. Bratkartoffeln mit Spiegelei sollte es gebe, das mochte die Kleine so gern, und dazu einen Salat. Erst nach einer Weile fiel ihr auf, dass das Kind nicht geantwortet hatte. Sie blickte sich um. Das Kind stand unverändert an derselben Stelle, den Kopf gesenkt, und rührte sich nicht.

»Na, was ist?«, sagte die Frau. »Hier hast du einen Eimer. Du weißt ja, wo die Kartoffeln stehen. Ein halber Eimer reicht.«

Das Kind nahm den Eimer.

»Ja, Oma«, sagte es und ging langsam zur Küchentür, während die Frau sich weiter mit den Kochutensilien beschäftigte.

Im Flur blieb das Kind kurz stehen, hielt den Atem an und lauschte. Keine Geräusche außer denen, die Oma in der Küche verursachte, waren zu hören. Die Tür links zum Wohnzimmer stand offen. Das Kind schlich heran und spähte vorsichtig um die Ecke ins Zimmer hinein. Niemand zu sehen. Es schlich weiter. Rechts das Schlafzimmer. Vorsichtig ein Blick. Keiner da. Gut. Das Kind atmete tief durch und ging, jetzt etwas schneller, auf die Kellertür zu, hinter der die alte Holztreppe in die dunklen, kühlen Kellerräume führte.

Es öffnete die Tür. Sie quietschte leise in den Angeln, und das Kind zuckte zusammen. Dann langte es, ohne die Treppe zu betreten, nach dem Lichtschalter rechts an der rauen Holzwand.

Ein diffuser Schimmer verbreitete sich von der nackten Glühbirne die Treppenstufen hinab. Das Kind spähte so weit wie möglich die Treppe hinunter und begann langsam und leise mit dem Abstieg. Einzelne der altersschwachen Stufen knarrten, aber das Kind kannte die meisten Stellen und umging sie geschickt. Am Fuß der Treppe der Griff zum nächsten Lichtschalter. Hier floss etwas mehr Helle durch die schattigen Ecken, und vor dem Kind breitete sich der Keller mit seinem schmalen Flur und den drei seitlich abgehenden Räumen aus. Hinten links waren die Kartoffeln in einem Holzverschlag. Der düstere Raum roch muffig und erdig, leicht vermodert, aber doch irgendwie angenehm, ungewöhnlich.

Das Kind stellte den Plastikeimer auf den Boden und schaufelte mit beiden Händen Kartoffeln hinein. Manche begannen schon zu keimen. Es waren die letzten Kartoffeln der alten Ernte, zum Teil schon ganz schrumpelig und fleckig, aber noch essbar. Oma freute sich jetzt schon auf die neuen Kartoffeln und hatte ein Essen mit Pellkartoffeln und Hering angekündigt. Das Kind liebte Pellkartoffeln, aber Heringe verabscheute es.

Da, ein Geräusch. Es erstarrte in seiner gebückten Haltung und rührte sich nicht. Es war still. Ganz still. Das Kind atmete wieder. Vielleicht nur eine Maus.

Der Eimer war schnell zur Hälfte gefüllt, und das Kind nahm ihn hoch und drehte sich um.

Er musste schon neben der Tür gewartet haben. Jetzt trat er hervor, und sein Schatten verbannte das schwache Licht der Kellerlampe auf den Flur. Das Kind blieb bewegungslos stehen, den schweren Eimer in der Hand, die sich langsam um den Metallbügel verkrampfte. Er trat auf das Kind zu.

»Was machst du hier?«, fragte er leise. Das Kind sah ihn nicht an. Es starrte vor sich auf den Boden. Die weiche Haut an den Armen und im Nacken begann zu kribbeln und bildete eine Gänsehaut. Die Wärme des Küchenofens reichte nicht bis in den Keller.

»Ich hab' Kartoffeln geholt«, antwortete es leise, und in seiner Stimme schwangen Hoffnung, Resignation und Angst gleichermaßen mit.

»Du hast dich schmutzig gemacht«, sagte der Mann in vorwurfsvollem Ton und trat dicht an das Kind heran. »Sieh mal, hier, dein Kleid ist schmutzig.«

Das Kind sah nicht hin. Es hatte sich nicht schmutzig gemacht. Und selbst wenn, bei diesem Licht hätte er das nicht sehen können.

»Komm, ich mach dich sauber.«

Seine Stimme hatte den heiseren, drängenden Unterton, den das Kind kannte und fürchtete. Er legte den linken Arm um die schmalen Schultern. Mit der freien Hand begann er, das Kleid vorn abzuwischen, ganz langsam, immer von oben nach unten. Das Kind schloss die Augen. Sein Magen begann zu schmerzen. Übelkeit stieg langsam durch die plötzlich eng gewordene Brust nach oben.

Der Griff um die Schultern wurde fester. Er atmete schwer, als er sich hinab beugte, und jetzt konnte das Kind den Geruch der Zigarren riechen. Widerwärtige, kurze, dicke Zigarren, die furchtbar stanken. Er rauchte sie auch im Auto, und dann wurde dem Mädchen auf dem Rücksitz immer so schlecht, dass es kotzen musste.

Der abgestandene Rauch einer längst erloschenen Zigarre wehte dem Kind ins Gesicht, und es wendete den Kopf ab, um ihn nicht einatmen zu müssen. Eine große Hand packte das Kinn und drehte es wieder zurück und ein wenig nach oben.

»Gib mir einen Kuss«, sagte er und drückte seinen Mund auf den des Kindes. Das Kind presste die Lippen ganz fest zusammen, obwohl es wusste, dass das nichts helfen würde. Er öffnete den Mund, und mit dem Atem voller Zigarrengestank drängte seine nasse Zunge hervor. Sie suchte den schmalen, verkniffenen Spalt zwischen den Lippen des Kindes und drängte sich hinein. Das Mädchen erschauerte. Jetzt war die Zunge an seinen Zähnen, drängte auch die auseinander, und der eklige Speichel des Mannes floss in den Mund des Kindes und vermischte sich mit seinem Speichel und verdrängte den glücklichen Geschmack des Kuchenteigs. Der Griff um die Schulter war hart, und die rechte Hand des Mannes wanderte zum Kleidersaum des Mädchens hinab und hob den Rock hoch. Es trug ein Unterhemd, eine Unterhose und eine Strumpfhose, alles fein säuberlich ineinander gesteckt. Die Hand zog das Hemd aus der Hose und tastete sich unter dem Gummiband der Strumpfhose hindurch.

Das Kind stand wie erstarrt, den Kopf leicht erhoben, den Mund geöffnet, in der Hand den Eimer mit Kartoffeln. Es versuchte, seine Gedanken wegzulenken von dem Unabänderlichen, das geschah, dachte an den Kuchen, an die Oma, an Zuhause, an den Frühling, der jetzt bald kommen würde. Hin und wieder schluckte es, um den Speichelfluss des Mannes zu bewältigen, während seine Zunge in dem Mund des Kindes herumfuhr, und hin und wieder schluckte es, um die nach oben drängende Übelkeit abzuwehren. Ließ man erstmal zu, dass einem schlecht wurde, dann konnte man nicht mehr an den Frühling denken, und helfen würde es sowieso nichts.

Die Hand hatte den kleinen Venushügel erreicht, der noch völlig unbehaart und babyweich eine schon länger nicht mehr unbeschädigte Vagina beschützte. Ein großer Finger drängte sich in die zarte Spalte und begann zu reiben. Rauf und runter, rauf und runter, schmerzhaft, ekelhaft. Die anderen Finger drängten die schmalen Oberschenkel auseinander, und dann rutschte der große Finger tiefer und tiefer, und es tat wieder weh, immer noch weh, und das Kind dachte an seine Freundin und an den schönen Spaziergang, den sie letzten Samstag zusammen gemacht hatten und an den Hasen, der über den Weg gehoppelt war. Aus den Augenwinkeln liefen Tränen die Wangen hinab, und durch den Hals des Kindes lief der Speichel des Mannes, und es wurde immer kälter.

Ewigkeiten später weckte die Stimme der Frau das Kind aus seinem reduzierten Bewusstseinszustand.

»Wo bleibst du denn mit den Kartoffeln?«

Der Mann riss den Finger aus dem Kind und hob den Kopf.

»Gib Antwort«, flüsterte er heiser.

Das Kind öffnete die Augen. Seine Haltung war unverändert, sein ganzer Körper eiskalt.

»Ich komme, Oma«, rief es, aber seine Stimme war nur ein Hauch, kaum ein Flüstern.

»Lauter«, sagte der Mann und verstärkte den Griff um die Schulter.

»Ich komme, Oma«, rief das Kind noch einmal, diesmal laut genug, dass die Frau wieder in die Küche zurückging. Der Mann zog den Reißverschluss seiner Hose zu, ordnete oberflächlich die Kleider des Kindes, drückte nochmals fest seine Schulter und sah es streng an.

»Kein Wort«, sagte er nur, und das Kind ließ den Kopf sinken, was der Mann als Nicken deutete.

Dann verschwand er ebenso lautlos, wie er gekommen war, und das Kind ging mit langsamen, steifen Schritten zur Kellertreppe. Die Beine hielt es ein wenig gespreizt, damit die Schmerzen schneller nachließen. Es dauerte immer eine Weile, bis man nichts mehr spürte. Man musste sich ruhig verhalten und nicht zu viel laufen, dann ging es einigermaßen. An der Kellertür wischte es sich mit dem Handrücken feste über den Mund und die Augen. Es stellte die Kartoffeln in der Küche ab und sagte: »Ich geh mal aufs Klo.«

Pipimachen tat hinterher immer besonders weh, und das Kind musste immer als erstes zur Toilette. Es betupfte seine Scheide mit Toilettenpapier. Diesmal blutete es nur ganz wenig. Am Waschbecken nahm es einen Mundvoll Wasser und spülte damit den Speichel und den Zigarrengeschmack weg. Dann ging es wieder in die Küche und setzte sich vorsichtig auf den Stuhl. Man musste vor allem ruhig sitzen bleiben, bis die Schmerzen aufhörten.

»Hast du Opa gesehen?«, fragte die Frau und drehte sich zu dem Kind um. Das Mädchen schüttelte den Kopf.

»Was ist denn mit dir, Schatz?«

Das Kind sah sie nur an und sagte nichts. Die Frau hockte sich vor dem Kind nieder und streichelte es über die blasse, kalte Wange.

»Du bist ja eiskalt. Ist dir jetzt doch noch schlecht geworden?«

»Ja«, flüsterte das Kind.

»Na, dann leg dich ein bisschen auf die Couch«, sagte die Frau und erhob sich. Das Kind schüttelte nur den Kopf und blieb auf dem Stuhl sitzen. So ruhig wie möglich.

Winter

1

Der bärtige Mann auf dem Bildschirm hatte Tränen in den Augen. Seine kräftige Stimme zitterte und brach mitunter, als er jetzt sprach.

»Meine Frau und ich, wir bitten den Entführer nur um eins: Geben Sie uns unser Kind zurück.« Er schluckte.

»Lassen Sie Miriam einfach irgendwo frei. Niemand wird wissen, dass Sie das Kind entführt haben.«

Eine Träne löste sich aus seinem rechten Auge und tropfte auf den Tisch, auf dem die Mikrophone standen. Die verhärmt aussehende junge Frau, die neben ihm saß und ihren Tränen freien Lauf ließ, griff nach seiner Hand.

Der Mann atmete durch. Seine Lippen zitterten.

»Und bitte, tun Sie ihr nicht weh.«

Dann konnte er sich nicht länger beherrschen und brach vor laufenden Kameras in Tränen aus. Seine Frau schluchzte laut, und die beiden umarmten sich weinend, während die Kameras gnadenlos draufhielten und das Elend dieser Eltern in die Wohnzimmer der Welt transportierten.

Die Frau auf der Couch ließ das Buch, in dem sie gelesen hatte, auf den Schoß sinken, als die tränenerstickte Stimme ihre Aufmerksamkeit auf sich zog, und konzentrierte sich auf die Bilder. Die Kameras zogen sich jetzt etwas zurück und gaben den Blick frei auf einen langen Podiumstisch, an dem rechts und links von den weinenden Eltern Polizeibeamte in Uniform und Männer in Zivil saßen. Eine weibliche Stimme aus dem Off erläuterte den Sachverhalt.

»Die fünfjährige Miriam Bürger aus Waldheide bei Bonn wurde am vergangenen Montag auf dem Weg vom Kindergarten nach Hause wahrscheinlich entführt. Das kleine Mädchen hatte wie jeden Tag allein den nur 500 Meter langen Heimweg angetreten, kam jedoch nicht zu Hause an. Trotz intensiver Befragung der Nachbarschaft konnte die Polizei bislang keine Zeugen für eine Entführung oder ein Verbrechen finden. Kriminaloberrat Lotz von der Kripo Bonn kann vier Tage nach dem Verschwinden des Kindes keine heiße Spur aufweisen.«

Die Kamera zoomte auf einen dunkelhaarigen Mann von etwa 50 Jahren, der neben Dennis Bürger saß und sich eben ein Mikrophon heranzog.

»Wir haben bisher lediglich Zeugenaussagen, die bestätigen, dass das Kind am Montag gegen 11.55 Uhr den Heimweg angetreten hat. Da es sich um eine relativ belebte Straße durch den Ort handelt, gehen wir davon aus, dass irgend jemand das Kind zu diesem oder einem späteren Zeitpunkt eventuell in Begleitung eines Erwachsenen gesehen haben muss. Wir appellieren deshalb nochmals nachdrücklich an die Bürger von Waldheide und an durchreisende Autofahrer, die am Montag gegen Mittag durch den Ort gefahren sind: Wenn Sie verdächtige Beobachtungen gemacht haben, oder auch Beobachtungen, die Sie selbst vielleicht nicht für wichtig halten, melden Sie sich bitte bei der Kripo Bonn oder bei jeder anderen Polizeidienststelle.«

Der Kripomann redete noch weiter, wurde aber von der Journalistin aus dem Off übertönt.

»Die Kripo und die Eltern von Miriam befürchten, dass das Kind von einem Triebtäter entführt wurde. Die Chancen, das kleine Mädchen lebend wiederzufinden, scheinen nach vier Tagen gering.«

Der Bericht war zu Ende, und die Nachrichtensprecherin fuhr mit anderen Tagesmeldungen fort.

Die Frau auf der Couch zündete sich eine Zigarette an und blies Rauchwölkchen ins Wohnzimmer. Vier Tage, dachte sie. Keine Chance, die kleine Miriam lebend wiederzufinden. Irgendein Schwein, das nicht weiß, wohin mit seinem Schwanz, hatte sich die Kleine gegriffen und benutzt und anschließend weggeworfen. Getötet wahrscheinlich. Zumindest schwer verletzt. Vier Tage. Und es war kalt draußen. Selbst wenn das Kind noch gelebt hatte, war es mittlerweile wahrscheinlich tot.

Was müssen das für Menschen sein, dachte die Frau, aber sie gab sich die Antwort gleich selbst. Ganz normale Menschen, zumindest dem Anschein nach. Männer, die dir jeden Tag über den Weg laufen, mit denen du sprichst, vielleicht der Verkäufer aus dem Baumarkt, oder der Lehrer, oder der Arbeiter an der Baustelle vor dem Haus. Männer. Zu oft hatte sie in den letzten Monaten Triebtäter im Fernsehen und in den Zeitungen gesehen. Sie waren blond oder dunkelhaarig, dick oder schlank, hübsch oder langweilig, jung oder alt. Es gab keine Erkennungsmerkmale für ein gestörtes Sexualleben, keine Hinweise auf den unterdrückten Wunsch Gewalt anzuwenden, einen Menschen zu knechten, zu quälen, zu missbrauchen.

Sie sahen aus wie jeder Mann.

Die Frau drückte die Zigarette im Aschenbecher aus und lehnte sich mit geschlossenen Augen zurück. Das Schlimmste war die Ohnmacht. Man konnte ein Kind nicht den ganzen Tag ununterbrochen beobachten. Spätestens mit dem Eintritt in den Kindergarten verliert man die Kinder ein wenig aus den Augen, und je älter sie werden, desto mehr. Kann man einem zehnjährigen Mädchen zumuten, sich nur unter der Aufsicht von Mutter oder Vater zu bewegen? Unmöglich. Man kann doch ein Kind nicht einsperren.

Aber darauf, dachte die Frau, läuft es hinaus. Die Kinder werden eingesperrt, und die Täter laufen frei herum. Wenn sie geschnappt werden, dann kriegen sie vielleicht ein Jahr oder auch zwei, werden aber schnell wegen guter Führung wieder entlassen. Gute Führung. Fast ein Witz. Wie soll sich denn ein Kinderschänder im Gefängnis nicht gut führen? So viele Kinder laufen da ja nun mal nicht herum, die man schänden könnte. Gute Führung!

Irgendwas stimmt nicht in unserem Rechtssystem, dachte die Frau und zündete sich eine neue Zigarette an. Resozialisierung ist ja gut und schön, aber doch nur da, wo sie auch möglich und sinnvoll ist.

Sie dachte an den letzten spektakulären Fall von Kindesmord, der erst vor ein oder zwei Wochen verhandelt worden war. Der

Täter, ein hübsch aussehender junger Mann von höchsten 30 Jahren, hatte ein kleines Mädchen morgens auf dem Schulweg geschnappt, missbraucht, bewusstlos gewürgt und in einen Fluss geworfen, wo es ertrank. Die Gerichtsverhandlung lief unter besonderen Sicherheitsmaßnahmen ab, um den Eltern des kleinen Mädchens jede Gelegenheit zur Rache zu nehmen.

Sie stand auf und trat ans Fenster. Der Garten sah trostlos aus zu dieser Jahreszeit. Bald würde sie wieder Blumen pflanzen und aussäen, Rosen schneiden, Ranken ziehen, ihr Leben mit den kleinen Alltäglichkeiten füllen, die dem Sinn einen Rahmen gaben.

Dem Sinn, zu leben und Freude zu schenken und selbst zu empfinden, Glück zu geben und zu nehmen.

Wie lange noch?

Ein halbes Jahr, oder ein ganzes? Vielleicht auch etwas mehr. Der Arzt hatte sich nicht festlegen wollen auf einen so eng begrenzten Zeitraum, aber mehr als zwei Jahre, hatte er gesagt, sind nicht zu erwarten. Statistisch gesehen. Und erfahrungsgemäß.

Zwei Jahre. Sie würde nicht wieder Rosen schneiden und Blumen pflanzen, beschloss sie. Sie brauchte keinen Rahmen mehr, denn der Sinn darin war verbraucht. Wenn es diesen Sinn überhaupt gegeben hatte. Sie zweifelte daran, zweifelte an all den Dingen, die sie für wichtig und für richtig gehalten hatte und die jetzt an Bedeutung verloren. Aber konnten sie denn wirklich Bedeutung besessen haben, wenn sie jetzt – den Tod in greifbarer Nähe – nicht mehr spürbar war?

Oder änderten äußere Umstände den Sinn eines Lebens, ihres Lebens?

Sie hatte Glück gehabt damals, als sie die Krankheit beim ersten Ausbrechen vor 13 Jahren zurückdrängen konnte. Mit Chemotherapie und den ganzen Folgen, die daran hängen: Haarausfall, Übelkeit, ständiges Erbrechen, totale Erschöpfung. Während der Behandlung war der Gedanke an den Sinn ihres Lebens unterdrückt gewesen. Sie hatte nicht die Kraft gehabt, sich angesichts des puren Überlebenskampfes damit auseinander zu setzen. Damals ging es nicht ums Leben, sondern ums

Überleben. Später, als die Krankheit überwunden schien, war ihr Leben einfach weitergegangen, der Sinn nicht überprüft worden. Der Ernstfall war nicht eingetreten.

Bis vor kurzem hatte sie geglaubt, es endgültig geschafft zu haben. Aber es war wohl ein Rest an Krebszellen zurückgeblieben, die sich nur ausgeruht hatten, um jetzt wieder zuzuschlagen.

Sie konnte sich die Stelle in ihrem Kopf, wo der Tumor wuchs, bildlich vorstellen. Rotes und graues Gewebe, Hirnstränge wie Gedärm, alles schön ordentlich, und darauf gepfropft ein gelblicher Klumpen mit unregelmäßiger Form, der seine Wurzeln durch die Gehirnschlingen ins Innere wand. Wenn die Kopfschmerzen einsetzten, beobachtete sie manchmal wie ein Außenstehender, der in den geöffneten Schädel hineinblickt, wie sich der Schmerz vom Tumor aus in Wellen durch die Gehirnwindungen tastete. Dieser Fremdkörper, der sich da in ihrem Kopf eingenistet hatte ... Sie stellte sich vor, wie sie ihn mit den Händen greifen und einfach herausziehen würde. Wie eine Blume, deren Wurzeln sich mit denen einer anderen Pflanze verschlungen hatten. Ganz am Schluss würde es Plopp machen, und der Fall wäre erledigt.

Das blieb ein Traum. Tatsächlich war jetzt der Ernstfall eingetreten. Sie würde sterben. Unausweichlich. Unaufhaltsam. Binnen zwei Jahren.

Wie sollte sie diesen kläglichen Rest ihres Lebens gestalten? Einfach weitermachen wie bisher? Blümchen pflanzen, kochen, putzen, hin und wieder ein Gedicht schreiben, abends fernsehen, gelegentlich vögeln und schlafen, und das war's?

Oder eine Reise antreten, endlich Kairo besuchen und die Pyramiden? Wofür? Oder das Leben vorzeitig selbst beenden? Bevor die Schmerzen anfingen, die auch mit den stärksten Medikamenten nicht mehr einzudämmen sein würden? Bevor sie vielleicht durch den Druck des Tumors verblödete? Den eigenen Namen nicht mehr wüsste oder den Heimweg nicht mehr fände?

Nach knapp der Hälfte dessen, was man an Jahren erwartet hatte, dem Leben abzuschwören, war nicht einfach. Den Rest dann sinnvoll auszufüllen, schien unmöglich. Was ist schon sinnvoll angesichts des eigenen Todes? Für die Familie zu sorgen, damit sie auch ohne einen zurecht kommen. Gut. Das ist schnell getan. Und dann? Nur mit der Erinnerung an das Sinnvolle in der Vergangenheit aufhören? Keinen neuen, großen Sinn mehr finden? Den letztendlichen Sinn für ein Leben, das jetzt bald zu Ende sein wird?

Sie setzte sich wieder auf die Couch. Im Fernsehen plätscherten Leiden und Lust einer Seifenoper dahin. Früher einmal hatte sie sich, wie wohl jeder junge Mensch, gewünscht, in die Geschichte einzugehen, Zeichen zu setzen, unsterblich zu werden, wodurch auch immer. Vielleicht durch ihre Gedichte oder durch ein Buch, das sie bisher noch nicht geschrieben hatte. Diese Illusionen hatte sie längst abgelegt. In Berühmtheit war kein Sinn, schon noch in Reichtum, aber dafür war es jetzt wohl zu spät. Immerhin würde sie nicht den Hungertod sterben, das zumindest war gewiss.

Sie dachte an Miriam Bürger, 5 Jahre jung und wahrscheinlich jetzt schon tot und auch nicht den Hungertod gestorben. Hatte dieses kurze Leben einen Sinn gehabt? Oder die Eltern. Hatte ihr Leben noch einen Sinn, jetzt, wo ihre kleine Tochter tot war? Konnten sie jemals einen neuen Sinn in ihrem Leben finden? In einem Leben, das noch soviel länger dauern würde als nur zwei Jahre.

Und der Täter? Welchen Sinn hat wohl sein Leben?

Solches Leben zu vernichten, das könnte wahrhaft der Sinn eines Lebens sein. Ultimativ. Nahezu göttlich.

Konnte man den Wert von Leben gegeneinander abwägen? War das eine Leben mehr wert als das andere? Oder war jedes Leben ein Wert an sich, ohne moralische Einordnung in zivilisierte Wertvorstellungen?

Vage spürte sie, dass dieser Gedanke mehr war als ein bloßes Konstrukt ihrer Depression. Sie ließ ihn einsinken in tiefere

Schichten ihres Bewusstseins. Wenn die Zeit da war, würde sie ihn wieder finden.

Sie sah auf die Uhr. In fünf Minuten würde es wieder Nachrichten geben. Sie setzte sich auf die Couch, und als Dennis Bürger, Vater von Miriam, fünf, wahrscheinlich schon tot, aber leider nicht verhungert, zum zweiten Mal seinen sinnlosen Appell an den Entführer seiner Tochter richtete, schloss sie die Augen und lauschte.

2

Sibylle rollte mit dem Stuhl zurück und streckte sich, gähnte mit weit offenem Mund und gab dabei ein lang gezogenes Heulen von sich. Der Tag war lang gewesen. Schon früh um zehn hatten die Bullen die Pressekonferenz angesetzt, ein menschenunwürdiger Zeitpunkt, zumal für einen Journalisten, der meist bis spät abends noch arbeitete. Aber darüber machten sich die Kerle ja keine Gedanken.

Sie stand auf, packte ihre Sachen zusammen und zog sich die Jacke über. Stefan saß noch vor seinem Schreibtisch und quälte sich mit einer Reportage über einen kleinen Karnevalsverein ab. Bald stand ihnen die fünfte Jahreszeit wieder ins Haus, und die meisten Kollegen, Sibylle eingeschlossen, hatten einen regelrechten Horror vor den Geschichten über Möhnenbälle, Rosenmontagszüge und Fischessen am Aschermittwoch. Jedes Jahr dasselbe, und jedes Jahr musste es ein launiger, wohlmeinender und ganz phantastischer Bericht über dieselbe langweilige Kacke sein. Sibylle hatte sich einmal in ihren Anfangsjahren bei der Zeitung erdreistet, zu einer Karnevalssitzung eines kleinen Vereins ein paar kritische Zeilen zu schreiben, weil ihr die immer gleichen schlüpfrigen Witze und die geschmacklosen Pointen einfach auf die Nerven gegangen waren. Die Folge war, dass der Verein geschlossen mit Kündigung des Abonnements drohte, der Redaktionsleiter Sibylle fragte, ob sie noch gescheit sei und der

Verlag sie zwang, sich bei dem Vereinsvorsitzenden zu entschuldigen. Und das nannte man »freie Presse«.

Sibylle schenkte Stefan ein schadenfrohes Lächeln und wünschte ihm viel Vergnügen mit Alaaf und Helau. Er warf ihr einen genervten Blick zu. Sie selber blieb in diesem Jahr erstmals von der Karnevalsberichterstattung weitgehend verschont. Vor einigen Monaten hatte sie ein Seminar über Gerichtsreportagen absolviert und konzentrierte sich seitdem auf Prozessberichte und Polizeiarbeit, und im Raum Bonn fiel dabei allemal genug Arbeit an, dass man nicht auch noch die Narrenkappe überstreifen konnte. Gott sei Dank.

Im Aufzug sah sie auf die Uhr und stellte fest, dass es bereits kurz nach acht war. Zu spät, um noch mal nach Hause zu fahren und sich umzuziehen, bevor sie zu Beate ging. Auch egal. Den Mädels musste sie nicht die frische Schöne von der Presse vorspielen. Da konnte sie auch mal abgeschlafft und mit verschmierter Schminke auftauchen.

Sie stieg in ihren Opel und fuhr durch die Bonner City in Richtung Röttgen. Der Feierabendverkehr war vorbei, und so brauchte sie nur zehn Minuten, bis sie ihren Wagen vor Beates Haus in der hübschen Vorstadtsiedlung abstellen konnte. »Trautes Heim, Glück allein«, dachte Sibylle wie jedes Mal, wenn sie zu Beate fuhr. Beates Leben verkörperte all das, was Sibylle im Grunde genommen verabscheute: Kleines Einfamilienhaus mit gepflegtem Vorgarten und Rasenfläche hinten, guter, treu sorgender Ehemann, drei reizende Kinder, und die Mama als Hausfrau, die zwischen Spülen und Kochen vergisst, wofür ein Lippenstift gut ist, aber noch Zeit findet, sich ehrenamtlich im Kinderschutzbund zu engagieren.

Sibylle lebte allein, wenngleich das nicht ihr Endziel war. Sie träumte von einem Mann mit Geld, einem großen Haus, einem dicken Auto vor der Tür, einem hübschen jungen Liebhaber, und bloß keine Kinder, die einem den Tag versauen konnten.

Barbaras Wagen parkte schon am Bordstein. Sie war wie immer ausgesprochen pünktlich. Wenn sie mal zu spät kam, hatte sie garantiert einen guten Grund dafür, etwa eine Feuersbrunst in der heimischen Küche oder mindestens eine Autopanne unterwegs. Sibylle kam grundsätzlich zu spät.

Aber immerhin, in den letzten sechs Monaten, seit die drei Freundinnen beschlossen hatten, dem schicksalhaften Auseinander driften entgegen zu treten, sich einmal im Monat reihum trafen, sich bekochten und einen Abend mit Klatsch und Tratsch verbrachten, hatte Sibylle keinen dieser Termine versäumt. Drei Frauen, die sich gut verstehen, sind, falls es so etwas überhaupt gibt, eine vorurteilsfreie Zone, in der man für ein paar Stunden völlig entspannen kann.

Beates Ehemann Klaus hielt sich an diesen Mädel-Abenden weise zurück und hantierte mit irgendwelchen wichtig aussehenden Gerätschaften in Keller oder Werkstatt. Barbaras Tochter Viktoria war ohnehin an den meisten Abenden unterwegs oder saß in ihrem Zimmer und las.

Sibylle drückte auf das kleine Schild mit dem Namen »Frowolt«. Klaus öffnete die Tür.

»Du bist ja nur eine halbe Stunde zu spät. Du wirst doch nicht krank sein?«, scherzte er und nahm sie kurz in den Arm.

Sibylle kniff ihn in die Nase und ging an ihm vorbei durch den Flur in die Küche, aus der es schon viel versprechend duftete. Beate rührte in einem Topf auf dem Herd, Barbara saß auf einem Barhocker daneben, die langen Beine übereinander geschlagen, und rauchte. Sibylle begrüßte die Freundinnen mit Küsschen rechts und links und schaute in die Kochtöpfe.

»Was gibt's denn Feines? – Mmmh, Rouladen. Göttlich. Ich hab Hunger bis unter die Arme.«

Barbara reichte ihr ein Glas Sekt, und sie stießen auf das Leben im allgemeinen an und darauf, dass sie es wieder mal geschafft hatten, sich diesen Abend freizuhalten.

Während Beate kochte und Barbara den Tisch deckte, plauderte Sibylle ununterbrochen drauflos und berichtete von den Geschichten, die sie zur Zeit bearbeitete.

»Morgen muss ich zu einem Prozess gegen eine Frau, die versucht hat, ihre Tochter mit einem Beil und einem Hammer zu erschlagen, und als das nicht klappte, versuchte sie, sie zu erwürgen.«

Mit dieser Eröffnung hatte sie sich ihre Zuhörerschaft gesichert.

»Und wisst ihr, warum das alles? Die Tochter hat ihren Stiefvater wegen sexuellen Missbrauchs angezeigt. Der wurde verurteilt zu einem Jahr auf Bewährung. Super. Aber immerhin verlor er dadurch seinen Beamtenjob. Und dann macht die Frau ihrer Tochter doch tatsächlich zum Vorwurf, sie habe ihr Leben zerstört, weil sie den alten Stinkstiefel angezeigt hat. Und deshalb wollte sie ihre Tochter umbringen. Tolle Sache, was?«

»Ihr Leben zerstört?«, hakte Barbara nach. »Was soll das heißen?«

»Naja, der Mann verlor seine Arbeit, und sie hatten gerade erst ein Haus gebaut. Und die Mutter gibt offenbar dem Mädchen die ganze Schuld an dem Elend. Entweder glaubt sie ihrer Tochter nicht oder sie denkt, das Kind soll sich nicht so anstellen. So schlimm kann's ja nicht gewesen sein und so weiter. Kennt man ja.«

Sibylle schenkte sich und Barbara Sekt nach.

»Dabei ist die Frau noch jung, 43 erst. Stellt euch mal vor, eine Frau in unserem Alter und reagiert dann so. Nicht zu fassen.«

Mit »unserem Alter« machte Sibylle den Freundinnen ein Kompliment. Sie selbst war mit 35 die jüngste von den dreien, Beate zwei Jahre älter und Barbara schon 42.

»Das ist unglaublich«, sagte Beate und strich eine dunkle Haarsträhne hinters Ohr.

»Ich kann mir ohnehin schon nicht vorstellen, dass eine Mutter nicht merkt, wenn ihr Kind vom eigenen Vater oder auch Stiefvater regelmäßig missbraucht wird. Aber dann auch noch dem Kind die Schuld zu geben, ist nicht zu fassen.«

»Vor allen Dingen«, setzte Barbara hinzu, »wenn er schon verurteilt ist. Es kommt so gut wie nie vor, dass einer zu Unrecht verurteilt wird. Die Beweisführung ist so schwierig, da sind die Gerichte ausgesprochen vorsichtig.«

»Man muss sich mal vorstellen, wie so ein Kind sich fühlt«, sagte Beate.

»Die eine Vertrauensperson, die das Kind hat, misshandelt es seelisch und körperlich, und die andere Vertrauensperson lässt es im Stich.«

»Ich bin echt gespannt auf den Prozess«, sagte Sibylle.

Beate würzte die Soße und ließ Barbara mit einem Teelöffel probieren.

»Mmm, großartig.«

Sibylle wollte ebenfalls probieren, steckte den Zeigefinger in die Soße und verbrannte sich.

»Schmeckt trotzdem klasse«, bekundete sie, nachdem sie den schmerzenden Finger abgeleckt hatte.

»Wie steht's eigentlich mit der Fahndung nach dem Mörder von der kleinen Miriam?«, erkundigte sich Barbara.

Ein Spaziergänger hatte das Kind acht Tage nach seinem Verschwinden in einem Waldstück nahe beim Elternhaus gefunden. Es war brutal missbraucht und anschließend totgeschlagen worden.

»Offiziell haben sie noch keine Spur«, antwortete Sibylle, »aber inoffiziell haben sie einen Kerl auf dem Kieker, der in der Nachbarschaft wohnt. Das würde auch erklären, dass niemand gesehen hat, wie die Kleine verschwunden ist. Der Kerl hat sie einfach von der Haustür aus gerufen und vielleicht mit Kaninchen gelockt oder mit Schokolade, und schon war sie weg. Paul hat mir, natürlich unter dem Siegel der Verschwiegenheit, erzählt, dass sie morgen früh mit einem Haftbefehl und einem Durchsuchungsbefehl da auftauchen wollen. Leider kann ich nicht rein zufällig vorbeikommen. Das wäre dann doch zu auffällig.«

Beate stellte dampfende Schüsseln mit Klößen und Rouladen auf den Tisch und setzte sich.

»Ob man da aber jetzt noch was findet?«, sagte sie. »Das ist doch schon ein paar Wochen her. Wenn der nicht ganz auf den Kopf gefallen ist, hat er doch alle Spuren beseitigt.«

»Irgendwelche Spuren findet man immer. Stofffasern, Blutspuren, Haare, irgendwas. Blut kann man überhaupt nicht ganz entfernen.«

»Was ist das denn für ein Mann?«, fragte Barbara.

»57 Jahre alt, Frührentner. Fritz Körner heißt er, lebt allein, ist aber noch nicht einschlägig vorbestraft.«

»Vielleicht hat er sich bisher nur nicht erwischen lassen«, sagte Beate und füllte die Teller der Freundinnen.

»Ich bin gespannt, was die Hausdurchsuchung bringt.« Sibylle begann hungrig zu essen.

Beate kochte ausgesprochen gut und gerne. Vielleicht war es ihr deshalb nicht schwer gefallen, nach der Geburt ihrer Kinder die Arbeit aufzugeben und Hausmütterchen zu spielen. Mittlerweile waren die lieben Kleinen schon 14, zwölf und elf Jahre alt, aber offenbar hatte Beate nicht vor, sich wieder einen Job bei der Zeitung zu suchen.

»Kriegen die Kinderchen nichts zu essen?«, fragte Sibylle mit vollem Mund.

Beate lachte. »Die Kinder und Klaus habe ich schon vorher abgefüttert mit Pommes und Würstchen, und jetzt sitzen sie im Wohnzimmer vor der Glotze.«

»Und was macht die Frucht deines Leibes, Barbara?«

»In erster Linie Schule.« Barbara hatte ihren Teller bereits zurückgeschoben und steckte sich eine Zigarette an.

»Und nächstes Jahr hoffentlich Abitur. Aber eigentlich mache ich mir keine Sorgen darum. Viktoria hat rechtzeitig die Kurve gekriegt und gemerkt, dass einem nicht alles in den Schoß fällt. Ich denke, sie wird's ganz gut packen.«

»Und was will sie anschließend machen?«, wollte Beate wissen.

»Sie denkt darüber nach, zu studieren, weiß aber noch nicht, was. Psychologie vielleicht. Ich habe ihr zu Philosophie geraten, aber dazu ist sie zu materiell eingestellt. Damit könne man nichts verdienen, meint sie. Sie hat ja noch ein bisschen Zeit, bis sie sich entscheiden muss.«

Ein Telefon klingelte.

»Scheiße«, sagte Sibylle und griff in die Brusttasche ihres Jacketts. »Das kann nichts Gutes bedeuten.«

Sie schob das Telefon unter ihre blonde Mähne, meldete sich und sagte dann: »Hallo, Paul.«

Barbara und Beate sahen sich an. Wenn der Kripobeamte spät abends noch anrief, dann musste es schon wichtig sein. Sibylle lauschte in den Hörer, nickte hin und wieder mit dem Kopf, sagte: »Ist ja ein Ding«, oder »Tolle Sache«, und schließlich: »Ich bin gleich da, Paul.«

Sie steckte das Handy wieder ein und sah in die beiden erwartungsvollen Gesichter ihrer Freundinnen.

»Wir haben einen Mord«, eröffnete sie die Neuigkeit. »Ein Mann, erstochen, wurde vor knapp einer Stunde am Rheinufer gefunden, zwischen Bonn und Godesberg. Tja, ich muss natürlich hin. Jetzt sind die Bullen da und sichern Spuren, aber in einer Stunde ist der Spaß vorbei.«

Sie schob mit einem bedauernden Blick den noch halbvollen Teller zurück und stand auf. Barbara und Beate blickten beide zu ihr hoch, die eine ernst und interessiert, die andere naiv-neugierig. Sibylle musste lachen.

»Wollt ihr nicht mitkommen, ihr neugierigen Gören?«

Barbara und Beate sahen sich an und nickten gleichzeitig mit dem Kopf. Beate lief rasch zu Klaus in den Keller und informierte ihn, gab den Kindern auf der Couch ein Reihenküsschen und schnappte sich eine Jacke von der Garderobe.

Keine zwei Minuten später fuhren die Frauen in Sibylles rotem Opel durch die Stadt in Richtung Godesberg. Sibylle kramte während der Fahrt ihr Presseschild aus dem Handschuhfach und legte es auf das Armaturenbrett. Die meisten Polizisten kannten sie zwar, aber besser war besser.

Der Wagen bog in die Rheinuferstraße ein, und schon von weitem sahen die Frauen das Blaulicht der Polizei. Sibylle parkte direkt hinter dem ersten Streifenwagen. Ein Beamter, der halb in den Wagen gebeugt stand und in ein Funkgerät sprach, drehte sich zu ihr um, erkannte sie und nickte ihr zu.

»Haltet euch ein wenig zurück, Mädels«, sagte Sibylle, »die Bullen sind immer leicht gereizt, wenn sie mal ernsthaft arbeiten müssen.«

Forschen Schrittes ging sie auf die abgesperrte Zone zu, während die Freundinnen sich vorsichtig seitlich an den Ort des Schreckens heran tasteten, bemüht, möglichst unauffällig zu sein.

Sibylle ging an mehreren zivilen und uniformierten Beamten vorbei auf Paul zu, den sie an der Uferböschung entdeckt hatte. Er sah sie und winkte kurz, dann setzte er sein Gespräch mit einem Mann im dunklen Anzug fort. Die große Tasche in seiner Hand ließ darauf schließen, dass es sich um einen Arzt handelte. Sibylle kannte ihn nicht.

Sie blieb zwei Meter von den beiden entfernt stehen und wartete das Ende des Gesprächs ab. Flüchtig bedauerte sie, ihr Make-up nicht erneuert zu haben.

Unterhalb der beiden Männer, auf der Uferböschung, unmittelbar neben dem Fußweg, lag offenbar die Leiche. Sibylle konnte sie trotz der beiden großen Scheinwerfer, die die Stelle beleuchteten, nicht sehen, denn mehrere Männer standen und liefen um sie herum und taten wichtig. Paul beendete sein Gespräch mit dem Arzt und kam auf sie zu.

»Hallo«, sagte er und führte sie ein paar Schritte in Richtung Böschung.

»Willst du das wirklich sehen?« Er warf ihr einen zweifelnden Blick zu.

Sibylle nickte heftig.

»Na klar, was glaubst du, warum ich hier bin?«

Paul ergriff ihren Oberarm, etwa so, wie ein mitfühlender Verwandter eine trauernde Witwe in die Kirche führen würde, und führte sie näher an die Leiche heran. Der Mann lag auf dem Rücken, ein Bein war ausgestreckt, das andere lag angewinkelt darunter. Seine Augen waren geschlossen, der Mund halb offen. Die Gesichtsfarbe ließ keinen Zweifel darüber aufkommen, dass der Mann tot war.

Gelblich-wächsern, dachte Sibylle, schon in geistiger Vorbereitung des Artikels, den sie darüber schreiben würde. Das bunte

Muster seines Hemdes wies seit ein paar Stunden eine zusätzliche Blume auf, die der Hersteller nicht zu verantworten hatte, der allerdings für das ursprüngliche Muster allein die Todesstrafe verdiente. Der Blutfleck hatte die Größe einer Untertasse.

Dass man an so wenig Blutverlust sterben konnte, dachte Sibylle. Sie vermutete aber, der Rest könnte nach innen geflossen sein.

Der Fleck sah aus, als wäre er noch feucht, was angesichts der vergangenen Zeit eigentlich nicht sein konnte.

»Wie lange ist er schon tot?«, fragte Sibylle und wunderte sich darüber, wie unbeteiligt sie innerlich beim Anblick dieser Leiche blieb. So direkt war sie bislang nur einmal mit dem Tod konfrontiert worden, als ihre Oma im Alter von 77 Jahren einem Schlaganfall erlegen war. Die Gesichtsfarbe war die gleiche gewesen.

»Seit mindestens drei, höchstens acht Stunden«, sagte Paul. »Genaueres wird die Obduktion ergeben, die wahrscheinlich morgen durchgeführt wird. Der Staatsanwalt muss sie erst noch anordnen. Tatwaffe war ein spitzer Gegenstand, ein Messer wahrscheinlich. Keine Hinweise auf den Täter. Das Opfer hat Ausweispapiere bei sich. Demnach handelt es sich ... Moment«, er zog ein zusammengefaltetes Blatt aus der Brusttasche und las ab, »... um Ferdinand Billig, 35 Jahre, wohnhaft in Godesberg, Steubenring 70. Verwandte sind noch nicht verständigt, weil noch nicht ausfindig gemacht.«

Sibylle sah auf ihre Armbanduhr. 15 Minuten nach Mitternacht.

»Okay, Paul, herzlichen Dank für den Anruf. Ich muss jetzt in die Redaktion und noch schnell eine Meldung machen. Morgen früh rufe ich dich an, okay?«

Sie drückte Pauls Oberarm und ging zu ihrem Auto zurück. Barbara und Beate, die die Szene aus einiger Entfernung beobachtet hatten, eilten herbei und ließen sich über die Neuigkeiten unterrichten. Während sie erzählte, griff Sibylle zu ihrem Handy und wählte eine Nummer.

»Hallo, Stevie, ich bin's. Sei so gut und schlag mir Platz für eine Meldung frei. Ich bring noch eine Leiche. 30 Zeilen müssten reichen. Bis gleich.«

Sie legte auf, und die Frauen stiegen wieder ins Auto. Sibylle brachte ihre Freundinnen zu Beates Haus zurück, versprach, sich gleich morgen mit weiteren Infos zu melden und fuhr in die Redaktion.

3

Ich fühle mich gut. Wirklich gut. Ich hatte erwartet, Gewissensbisse zu fühlen oder Angst, Ekel, vielleicht Scham. Nichts dergleichen. Ich hatte damit gerechnet, die entscheidende Hemmschwelle vielleicht nicht überwinden, den entscheidenden Stich nicht ausführen zu können. Aber auch da hatte ich mich geirrt. Es war kein Problem. Es ging ganz leicht.

Mein Kopf ist voll von unbekannten, neuen Gefühlen. Gute Gefühle. Und seltsame. Mein Kopf ist voll davon. Ich will sortieren, analysieren, auswerten, begreifen. Es ist noch zu früh. Ich muss warten. Die Wellen abebben lassen. Ich will keines dieser Gefühle verlieren. Sie sind so gut. So aufregend. Ich fühle mich verändert. Das Gesicht im Spiegel ist immer noch dasselbe. Meine Augen glänzen. Ich bin schön. Und ernst. Und gefasst. Selbstbeherrscht.

Wie's drin aussieht, geht niemand was an.

Weise Worte.

Gott, fühle ich mich gut. Stark.

Ich warte noch.

Die Emotionen verflachen allmählich. Ich beginne wieder, klar zu denken. Ich kehre zurück in die Wirklichkeit. In die erste Wirklichkeit. Die zweite bleibt in meinem Kopf. Die Gefühle teilen sich auf, driften auseinander, werden deutlich, fließen in erkennbaren Bahnen. Ich kann sie analysieren. Das eine ist Macht. Ich bin mächtig. Ich habe getötet. Mein Entschluss hat das Leben eines Menschen beendet. Die Macht einer starken Frau, deren Entschluss Leben entstehen lassen kann. Und jetzt auch Leben beendet. Beides gut. Sehr gut.

Das zweite ist Befriedigung. Ich habe Gutes getan. Und ich fühle mich gut.

Tue Gutes und rede darüber.

Das kann ich nicht. Noch nicht. Aber auch dieser Tag wird kommen. Solange tue ich nur Gutes und schweige. Ich habe Unrat vom Angesicht der Erde getilgt. Umweltschutz. Ich bin ein Umweltschützer. Ich bin ein Kinderschützer. Ich bin ...

Ich töte, also bin ich.

Ich werde pathetisch. Wie ungewöhnlich. Mein Kopf schwirrt wie im Rausch. Ich fühle mich leicht betrunken. Vielleicht bin ich dieser Sache doch nicht gewachsen.

Aber da ist auch Lust. Es hat mir Spaß gemacht, mein Messer in den Körper dieses Schweins zu stoßen. Der Hemdstoff war nur ein kleines Hindernis. Ein kurzes Knirschen. Keine Rippe im Weg. Ich hatte Glück.

Gott ist mit den Glücklichen.

Ich bin nicht glücklich.

Nicht mehr.

Aber das Glück war bei mir. Die Messerspitze ging ganz leicht durch, vermutlich bis ins Herz. Er hat geblutet. Und geröchelt. Kurz und heftig. Seine Augen verschwammen. Ich zog das Messer gleich wieder raus. Ein Reflex. Ich bin nicht daran gewöhnt, zu töten. Oder auch nur zu verletzen.

Noch nicht.

Ich hätte es nochmal umdrehen sollen. Das Geräusch wäre sicher interessant gewesen. Schmatzend. Glibschig.

Ich sah zu, wie das Schwein auf die Knie sank und dann nach hinten umfiel. Die Augen hatte er weit aufgerissen. Ich glaube nicht, dass er mich angesehen hat. Nicht wirklich angesehen. Er röchelte noch ein paarmal, und dann war's vorbei. So schnell. So leicht.

Da ist noch ein anderes Gefühl. Kein gutes Gefühl. Jetzt erkenne ich es. Ich bin unzufrieden. Ich habe nicht mein Bestes getan. Ich war gut, aber nicht gut genug.

Ich bin ärgerlich.

Wenn du etwas machst, mach es richtig.

Mein weiser Vater. Ich habe nicht genug nachgedacht. Ich kann es besser. Jetzt weiß ich es. Nächstes Mal werde ich es besser machen.

Ich werde wirklich *gut sein.*

4

Sibylle klopfte an die Tür, auf der in einfachen schwarzen Buchstaben »EKHK Paul Beck« stand, was »Erster Kriminalhauptkommissar« bedeutete, und wartete auf Pauls »Herein.« Sein Büro war so nüchtern und langweilig eingerichtet wie wahrscheinlich alle Büros auf dieser Etage, außer vielleicht dem von Brigitte Müller, Pauls Sekretärin, das ein paar Blümchen auf der Fensterbank und ein Bild an der Wand zierten.

Paul saß hinter seinem Schreibtisch, erhob sich bei ihrem Anblick sofort und kam auf sie zu. Er nahm Sibylle in den Arm und küsste sie.

»Na, na«, wehrte sie ab und befreite sich aus seiner Umarmung.

»Denk doch an Brigitte.« Er lachte ein wenig schuldbewusst und setzte sich wieder. Sibylle nahm auf dem gepolsterten Besucherstuhl vor dem Schreibtisch Platz und zündete sich eine Zigarette an.

»Hast du noch 'nen Kaffee für mich? Ich hatte mal wieder keine Zeit fürs Frühstück.«

Paul schüttelte die silberne Thermoskanne, die auf dem Tisch stand. Sie war leer.

»Ich lasse schnell noch einen kochen«, sagte er, ging zu der zweiten Tür in seinem Büro und betrat Brigittes Zimmer.

»Sei so gut und koch noch eine Kanne Kaffee«, sagte er zu seiner Sekretärin, die Sibylle von ihrem Platz aus nicht sehen konnte. Er reichte die Kanne ins Zimmer und schloss die Tür hinter sich.

»Was gibt's Neues?«, fragte Sibylle.

»Nicht viel.« Paul zog einen Aktenordner zu sich heran.

»Die Obduktion läuft im Moment, wird aber wahrscheinlich außer der genauen Todeszeit und der Tatwaffe nicht viel Neues bringen.«

Er blätterte in dem Ordner. Auf der ersten Seite klebte ein Polaroid-Foto des Toten, so, wie Sibylle ihn gestern Abend gesehen hatte. Auf dem Foto sah die Leiche nicht halb so eindrucksvoll aus wie gestern, und schon da war Sibylle nicht sonderlich beeindruckt gewesen.

»Wir haben mittlerweile die geschiedene Frau des Opfers ausfindig gemacht. Schien nicht besonders betroffen vom Tod ihres Ex. Sie haben eine gemeinsame Tochter, 4 Jahre alt.«

Sibylle rückte etwas näher an den Schreibtisch heran und riskierte einen Blick auf die Akte. Eine der Fähigkeiten, die Journalisten relativ zügig entwickeln, ist es, auf dem Kopf liegende Dokumente zu entziffern. Das tat sie jetzt, entnahm den Zeilen allerdings weiter nichts von Bedeutung.

»Und wir haben sein Strafregister überprüft«, fuhr Paul fort.

»Er war kein Unschuldslamm. Mehrere Jugenddelikte von Einbruch bis Autoknacken, ein paar Jährchen Jugendknast, und vor 15 Jahren dann der Hammer: sexueller Missbrauch mit anschließender Tötung von zwei Kindern. »

Paul schlug die Akte zu und lehnte sich zurück.

»Ein Motiv haben wir bisher allerdings nicht finden können. In seiner Stammkneipe war er gestern Abend bis kurz nach sechs, wie immer, sagt die Wirtin. Er hat mit ein paar Kumpels Skat gespielt und ein paar Bier getrunken. Nichts Auffälliges.«

Sibylle nahm ihren Block und einen Stift aus der Tasche und machte sich Notizen.

»Wie heißt die Kneipe?«, fragte sie.

»Kurfürstenstube«, sagte Paul.

Sibylle nickte. »Kenne ich.«

Sie setzte sich zurück und schlug dekorativ ihre schlanken Beine übereinander. Paul lehnte sich erwartungsgemäß etwas nach vorn und genoss den Anblick.

»Wieso war der denn draußen, wenn er zwei Kinder ermordet hat?«, fragte sie.

Paul sah sie an.

»Getötet, nicht ermordet«, stellte er richtig.

»Das ist ein kleiner, aber feiner Unterschied.«

Er schlug die Akte noch einmal auf und suchte nach einer bestimmten Seite.

»Er lockte zwei vier- und fünfjährige Kinder, Junge und Mädchen, in ein Wäldchen ganz in der Nähe des Elternhauses der Kinder. Das Mädchen vergewaltigte er vor den Augen des kleinen Jungen, erwürgte dann beide und verscharrte sie im trockenen Laub«

Paul machte eine kleine Pause und lehnte sich zurück.

»Er bekam mildernde Umstände, weil er besoffen war, ließ sich dann in einer Klinik behandeln und war nach insgesamt sieben Jahren wieder unterwegs.«

»Tolle Sache«, murmelte Sibylle.

»Wir suchen jetzt in seinem Umfeld nach Motiven. Arbeitsstelle, Freunde usw. Er hat als Automechaniker gearbeitet, wenn er mal Arbeit hatte. Ich vermute aber, dass er auch irgendwelche unsauberen Geschäfte gedreht hat. Vielleicht Autos geklaut und verschoben oder sowas. Da liegt immer mal ein Tatmotiv drin. Hat vielleicht einen Kumpel übers Ohr gehauen.«

Die Tür zum Vorzimmer öffnete sich, und Brigitte kam mit einem Tablett herein, auf dem eine Tasse und die Kaffeekanne standen. Sie sah Sibylle an, nickte kurz mit dem Kopf und stellte das Tablett auf den Schreibtisch.

»Ich wusste nicht, dass du Besuch hast«, sagte sie. »Ich hole noch eine Tasse.«

Dann rauschte sie wieder hinaus. Paul und Sibylle sahen sich an und unterdrückten beide ein Grinsen.

Brigitte kehrte mit der zweiten Tasse zurück, goss aber nicht, wie gewöhnlich, Kaffee ein, sondern verließ das Büro ohne ein weiteres Wort. Grinsend schenkte Paul selbst beide Tassen voll, und Sibylle nahm einen vorsichtigen Schluck.

»Ah, das tut gut. Ich hasse es, mich morgens so abzuhetzen. Ich muss jetzt gleich ins Gericht zu dem Prozess gegen die Mutter, du weißt schon«, erklärte sie.

»Ich schätze aber, es wird nicht allzu lange dauern. Ich ruf dich dann später wieder an, um das Ergebnis der Obduktion zu erfahren. Ach ja, und natürlich, was mit dem Tatverdächtigen im Fall Miriam Bürger los ist. Sind deine Leute schon da?«

Paul warf einen Blick auf seine Armbanduhr.

»Gerade eben geht es los.«

Er lächelte Sibylle an.

»Du wirst auf jeden Fall eine der ersten sein, die das Ergebnis erfährt.«

Er lehnte sich über den Tisch und streichelte ihr Knie.

»Wann sehen wir uns mal wieder?«

Sibylle ergriff seine Hand und drückte sie.

»Ich weiß nicht genau. Heute kann's spät werden. Ich hab viel zu schreiben. Vielleicht morgen. Hast du da Zeit?«

Paul schaute in seinen Terminkalender.

»Könnte klappen. Ich bin um acht bei dir, okay?«

»Alles klar. Ich bin jetzt weg.«

Sibylle stand auf, öffnete die Tür zum Vorzimmer und steckte den Kopf durch.

»Tschüss, Frau Müller, und vielen Dank für den Kaffee.«

Dann schloss sie die Tür wieder, ohne eine Antwort abzuwarten, und ging lachend an Paul vorbei hinaus auf den Flur.

Werner Matthaus von der Rheinzeitung saß schon am Pressetisch im Saal des Landgerichts, als Sibylle den Raum betrat. Er hatte seine Aktentasche vor sich auf den Tisch gelegt und kramte gerade einen Block hervor. Sein Gesichtsausdruck war so gelangweilt wie immer. Nichts auf der Welt schien Werner Matthaus noch wirklich zu interessieren.

»Morgen«, sagte Sibylle und reichte Matthaus die Hand.

»Morgen, liebe Kollegin«, begrüßte er sie, stand auf und zog ihr den Stuhl zurück.

Naja, vielleicht gab es doch noch etwas auf dieser Welt, das ihn interessierte, dachte Sibylle amüsiert. Sie packte ebenfalls ihr Schreibzeug aus.

»Wissen wir schon die Namen von Staatsanwalt, Richter und so weiter?«, fragte sie mit einem Seitenblick auf seinen Block, der allerdings noch weiß wie Schnee war.

»Noch nicht.«

Sibylle sah sich im Saal um. Die Anwältin der Angeklagten saß bereits an ihrem Platz, außerdem eine Gerichtsschreiberin und eine weitere junge Frau, die Sibylle nicht kannte. Der Richtertisch war noch unbesetzt.

Sie stand auf und ging zu der Anwältin, einer mächtigen, resolut wirkenden Frau Mitte fünfzig mit strohigem blonden Haar und roten Bäckchen.

»Turinski vom ›Bonner Morgen‹«, stellte sie sich vor.

Die Anwältin sah von ihren Unterlagen auf.

»Würden Sie mir bitte Ihren Namen sagen?«, bat Sibylle und lächelte die Frau an.

»Schneider-Loose.«

Sibylle notierte den Namen.

»Und ihr Vorname?«

»Mariegret.« Sie lächelte. »Ich kann auch nichts dafür.«

»Wissen Sie vielleicht auch noch, wie der Richter und der Staatsanwalt heißen?«

Die Frau nickte. »Richter ist heute der Stein, Vorname, glaube ich, Heinz-Peter, und Staatsanwältin ist Frau Krantz-Mager. Vorname kenne ich nicht, sitzt aber da drüben.«

Sie deutete mit dem Kopf auf die junge Frau, die Sibylle nicht kannte. Dies war also die Staatsanwältin. Dunkler Pagenkopf, Brille mit etwas zu dickem Rand, sollte wohl besonders gescheit wirken. Ziemlich jung. Höchstens 28.

Sibylle bedankte sich artig bei Frau Schneider-Loose und ging zum Tisch der Staatsanwältin. Frau Krantz-Mager hieß Anette mit einem »n«.

Der Publikumsbereich des Saals füllte sich mit einer Gruppe von Schülern. Eine Lehrerin mittleren Alters versuchte vergebens, durch »Sch, sch« für Ruhe zu sorgen. Die 14- bis 15-jährigen Mädchen und Jungen schnatterten wie eine Gänseherde.

Nachdem alle Kinder einen Platz gefunden hatten, traten mehrere Erwachsene ein und setzen sich in die hinterste Reihe.

Dann wurde die Angeklagte von einem weiblichen und einem männlichen Uniformierten in den Saal geführt. Sie setzte sich in die Bank hinter ihrer Anwältin. Sibylle betrachtete sie. Mit ihren 43 Jahren sah die Frau jung und alt zugleich aus. Jung, weil sie einen höchst naiven Gesichtsausdruck hatte. Alt, weil sie gleichzeitig verlebt und verhärmt wirkte. Ihr dunkles Haar hing in fettigen Strähnen bis über ihre Schultern.

Sie wechselte ein paar Worte mit ihrer Anwältin, die sich nach rückwärts gebeugt hatte, und verzog ihr Gesicht in sorgenvolle Falten. Die Anwältin sprach ihr offenbar aufmunternd zu. Hin und wieder nickte die Angeklagte.

Ein Justizbeamter schloss die Saaltüren, und die Tür zum Richterzimmer öffnete sich. Richter Stein trat ein, gefolgt von zwei Schöffen, und überblickte kurz die Menschen im Gerichtssaal.

Er eröffnete die Verhandlung und gab der Staatsanwältin das Wort. Die Anklage lautete auf versuchten Totschlag.

Nach den Worten der Staatsanwältin war Maria Wedel, geborene Stern, am 23. Mai 1997 von ihrer Wohnung in Heckenbach mit dem Auto nach Niederweiler gefahren, wo ihre Tochter Christine mit ihrem Ehemann Ralf Großgarten wohnte. Dort betrat sie den Hof des Anwesens ihrer Tochter und ihres Schwiegersohns. Letzterer war auf dem Hof mit Arbeiten beschäftigt. Als er seine Schwiegermutter sah, richtete er sich auf und fragte sie, was sie hier wolle. Sie antwortete nicht, sondern rief nur: »Wo ist sie?«, und bewegte sich dabei weiter auf den Schwiegersohn zu. Dieser wiederholte seine Frage. Frau Wedel wollte an ihm vorbei zum Haus gehen. Er stellte sich ihr in den Weg. Daraufhin hob sie die rechte Hand, in der sich, wie der Schwiegersohn erst jetzt sah, ein kleines Beil befand, und holte damit zum Schlag gegen den Schwiegersohn aus. Der konnte den Arm mit dem Beil abfangen, ihr das Werkzeug entwinden und es in ein angrenzendes Gebüsch werfen.

Wackerer Bursche, dachte Sibylle.

Die Staatsanwältin fuhr fort: »Während dieser Auseinandersetzung trat die Tochter der Angeklagten, Christine Großgarten, geborene Stern, aus der Haustür auf den Hof und ging zu den beiden Kämpfenden. Die Angeklagte entnahm ihrer Manteltasche daraufhin einen Maurerhammer und holte damit zum Schlag gegen ihre Tochter aus. Der Schwiegersohn konnte sich zwischen die beiden stellen und der Angeklagten den Hammer entreißen. Daraufhin stürzte sich die Angeklagte auf ihre Tochter und wollte sie mit bloßen Händen erwürgen. Auch dies konnte durch den Schwiegersohn verhindert werden.«

Die Staatsanwältin hob kurz den Blick von der Anklageschrift und sah zu der Angeklagten hinüber, die die Hände vors Gesicht geschlagen hatte und weinte. Dann las sie weiter.

»Die Angeklagte lief dann zu ihrem vor dem Hof abgestellten Wagen zurück und öffnete die Tür, schlug beim Einsteigen jedoch mit dem Kopf gegen die Dachkante des Wagens und stürzte.«

Schwiegersohn und Tochter alarmierten Notarzt und Polizei, Frau Wedel kam erst ins Krankenhaus, dann in eine psychiatrische Anstalt und schließlich in U-Haft.

Die Staatsanwältin schloss die Akte und setzte sich. Richter Stein blickte von seinem erhöhten Podest auf die Angeklagte hinab.

»Frau Wedel«, sagte er mit ruhiger, sonorer Stimme.

»Sie haben die Anklage gehört. Können Sie bestätigen, dass sich der Vorfall genau so abgespielt hat?«

Die Angeklagte rieb sich die Augen und zog die Nase hoch. Dann nickte sie und murmelte leise. Die Anwältin wandte sich um und raunte ihr etwas zu. Daraufhin wiederholte die Angeklagte etwas lauter: »Ja, ich glaube schon.«

Richter Stein nickte.

»Wie hat denn dieser unglückselige Tag begonnen, Frau Wedel? Erinnern Sie sich noch daran?«

Die Angeklagte blickte vor sich auf den Tisch und rang die Hände.

»Ja, das war der Tag, wo ich mit meinem Mann nach Koblenz gefahren bin.« Sie stockte.

Der Richter half nach.

»Und was war da in Koblenz? Hat ihr Mann da seine Kündigung bekommen?«

»Ja, da hat er seine Arbeit verloren. Und wie wir heimgefahren sind, da war er so wütend und hat die ganze Zeit geschimpft. Und immer auf das Lenkrad geschlagen.«

Sie begann wieder zu weinen. Der Richter nahm seine Brille ab und rieb sich den Nasenrücken. Dann setzte er die Brille wieder auf und stellte fest, dass die Nachricht von der Kündigung ja nun nicht ganz überraschend gekommen sei.

Die Angeklagte schniefte.

»Gewusst hat er es schon vorher. Am Nachmittag davor hat er Zuhause gesessen, als ich vom Putzen kam, und war ganz fertig, und da hat er gesagt, wenn ich jetzt nicht gekommen wär, hätte er sich aufgehängt.«

Sie schlug wieder die Hände vors Gesicht. Ihre Schultern zuckten.

»Er hat sich aber dann ja nicht aufgehängt«, resümierte der Richter geduldig, und Frau Wedel wischte sich die Augen und sah ihn an, sagte aber nichts.

Sibylle warf einen Blick in die Runde. Einige der Schüler im Publikumsbereich rutschten unruhig auf den Stühlen hin und her. Andere flüsterten miteinander, was ihnen strafende Blicke des Richters einbrachte.

Die Anwältin blätterte in den Akten. Die Staatsanwältin war in die Betrachtung der Angeklagten versunken.

»Frau Wedel«, hob Richter Stein wieder an, »der Auslöser der ganzen Geschichte war ja eigentlich die Anzeige Ihrer Tochter gegen Ihren Ehemann wegen sexuellen Missbrauchs.«

Frau Wedel nickte. Richter Stein blätterte in dem Ordner, der vor ihm lag.

»Haben Sie denn zum Zeitpunkt der Anzeige oder auch später mit Ihrer Tochter über den Missbrauch gesprochen?«

Die Frau schüttelte den Kopf. »Ich hab ihr nicht geglaubt.«

Der Richter schloss den Ordner und lehnte sich zurück.

»Glauben Sie ihr denn mittlerweile?«, fragte er.

Die Angeklagte nickte.

»Ja, jetzt glaube ich, dass sie die Wahrheit gesagt hat. Ich hab im Gefängnis viel darüber nachgedacht. Und sie wollte mich ja auch nicht mehr sehen. Und gar keinen Kontakt mehr. Die Frau Großgarten hat mir ja den Brief geschrieben, und da stand drin ...« Schluchzend brach sie ab.

Die Anwältin drehte sich zu ihr um und sagte laut. »Nun sagen Sie es schon, Frau Wedel, sagen Sie dem Gericht, was Sie gefühlt haben.«

»Ja, also, ich war ganz traurig, weil die Christine mich nicht mehr sehen wollte. Und ihr Baby sollte ich auch nicht sehen. Das hat mich ganz fertig gemacht. Ich kam dann auch in so ein Beobachtungszimmer, weil ...«

Sie schluchzte wieder, und Richter Stein ergänzte den Satz: »... weil Sie selbstmordgefährdet waren, nicht wahr?«

Die Angeklagte nickte nur und weinte weiter.

»Sollen wir mal eine kurze Pause machen, damit sich Ihre Mandantin beruhigen kann?«, fragte der Richter, und die Anwältin nickte zustimmend.

Sibylle war froh, dass sie eine Zigarette rauchen konnte.

Die Erwachsenen, die im Publikumsbereich gesessen hatten, entpuppten sich als Verwandte der Angeklagten, die jetzt in der Pause in einer Traube um sie herum standen und ihr gut zuredeten. Auf dem Gang vor dem Gerichtssaal wartete ein Mann, den Sibylle nicht im Saal gesehen hatte. Einige der Verwandten von Frau Wedel sprachen mit ihm. Sibylle vermutete, dass es sich um Herrn Wedel handelte. Er war klein und untersetzt und hatte das gerötete Gesicht eines Säufers. Seine Augen verschwammen, und er hielt den Kopf ein wenig nach vorn gezogen, so als sei er ständig bereit, einen Schlag abzufangen.

Ein Ekel, wenn Sibylle je eines gesehen hatte.

Die Verhandlung ging weiter. Der Mann mit dem Säufergesicht betrat nicht den Saal, sondern setzte sich im Gang auf eine Bank.

Die Angeklagte hatte sich in der Pause mit Unterstützung ihrer Familie offenbar etwas gefasst und knetete nur noch nervös ihr Taschentuch.

»Frau Wedel«, setzte der Richter die Befragung fort, »Sie sagten eben, Sie hätten Ihrer Tochter zunächst nicht geglaubt. Haben Sie denn Ihren Mann mit dem Vorwurf konfrontiert?«

Die Frau sah ihn nur stumm an.

»Haben Sie Ihrem Mann erzählt, was Ihre Tochter ihm vorwarf?«, wiederholte der Richter.

Jetzt nickte die Angeklagte. »Aber er hat gesagt, das stimmt nicht.«

Na wunderbar, dachte Sibylle.

Sie habe auch niemals Hinweise auf Missbrauch festgestellt, führte Frau Wedel auf Befragen weiter aus, selbst dann nicht, als Christine mit 13 einen Selbstmordversuch unternommen hatte.

Ob sie denn an dem bewussten Tag, dem Tattag, tatsächlich mit dem Willen nach Niederweiler gefahren sei, ihre Tochter zu töten? Ja, bestätigte die Frau zögernd, das sei wohl so gewesen.

Der Richter beendete die Befragung der Angeklagten und winkte dem Gerichtsdiener, den Zeugen Wedel hereinzuführen. Der Mann betrat den Saal und setzte sich auf den Zeugenstuhl direkt vor dem Richtertisch.

»Herr Wedel«, begann Richter Stein, »Ihre Frau ist eines sehr schweren Verbrechens angeklagt. Sie könnten die Situation Ihrer Frau und Ihrer Familie deutlich verbessern, wenn Sie endlich die Wahrheit sagen würden über den Missbrauch an Ihrer Stieftochter.«

Wedel regte sich nicht.

»Sie haben wahrhaftig genug Schaden angerichtet«, fuhr Richter Stein fort.

»Nutzen Sie jetzt die Gelegenheit, ein wenig davon wieder gutzumachen.«

Wedel rutschte auf dem Stuhl hin und her. Dann sagte er mürrisch: »Ich habe nichts dazu zu sagen.«

Richter Stein lehnte sich zurück und nahm die Brille ab.

»Fragen an den Zeugen?«, sagte er in Richtung Saaldecke.

»Keine Fragen«, antworteten die Staatsanwältin und die Anwältin unisono.

»Dann sind Sie entlassen«, sagte der Richter zu Wedel. Der stand auf und schlurfte in Richtung Tür, drehte sich aber noch einmal um. »Kann ich jetzt hier drin bleiben?«

Der Richter nickte nur, und Wedel setzte sich in die letzte Reihe zur Familie seiner Frau.

Als weiterer Zeuge wurde der Schwiegersohn der Angeklagten, Ralf Großgarten, vernommen. Mit ihm betrat eine junge, blonde Frau den Saal, Christine, wie Sibylle vermutete, und setzte sich in den Zuschauerbereich. Ralf erzählte, wie seine Frau sich seiner Mutter anvertraut hatte und die ganze Geschichte ins Rollen kam. Schließlich bestätigte er, dass weder er noch seine Frau weiteren Kontakt zu der Angeklagten wünschten, zumal sie jetzt ein Baby hätten, um dessen Sicherheit sie sich sorgten. Der Richter wies darauf hin, dass die Angeklagte fest entschlossen sei, sich von ihrem Mann zu trennen.

»Das hat sie mir und meiner Frau schon tausendmal versichert«, sagte der junge Mann. »Wir glauben da nicht mehr dran.«

Der Richter entließ den Zeugen und bat die Staatsanwältin um ihr Plädoyer.

Anette Krantz-Mager erhob sich, rückte ihre Brille zurecht und hielt eine etwa dreiminütige Rede. Fazit war, die Angeklagte sei vom Leben derart gebeutelt, dass sie nicht noch einer weiteren Strafe bedürfe, man könne sicher sein, dass sie nicht wieder straffällig werde, und man möge sich mit dem Mindestmaß dessen begnügen, was an Strafe unabdingbar notwendig war. Sie selbst hielte zwei Jahre auf Bewährung für angemessen.

Frau Schneider-Loose beschränkte sich auf eine kurze Bestätigung dessen, was ihre Vorrednerin bereits so fabelhaft formuliert hatte und setzte sich wieder.

Der Richter warf einen Blick auf seine Armbanduhr und erklärte, nach der Mittagspause sei um halb zwei die Urteilsverkündung.

Mit Matthaus zusammen fuhr Sibylle mit dem Aufzug in den achten Stock des Gerichtsgebäudes, wo sich die Kantine befand. Eine Tasse Kaffee und ein Sandwich würden helfen, diesen Tag durchzustehen. Kurz nach ihnen betrat auch Richter Stein die Kantine und setzte sich mit einem Mittagessen an einen der hinteren Tische. Um Viertel nach eins verließ er die Kantine wieder. Sibylle fragte sich, welche fünf Minuten der Richter sich und den Schöffen zur Beratung eingeräumt hatte.

Sie und Matthaus fuhren ebenfalls wieder nach unten und nahmen ihre Plätze am Pressetisch wieder ein. Im Zuschauerraum saßen jetzt nur noch die Verwandten von Frau Wedel und ihr Ehemann.

Richter Stein wandte sich zuerst an die Angeklagte.

»Möchten Sie noch etwas sagen?«

Frau Wedel warf ihrer Anwältin einen fragenden Blick zu, bevor sie verneinte. Richter Stein erhob sich und mit ihm alle Anwesenden.

»Dann verkünde ich im Namen des Volkes folgendes Urteil: Die Angeklagte Maria Wedel, geborene Stern, wird wegen versuchten Totschlags zu zwei Jahren Haft verurteilt. Die Strafe wird zur Bewährung ausgesetzt.«

Der Richter setzte sich wieder. Alle folgten seinem Beispiel.

»Wir haben es hier mit einem der schwersten Verbrechen zu tun, das unsere Gesellschaft kennt«, leitete Richter Stein die Urteilsbegründung ein. »Dem Totschlag an einem anderen Menschen. Dass es beim versuchten Totschlag blieb, kann die Schwere der Tat an sich noch nicht mildern. Ein minderschwerer Fall kommt deshalb nicht in Betracht. Dennoch sieht das Gesetz verschiedene strafmildernde Umstände vor. So kann in diesem Fall als mildernd gewertet werden, dass die Angeklagte zwar mit dem Vorsatz zum Haus ihre Tochter fuhr, diese zu töten, jedoch die vermutliche Anwesenheit des Schwiegersohns als etwaigen Verhinderungsgrund der Tat nicht ausschließen konnte.

So konnte sie annehmen, von dem Ehemann ihrer Tochter an der Tat gehindert zu werden.«

Sibylle sah den Richter mit offenem Mund an.

Auch könne der Angriff mit dem Beil, fuhr der Richter fort, der sich ja ausschließlich gegen den Schwiegersohn gerichtet hatte, nicht in die Anklage mit einfließen. Zum Zeitpunkt des Zuschlagens mit dem Beil sei die Tochter noch nicht einmal auf dem Hof gewesen.

Sibylle klappte den Mund wieder zu und zog scharf die Luft durch die Nase ein.

»Auch die vorausgegangenen Umstände, die zu der Tat führten, können als strafmildernd gewertet werden. So befand sich die Angeklagte zum Zeitpunkt der Tat in einem aufgeregten, nervlich stark belasteten Zustand, ausgelöst durch den Verlust des Arbeitsplatzes ihres Mannes und den Umstand, dass sie an die Unschuld ihres Mannes glaubte. Der Sachverständige, der die Angeklagte während ihres Aufenthaltes in der Landesnervenklinik betreute, schließt nicht aus, dass sie in einem Zustand verminderter Zurechnungsfähigkeit gehandelt hat.«

Richter Stein machte eine Pause und blickte über die Anwesenden hinweg.

»Wir glauben, dass die Angeklagte durch ihr bisheriges Leben einschließlich der Untersuchungshaft von sieben Monaten schon genug gestraft ist. Wir glauben darüber hinaus nicht, dass sie jemals wieder eine solche Tat begehen wird. Ihre Sozialprognose ist gut.«

Sibylle hielt den Atem an.

»Wir alle hier im Saal wissen«, fuhr Richter Stein fort, »wer der eigentlich Schuldige an diesem Familiendrama ist.« Sein Blick fixierte Wedel.

»Wenn ich könnte, aber leider ist mir dies nicht erlaubt, würde ich es Ihnen, Frau Wedel, zur Auflage machen, sich von Ihrem Mann zu trennen und ihn nie wieder zu sehen.«

Die Angeklagte saß mit gesenktem Kopf auf der Bank und schielte mit einem Auge in den Zuschauerbereich.

Die wird noch heute zu diesem Arschloch zurückkehren, dachte Sibylle wütend.

Die einzige Auflage, die der Richter mit dem Urteil verknüpfte, war eine psychologische Behandlung, in der die Angeklagte ihre Probleme aufarbeiten sollte.

Richter Stein erhob sich.

»Die Verhandlung ist damit beendet.«

Sibylle blieb noch einen Moment sitzen, während das Gericht und die Anwältin mit der nunmehr freien Frau Wedel den Saal verließen. Dann stand sie ebenfalls auf. Auf dem Flur feierten die Geschwister Stern ihre verlorene Schwester, der Ehemann stand ein wenig abseits und beobachtete das Geschehen. Sibylle verließ langsam das Gerichtsgebäude.

5

»Das ist doch nicht logisch«, ereiferte sich Sibylle. Sie saß auf der Anrichte in Barbaras Küche und ließ die Beine baumeln.

»Wie können die dieser Frau ernsthaft eine gute Sozialprognose stellen? Wieso, um Himmels Willen, sind die davon überzeugt, dass diese Frau nie wieder in eine solche Situation hineinkommt?«

Sie schüttelte den Kopf und trank einen Schluck aus der halbvollen Kaffeetasse. Barbara sah sie nur an. Sie saß am Tisch, das Kinn auf eine Hand gestützt, und war guten Willens, Sibylles erregten Wortschwall erst mal über sich ergehen zu lassen. Jetzt schon etwas dazu zu sagen, hätte überhaupt keinen Sinn. Sibylle würde gar nicht zuhören.

»Ich meine«, legte Sibylle wieder los, »gerade diese Frau, die offenbar in einer nervlich angespannten Situation total ausgerastet ist, kann doch jederzeit wieder in eine solche Lage kommen. Mein Gott, die kann wahrscheinlich noch nicht mal ihren Namen geradeaus schreiben, geschweige denn, ihr Leben in den Griff kriegen. Gerade so jemand steht doch permanent vor ausweglosen Situationen. Dann greift sie wieder zur Axt, und diesmal schafft sie es vielleicht.«

Sibylle sprang von der Anrichte und nahm sich eine Zigarette aus Barbaras Schachtel auf dem Tisch.

»Andere Mörder, zum Beispiel Ehegattenmörder«, fuhr sie fort und fuchtelte mit der nicht angezündeten Zigarette in der Luft herum, »jemand, der zum Beispiel seit zwanzig oder dreißig Jahren mit einer Frau verheiratet ist und es eines Tages einfach nicht mehr aushält. Der schlägt seine Frau tot oder erwürgt sie, und damit hat es sich. Der hat tatsächlich eine gute Sozialprognose und wird wahrscheinlich nie mehr in eine solche Lage kommen.«

»Schon aus rein zeitlichen Gründen nicht«, sagte Barbara, aber Sibylle überging diesen Einwurf.

Sie begann durch die Küche zu wandern, die groß genug war, dass man fünf Schritte hin und fünf zurück machen konnte.

»Oder jemand, der aus reiner Geldgier tötet. Einen reichen Erbonkel beispielsweise. Der hat nun mal nur diesen einen reichen Erbonkel. Den bringt er um und fertig. Sozialprognose positiv. Wenn er nicht noch einen reichen Onkel hat.«

Barbara lachte.

»Ich verstehe, was du meinst«, sagte sie, »und es ist auch irgendwie logisch. Ich bin absolut deiner Ansicht, was die Mutter betrifft. Eine gute Prognose gebe ich der auch nicht. Die ist heute schon wieder bei ihrem Mann und lässt sich verprügeln. Aber ich denke, die gute Sozialprognose lässt sich nicht einfach nur davon ableiten, was jemand in Zukunft vielleicht macht oder nicht. Da wird auch die kriminelle Energie bewertet, die ein Mensch mitbringt. Und da hat der Erbonkel-Mörder eindeutig mehr als diese Frau, die ausrastet.«

Sibylle war stehen geblieben.

»Was spielt es denn für eine Rolle, warum jemand einen anderen umbringt?«, ereiferte sie sich. »Dem Opfer ist es total egal, ob es wegen einer gehörigen Portion krimineller Energie das Licht ausgepustet bekommt oder wegen nervlicher Überlastung. Tot ist tot.«

Sie nahm ihre Wanderung wieder auf, diesmal mit angezündeter Zigarette.

Barbara schüttelte den Kopf.

»Dem Opfer ist es egal. Das stimmt wohl. Aber für den Täter und natürlich für das Gericht spielt es sehr wohl eine Rolle, aus welchen Motiven er handelt. Nimm zum Beispiel die Todesstrafe ...«

»Würde ich nur zu gern«, fiel ihr Sibylle ins Wort.

Barbara ließ sich nicht aus der Ruhe bringen.

»Wenn es völlig gleichgültig wäre, warum jemand tötet, dann wären die Richter und die Justizbeamten, die die Todesstrafe durchführen, allesamt Mörder. Und das sind sie ja wohl nicht, weder in den Augen der Bevölkerung und noch in ihren eigenen Augen.«

Sibylle nickte resigniert.

»Und das Motiv für die Tat ist natürlich auch wichtig«, fuhr Barbara fort. »Stell dir vor, die Wedel hätte versucht, ihren Mann umzubringen, weil der die Tochter missbraucht hat. Dafür hättest du sicher mehr Verständnis.«

Sibylle nickte. »Klar, aber das ist doch was ganz anderes. Frau Wedel und ihre Tochter sind ja in erster Linie Opfer, die sich rächen. Der Mistkerl aber ist nur Täter.«

»Woher willst du das wissen?«, versetzte Barbara. »Wer weiß, was der Wedel für eine Kindheit hinter sich hat. Menschen werden ja nicht so ohne weiteres zu Gewalttätern. Da steckt immer eine Geschichte dahinter, und meistens keine erfreuliche.«

»Du hast vermutlich recht«, gab Sibylle zu und setzte sich Barbara gegenüber an den Tisch.

»Ich weiß das ja auch. Aber irgendwie habe ich auch recht. Ich krieg das bloß nicht so auf die Reihe. Zum Beispiel, was die kriminelle Energie betrifft: So ein Kerl wie der Wedel, der über sechs oder sieben Jahre ein kleines Mädchen missbraucht, vergewaltigt und garantiert auch schlägt, davon kannst du ausgehen, der hat doch eine Menge krimineller Energie. Wieso kommt so einer mit einem Jahr auf Bewährung davon? Und der wusste doch genau, was er tat! Bei mir wäre der nicht so leicht davon gekommen.«

»Davon ganz abgesehen kann es natürlich keine Entschuldigung sein, dass er selbst vielleicht geschlagen oder missbraucht wurde. Aber letztendlich hängt das Urteil über solche Fälle immer von einzelnen Richtern ab. Die Gesetze, die Rechtsprechung und die Auslegung all dessen ist genau so unvollkommen und individuell wie die Menschen selbst.«

Barbara schenkte sich Kaffee nach und hielt Sibylle ebenfalls die Kanne hin, die den Kopf schüttelte.

»Was du oder ich als eindeutigen Mord ansehen, kann ein Richter oder irgend jemand anders als Totschlag auslegen oder als Körperverletzung mit Todesfolge. Es ist alles Ansichtssache. Und was wir als mildernden Umstand gelten lassen, ist keineswegs das, was im Gesetz steht.«

Sibylle nickte. »Apropos: Die Leiche, die man gestern Abend gefunden hat – der Mann war vorbestraft wegen sexuellen Missbrauchs mit anschließender Tötung, und er kam mit ein paar Jahren davon, unter anderem, weil er zum Zeitpunkt der Tat angeblich betrunken war. Vielleicht erinnerst du dich sogar noch an den Fall. Damals hast du doch noch bei der Rundschau gearbeitet. 15 Jahre ist das her.«

Sie schilderte kurz die Ermordung der beiden Kinder und das Ergebnis des Prozesses gegen Billig.

Barbara nickte.

»Ja, ich erinnere mich gut daran. Er hat damals vor Gericht furchtbar auf die Tränendrüse gedrückt.«

Sie zog an ihrer Zigarette.

»Gibt es denn schon Hinweise auf den Mörder von Billig?«

»Nein, keine. Das Umfeld gibt bislang auch nicht viel her, aber ich denke, da findet sich noch was. Die Obduktion hat nichts Neues gebracht.«

Sibylle dachte kurz nach.

»Die Hausdurchsuchung bei dem Tatverdächtigen im Fall Miriam in Waldheide übrigens auch nicht. Sie haben ihn zwar mitgenommen, aber offiziell nur als Zeugen. Ob sich aus der Vernehmung oder aus der Durchsuchung ein hinreichender Tatverdacht ergibt, bleibt abzuwarten.«

Barbara lächelte. »Du sprichst schon selbst wie ein Polizist.«

»Das ist unvermeidlich«, lachte Sibylle. »Wenn du einmal einen Satz derart formuliert gehört hast, kannst du dich kaum noch davon trennen. Du müsstest Paul manchmal hören. Zum Schreien, sag ich dir.«

Sie reckte sich und stand auf.

»Ich glaub, ich muss ins Bett. Ich freue mich jetzt schon wieder aufs Wochenende. Wollen wir zusammen was machen, Kino oder so?«

»Dieses Wochenende geht's nicht«, sagte Barbara und erhob sich ebenfalls, um Sibylle zur Tür zu begleiten.

»Ich will mal raus an den See und nachsehen, ob das Haus in Ordnung ist. Ich will in Zukunft wieder ein bisschen mehr schreiben und mich vielleicht gelegentlich dorthin zurückziehen.«

»Gute Idee«, sagte Sibylle. »Mach das. Was willst du schreiben? Wieder Gedichte?«

»Nein, ich dachte eher an einen Roman. Genau weiß ich es noch nicht.«

»Das finde ich toll. Ich nutze dann die Gelegenheit und komme dich da mal besuchen und spann ein paar Tage aus. Und diene dir als Muse.«

Barbara lächelte, als sie die Tür hinter Sibylle schloss. In Sibylles Gegenwart fühlte sie sich immer irgendwie alt und weise. An Sibylle schien vieles, was Barbara belastete, einfach vorüber zu gehen. Sie war oberflächlich und flatterhaft. Nur ganz selten, in wenigen intimen Momenten, ließ sie erkennen, dass sie sehr wohl Tiefe besaß. Aber sie hatte nicht die Konsequenz, damit umzugehen. Barbara lächelte wieder. Vielleicht fand Sibylle Tiefe bei einer Frau auch einfach unattraktiv.

6

Die Landschaft sah noch ein wenig trostlos aus, obwohl es jetzt bereits auf März zuging. Das braune Gras lag verdorrt am Boden, die schönen, alten Bäume, meist Birken und Linden, waren kahl, und Farben gab es fast keine. Die Wasserfläche des Sees bildete einen ruhigen, bleigrauen Spiegel, auf dem sich eine Entenfamilie seltsam verloren ausnahm.

Barbara stellte ihre schweren Taschen ab und blieb einige Minuten ruhig am Seeufer stehen. Wie immer tat die fast unberührte Natur ihre beruhigende Wirkung. Barbara hatte stets das Gefühl, hier freier zu atmen, ja, selbst ihr Herz schien langsamer zu schlagen als sonst.

Sie setzte sich auf das rohe Holzbrett der Schaukel, die Karl für Viktoria gebaut hatte. Wie lange war das her? Heute saß sie selbst weitaus öfter auf der Schaukel als Viktoria. Es war der ideale Platz, um Erinnerungen nachzuhängen und zu träumen.

Als Karl und sie vor mehr als zwölf Jahren dieses kleine Grundstück an dem einsam gelegenen See in der Eifel entdeckt und sofort gekauft hatten, gab es hier nichts außer der weiten Landschaft. Wenige Anzeichen erinnerten daran, dass es früher einmal bewirtschaftet worden war; über die Jahrzehnte tief eingefahrene Reifenspuren schwerer Traktoren und alte graue Zäune, die windschief in den Wiesen standen.

Später ließ man alles wild wachsen, und die Natur eroberte sich dieses Stück Land zurück.

Karl und Barbara wollten beide so wenig wie möglich am Zustand des Geländes verändern. Sie bauten ein kleines Holzhaus direkt ans Ufer und legten einen winzigen Bootssteg an, damit Viktoria mit ihrem Gummiboot anlegen konnte. Vor dem Haus richteten sie eine offene Feuerstelle ein, und Barbara dachte an die Abende, wenn sie hier gesessen und gegrillt hatten, allein oder mit Freunden.

Und an die Nächte, die sie mit Karl eng umschlungen in dem einzigen schmalen Holzbett verbracht hatte. Für Streit war da kein Platz gewesen. Viktoria schlief meist in einer Hängematte im Freien, so dass sie und Karl ungestört waren.

Die Liebe im Holzhaus am See war immer etwas anderes gewesen als die Liebe zuhause im gepflegten Doppelbett. Sie hatte etwas urtümliches und wildes. Aber beides war schön gewesen. Barbara vermisste die Umarmungen und die Intimität, die sie mit keinem anderen Mann so geteilt hatte wie mit Karl.

Seit fast acht Jahren lebte sie nun schon ohne ihn. Der Arzt hatte damals versucht sie zu trösten, indem er sagte, der tödliche Herzinfarkt sei immer noch die angenehmere Variante zum vorauszusehenden Schlaganfall gewesen. Barbara war nicht sicher, ob sie ebenfalls so empfand. Selbst wenn Karl im Rollstuhl säße, so wäre er doch wenigstens noch da.

So war sie mit Viktoria wieder allein. Das Kind hatte nie die Chance gehabt, sich an einen Vater zu gewöhnen. Oliver, Viktorias Vater und Barbaras erster Ehemann, hatte sich der Verantwortung einer Familie nicht gewachsen gefühlt und sie beide allein gelassen.

Barbara trauerte ihm nicht allzu lange nach. Er wäre kein guter Vater gewesen und schon gar kein guter Ehemann. Wahrscheinlich war ihr durch seine Flucht viel Leid erspart geblieben. Viktoria war damals erst knapp ein Jahr.

Müßig, darüber nachzudenken. Barbara glitt von der Schaukel und schloss das Haus auf. Die Luft im Innern roch ein wenig muffig. Barbara öffnete das große Fenster, das zum See hinausging. Der Raum schien nicht feucht zu sein. Sie befühlte die Bettwäsche. Trocken, weich und einladend.

Sie räumte die Taschen aus. Kaffee, Getränke, etwas zu essen, ein Buch, Papier und ihre Schreibmaschine.

Das war einer der wenigen Nachteile des Landlebens. Es gab keinen Strom. Wenn sie schreiben wollte, musste sie es ohne ihren geliebten Computer schaffen. Aber sie fürchtete nicht, dass das ein Problem werde würde. In den ersten Jahren, als sie bei der Rundschau gearbeitet hatte, gab es noch gar keine Computer. Und damals hatte man es auch jeden Tag geschafft, das Blatt voll zu kriegen.

Sie holte trockenes Holz aus dem Schuppen neben dem Haus und feuerte den Ofen an, der groß genug war, den Wohn- und Schlafraum und die angrenzende kleine Küche zu beheizen. Dann stellte sie Kaffeewasser auf und setzte sich, während es heiß wurde, auf die Bank vor dem Haus, wo sie eine kleine Terrasse angelegt hatten. Dort hatten sie gefrühstückt, wenn die Sonne schien, und Viktoria beim Planschen zugesehen.

Seltsam, dass sie auch nach mehr als sieben Jahren ohne Karl kaum ein Eigenleben mit diesem Haus verband. Sie schien nicht in der Lage, hier eigene Erinnerungen zu produzieren. Das sollte jetzt anders werden. Sie würde in diesem Haus ihren ersten Roman schreiben, und das würde ihre ureigene Erinnerung sein.

Sie goss eine Kanne Kaffee auf und setzte sich an den alten Schreibtisch vor dem Fenster. Hier sollte das Buch entstehen, ein Roman, ein Krimi vielleicht. Sie würde ab jetzt regelmäßig hier heraus fahren, hier sitzen und schreiben.

Einsamkeit war grundsätzlich kein Problem für Barbara. Sie musste nicht ständig andere Menschen um sich haben. Sie war schon mit Karl gern allein gewesen. Und sie war gern mit sich allein.

Sie nahm den Deckel von der Schreibmaschine und spannte ein Blatt ein. Zuerst schien ihr diese Art des Schreibens etwas ungewöhnlich, ungewohnt. Aber nach den ersten Zeilen hatte sie diese Hemmung überwunden.

Sie schrieb zwei Stunden ohne Unterbrechung.

Zur gleichen Zeit hockte Viktoria zu Hause in ihrem Zimmer und war wütend. Eigentlich sollte sie jetzt schon im Zug nach Paris sitzen und in der Vorfreude auf ein amüsantes Wochenende mit Mellie herumalbern. Statt dessen hatte diese Zicke vor knapp einer halben Stunde angerufen und verkündet, das Wochenende in Paris müsse leider ausfallen, da sie einen traumhaften Jungen kennen gelernt hatte, und stell dir vor, der will sie doch gleich mitschleppen zu seinen Eltern, die irgendwas ungeheuer Wichtiges und überdies stinkreich sind. Stinkreich!

Und jetzt war Fräulein Hütentüten auf dem Weg in irgendein Wochenendhaus und würde vor Mami und Papi schön tun und sich von dem Jüngelchen begrapschen lassen und sich dabei unausgesetzt toll vorkommen, während Viktoria auf ihrem Bett saß, schmollte und einem ausgesprochen langweiligen Wochenende entgegensah.

Mama war schon zum See gefahren, und Telefon gab's dort keins, so dass sie nicht mal anrufen konnte. Sonst hätte Mama sie vielleicht noch abgeholt. Der See war zu dieser Jahreszeit zwar auch keine Offenbarung, aber immer noch besser, als allein zu Hause rumzusitzen.

Vielleicht sollte sie die Gelegenheit nutzen und ihr total chaotisches Zimmer aufräumen. Der Gedanke war gestorben, bevor er noch Zeit hatte, den ersten Schrei zu tun.

Sie schaltete den Fernseher ein und gleich wieder aus, dann ging sie runter in die Küche, machte sich lustlos ein belegtes Brot und eine Tasse Tee und wanderte damit durch das stille Haus. Für sie beide war es eigentlich viel zu groß, aber Barbara liebte das Haus.

Die Wände in Barbaras Arbeitszimmer waren mit Bücherregalen bedeckt. Auf dem großen Schreibtisch stand der Computer, auf der Tischfläche lagen Papiere und Stifte verstreut. Ordnung war ihrer beider Sache nicht.

Viktoria stellte ihre Teetasse auf dem Schreibtisch ab und schaltete den Computer ein. Ein paar Spielchen würden sie zumindest eine Zeit lang beschäftigen. Der Bildschirm wurde hell, und sie setzte sich auf den großen Drehstuhl und bewegte die Maus über die Unterlage.

Ach, guck an, der Internet-Zugang. Mama zählte seit einigen Wochen zu den aktiven Surfern im Netz. Viktoria hatte ihr einoder zweimal über die Schulter gesehen, kannte sich aber mit der Materie überhaupt nicht aus. Aber was soll's. Kaputtmachen konnte sie ja wohl nichts.

Sie klickte das Internet-Symbol an und wartete ab. Der Bildschirm veränderte sich, und in einer Leiste mit allerlei Anweisungen fand sie »Anwahl«. Sie klickte darauf, und das Programm wählte eine Nummer, sandte ein Kennwort und ein Passwort und noch irgendetwas in den Äther und verkündete, dass der Verbindungsaufbau geklappt hätte.

»Schön, schön«, murmelte Viktoria und war gespannt, in welche fernen Welten sie nun dank dieser Verbindung gebracht würde. Ein weiteres Mal veränderte sich der Bildschirm. In mehreren Textspalten konnte sie die neuesten Nachrichten des Tages lesen und was heute Abend im Fernsehen kommen würde, außerdem die Lottozahlen abfragen oder eine Hotline anwählen, wenn sie denn Probleme hätte.

In einer Leiste waren verschiedene Anweisungen aufgereiht, aus denen sie »Favoriten« aussuchte. Eine Liste klappte herunter, und eine Anzahl Web-Adressen tat sich vor Viktoria auf. Anzunehmen, dass das die Adressen waren, die Mama regelmäßig besuchte.

Viktoria klickte nacheinander jede Adresse an. Das erste war ein tägliches Preisrätsel, bei dem es heute eine Flasche Whisky zu gewinnen gab. Dafür musste man wissen, wer das Brandenburger Tor erbaut hatte. Viktoria wusste es nicht, strich den Whisky von der heimischen Getränkekarte und blätterte weiter. Eine »Newsletter« erschien mit den aktuellen Neuigkeiten über das Internet. Uninteressant.

Die nächste Favoriten-Adresse brachte eine Liste mit Namen und Anschriften.

Schumacher, Joachim, Heimbacher Weg 313, Düren
Andersen, Frank, Noldenweg 54, Gummersbach
Decker, Hans-Peter, Hauptstraße 133, Köln-Weidenpesch
Brodtfeld, Jakob, Mannheimer Straße 3a, Ollershausen
Weidenbach, Werner, ...

Viktoria spulte die Liste weiter ab.

Keiner der Namen, die sie bei der flüchtigen Übersicht las, kam ihr bekannt vor. Es handelte sich ausschließlich um Männernamen, etwa 60, schätzte Viktoria. Wer waren diese Männer? Sie scrollte die Seite wieder hoch und suchte nach einem Hinweis auf den Zusammenhang der Namen, aber die Seite enthielt nichts weiter als diese Liste. Viktoria verließ die Seite wieder und klickte im Hauptmenü auf den Button »Abwahl«.

Sie zog die Füße hoch auf den Sitz und begann, mit dem Stuhl im Kreis zu drehen. Männernamen. Was hatte Mama wohl damit vor? Suchte sie etwa einen neuen Lover? Aus einer Liste unbekannter Namen? Kaum vorstellbar. Andererseits – sie war jetzt acht Jahre allein. Eine lange Zeit für eine Frau im besten Alter, wie man so sagt. Mama sah gut aus und hatte einen großen Bekanntenkreis. Sie hatte es eigentlich nicht nötig, irgendwelche Blind Dates auszumachen.

Dennoch, der Gedanke hatte was, dachte Viktoria amüsiert. Mama auf Freiersfüßen. Sie hatte nun doch keine Lust, zu spielen, ging wieder in ihr eigenes Zimmer und schaltete den Fernseher ein. Was blieb einem schon übrig, wenn man den Anblick des Chaos nicht ertragen, aber auch nicht aufräumen wollte?

7

Das Schlafzimmerfenster stand einen Spalt offen und ließ die milde Vorfrühlingsluft herein. Die Sonne schien, und Sibylle glaubte sogar, das Zwitschern der ersten Vögel zu hören. Sie saß gemütlich im Bett, an einen Kissenberg gelehnt, vor sich ein Tablett mit Kaffee, Rührei und Schinken, Toast und Butter. In dem kleinen Fernseher, gegenüber auf der Kommode, lieferten sich J.R. und Sue Ellen die wahrscheinlich 350. heftige Szene ihrer Filmehe, und Sibylle bewunderte wieder einmal die exaltierte Mimik von Linda Gray, die ihre Unterlippe in bisher nicht geschlagener Weise zittern und beben lassen konnte. Bei der ersten Aufführung von »Dallas« im deutschen Fernsehen war Sibylle von der amerikanischen Seifenoper alles andere als begeistert gewesen. Damals war die Ölmulti-Oper so ziemlich das Platteste, was das Fernsehen zu bieten hatte. Aber die Zeiten ändern sich. Bei dreißig oder mehr Programmen und einem Anspruch, der nahe null lag, hatte sich »Dallas«, obwohl unverändert, zu einem der Highlights des täglichen Unterhaltungsprogramms gemausert. Im Vergleich zu »Verbotene Liebe« oder »Marienhof« nahm sich Dallas wie eine Shakespeare-Verfilmung aus. Ganz zu schweigen von den unsäglichen Talkshows, die sich in Geschmacklosigkeit und Langeweile gegenseitig den Rang abliefen.

Sibylle bestrich eine weitere Scheibe Toast mit Butter und goss Kaffee in die Tasse. Der Samstagmorgen war ihre heilige Zeit in jeder Woche. Mochte freitagabends oder sonntagmorgens oder wann auch immer einer anrufen und sie auf die Straße schicken zu einem unglaublich wichtigen Ereignis. Das nahm sie hin. Am Samstagmorgen aber wollte sie ganz ungestört in ihrem Bett liegen, frühstücken und die Ereignisse auf der Southfork-Ranch miterleben.

Der Gipfel der Vollkommenheit wäre natürlich, wenn Paul neben ihr läge. Das war leider nicht der Fall. Nie. Zu eben dieser Zeit saß Paul wahrscheinlich zu Hause mit Frau und Kindern am Frühstückstisch und spielte »heilige Familie«. Pauls Wochenenden waren absolut tabu für Sibylle. Das hatte er ihr gleich zu Anfang klargemacht, und es war ihr im Grunde auch recht. Paul war ein guter Liebhaber, aber durchaus nicht der Partner fürs Leben, und das Letzte, was sie wollte, war, seine Familie zerstören. Trotzdem. Als »die andere Frau« die Wochenenden allein im Bett zu verbringen, war auch nicht der Weisheit letzter Schluss.

Das Telefon klingelte. Sibylle angelte nach dem Hörer.

»Turinski.«

»Hallo, ich bin's. Kann ich vorbeikommen?«

»Paul?« Sibylle setzte sich auf. »Am heiligen Samstagmorgen willst du hierher kommen?«

»Passt es dir nicht?« Sie registrierte mit Freude die Enttäuschung in seiner Stimme.

»Doch, klar, komm ruhig. Ich bin noch im Bett.«

»Dann bleib auch da. In fünf Minuten liege ich neben dir.«

Sibylle legte den Hörer auf und starrte vor sich hin. Was war denn jetzt passiert? So sehr sie sich auch freute, ihren heimlichen Wunsch erfüllt zu sehen, war sie doch beunruhigt. Da steckte irgendeine unangenehme Überraschung dahinter, dessen war sie sicher. Vielleicht war Gabi hinter ihr Verhältnis gekommen und hatte Paul rausgeworfen. Sibylle überdachte diese Möglichkeit einen Moment lang und konnte sich nicht entschließen, sie positiv oder negativ zu werten.

Schnell sprang sie aus dem Bett und stellte sich unter die Dusche. Sie wickelte sich eben ein Handtuch um den Körper, als es an der Tür klingelte. Sie öffnete, und Paul umarmte sie sofort mit einer Leidenschaft, die eindeutig Verzweiflung beinhaltete. Im Schlafzimmer wickelte er sie aus dem Badetuch, räumte das Tablett vom Bett und fiel über sie her. Sie sah nicht die geringste Chance, eine Frage zu stellen. Obwohl er erst am Abend vorher bei ihr gewesen war, liebten sie sich so heftig, als hätten sie sich Wochen nicht gesehen.

»Gabi weiß über uns Bescheid.« Paul hatte sich noch nicht völlig von der körperlichen Erschöpfung erholt, da zeigte er sich ganz zerknirscht. Gabi hatte ihn gestern nacht mit der Tatsache konfrontiert, dass sie von seinem Verhältnis wusste und ihm eine schreckliche Szene gemacht.

»Sie muss mich gestern Abend beobachtet haben, als ich hier aus dem Haus kam. Sie hat wohl den ganzen Abend draußen auf mich gewartet.«

Als er zu Hause ankam, stieg sie gerade aus ihrem Auto, und als Paul von einer langweiligen Besprechung erzählen wollte, war ihr wohl der Kragen geplatzt.

Die halbe Nacht hatten sie sich gestritten, und heute morgen war sie mit den Kindern zu ihren Eltern gefahren.

»Wie soll es jetzt weitergehen?«, fragte Sibylle.

»Keine Ahnung. Sie wird sich schon wieder einkriegen. Ich muss erstmal abwarten, ob und wann sie wiederkommt.«

Sibylle bezweifelte, dass sich das Problem so leicht aus dem Weg räumen lassen würde, sagte aber nichts.

Paul strich sich mit beiden Händen übers Gesicht.

»Lass uns von was anderem reden. Ich hab davon wahrhaftig heute Nacht genug gehört.«

»Okay, was gibt's sonst Neues?«

Er überlegte einen Moment.

»In Waldheide bahnt sich ein Drama an. Der Vater von Miriam hat Wind davon bekommen, dass wir einen seiner Nachbarn verhört haben. Jetzt ist er davon überzeugt, dass das der Mörder ist und will ihn umbringen.«

Sibylle nickte. »Verständlich.«

»Jou«, stimmte Paul zu, »aber der Nachbar seinerseits macht uns jetzt für seine Sicherheit verantwortlich.«

Sibylle nickte wieder. »Auch verständlich.«

»Klar, aber was sollen wir machen. Wie können ihn ja nicht in Schutzhaft nehmen, bis der wirkliche Täter gefunden ist. Wer weiß, wie lange das dauert.«

»Kommt er denn als Täter nicht in Frage?«

Paul zögerte.

»So kann man das eigentlich nicht sagen. Es haben sich keine direkten Verdachtsmomente aus der Durchsuchung ergeben. Das will aber an sich noch nichts besagen. Er geriet überhaupt erst in Verdacht, weil eine Nachbarin mehrfach beobachtet hat, wie er Miriam und andere kleine Kindern angesprochen hat. Sie hält ihn für einen komischen Kauz, sagt sie, und deshalb kam ihr das merkwürdig vor.«

»Sie hat vermutlich auch dafür gesorgt, dass Bürger von dem Verdacht erfahren hat, nehme ich an«, sagte Sibylle.

Paul nickte. »So war's. Und sie hat es auch allen anderen Leuten in der Straße erzählt. Alle Eltern mit kleinen Kindern geraten natürlich in Panik und fragen die Kleinen aus, ob sie auch schon mal von dem Kerl angesprochen wurden.«

Er legte seinen Kopf auf das Kissen.

»Wie auch immer das ausgeht, der Mann wird da wegziehen müssen. Da bleibt immer was hängen.«

»Falls er noch lange genug lebt, um eine Wohnungsanzeige aufzugeben«, sagte Sibylle. »Das erinnert mich an dieses phantastische System, dass sie in Amerika haben. Du weißt schon, wenn da ein Triebtäter in eine Gemeinde zieht, geht die Polizei von Haus zu Haus und sagt allen Nachbarn Bescheid. Grandios.«

»Meagan's Law nennt sich das«, sagte Paul, »und erst kürzlich hat sich ein Mann aufgehängt, nachdem ein Polizist alle Nachbarn über seine Vergangenheit aufgeklärt hatte. Mit diesem Misstrauen könne er nicht leben, hat er in einem Abschiedsbrief hinterlassen.«

»Nicht schade drum. Ein Kinderschänder weniger«, sagte Sibylle und zündete sich die erste Zigarette dieses Samstags an.

Sie atmete den Rauch ein und musste unmittelbar heftig husten. Paul warf ihr einen Blick zu.

»Du solltest vielleicht doch damit aufhören.«

»Keine Chance«, winkte Sibylle ab und hustete wieder.

»Lass dich wenigstens mal untersuchen. Dein Husten wird immer schlimmer.«

Sibylle schüttelte abweisend den Kopf.

»Geh mir weg mit Ärzten und Krankenhäusern. Wenn ich Krebs habe, werde ich's schon früh genug merken, um in aller Ruhe abzukratzen. Ich habe schon mehr Zeit in Krankenhäusern verbracht, als mir lieb ist.«

Paul sah überrascht auf. »Und warum?«

»Ach, nichts weiter«, wehrte Sibylle ab. »Ich war mal ziemlich krank, aber das ist lange her.«

Ihr Tonfall machte Paul unmissverständlich deutlich, dass sie nicht vorhatte, ihm jetzt die rührselige Geschichte der wundersamen Heilung zu erzählen.

Eine Stunde später machte sich Paul auf den Weg ins Kommissariat, um den familienfreien Samstag mit Arbeit auszufüllen, und Sibylle beschloss, in die Eifel zu fahren und Barbara am See zu besuchen. Das Wetter war herrlich, im geheizten Auto konnte man fast glauben, es sei Sommer, und deshalb nahm sie nicht die Autobahn, sondern fuhr die B 9 Richtung Remagen und dann durch das Ahrtal. Sie öffnete das Schiebedach, drehte die Heizung voll auf und bummelte mit einem Schwarm Touristen die kurvige Ahrstrecke entlang. Die lange Autoschlange kam nicht sehr schnell voran, aber heute hatte sie Zeit, das Wetter war schön, Paul hatte Krach mit seiner Frau – was wollte man mehr?

Sie fuhr fast zwei Stunden und genoss die Landschaft und die Ruhe, die sie trotz des recht starken Verkehrs überkam, bis sie in den Waldweg einbog, der zum See führte. Von der Straße aus waren es noch einmal etwa zwei Kilometer. Sie parkte direkt neben Barbaras grünem BMW und ging um das Haus herum. Die Terrasse war leer und die Tür des Häuschens stand offen. Sibylle steckte den Kopf hinein und sah Barbara in der Küche hantieren.

»Huhu«, rief sie, und Barbara drehte sich mit einem Aufschrei um.

»Mein Gott, Sibylle, hast du mich erschreckt.«

Sibylle lachte und umarmte die Freundin.

»Du hast wohl Angst so allein hier draußen, was?«

Barbara antwortete reserviert. »Nein, eigentlich nicht.«

Sie wandte sich wieder dem Herd zu.

»Ich koche gerade Kaffee. Du willst sicher auch einen?«

»Klar.« Sibylle sah sich in den kleinen Räumen um.

»Ist ja richtig gemütlich, hör mal. Ich kann gar nicht verstehen, dass du so selten hier raus fährst.«

Barbara brachte zwei Becher mit Kaffee.

»Ich bin immer noch nicht daran gewöhnt, alles ohne Karl zu machen.« Sie setzte sich. »Aber ich bin fest entschlossen, jetzt damit anzufangen. Acht Jahre sind genug.«

»Da hast du wohl recht.«

Sibylle ging zum Schreibtisch. In der Schreibmaschine steckte ein leeres Blatt, daneben lag ein kleiner Stapel Papier, der bereits beschrieben war.

»Und das hier wird dein Roman?«, fragte sie und griff nach dem obersten Blatt.

»Nicht«, rief Barbara und sprang auf. Sibylle ließ das Blatt erschrocken los und es flatterte zu Boden. Barbara riss es an sich und verstaute es zusammen mit dem ganzen Stapel in einem Fach des Schreibtischs.

»Entschuldige«, sagte sie und sah Sibylle verlegen an.

»Ich hab etwas Kopfschmerzen. Liegt wahrscheinlich am Wetter. Und um deine Frage zu beantworten: Ja, es soll ein Roman werden. Und ich möchte, dass du ihn erst liest, wenn er fertig ist.«

»Schon gut, kein Problem«, sagte Sibylle ruhig, aber ihr stand der Schreck noch ins Gesicht geschrieben.

»Weißt du«, erklärte Barbara, »ich möchte, dass du eine unvoreingenommene Kritikerin bist. Ich muss jemanden haben, dem ich vertrauen kann und der das Buch als etwas Unbekanntes liest. Wenn du schon vorher hinein schaust, kannst du mir nachher nicht helfen.«

»Ja, mach ich doch gern. Ich freue mich schon darauf.«

Sibylle setzte sich nun ebenfalls an den Tisch. Barbaras Nerven schienen in diesen Tagen nicht die besten zu sein. Dabei war sie gewöhnlich die Ruhe selbst. Naja, jeder hatte mal ein paar schlechte Tage. Vielleicht kommt sie in die Wechseljahre, dachte Sibylle.

Sie verplauderten den halben Nachmittag. Sibylle berichtete von den Ereignissen des Morgens und dem Zwiespalt, in dem sie steckte: einerseits Pauls Ehe nicht zerstören zu wollen, andererseits klammheimliche Freude zu spüren angesichts der Krise.

»Aber ich schätze, so oder so wird jetzt eine Entscheidung fallen. Entweder trennt er sich von mir oder von Gabi. Was meinst du?«

»Wärst du sehr traurig, wenn er sich für Gabi entscheiden würde?«

Sibylle dachte nach. »Ich mag ihn. Aber ich würde es verstehen, wenn er sich für seine Frau und damit für seine Familie entscheidet. Er muss ja auch an die Kinder denken.«

Sie sah Barbara offen an. »Ich käme wohl darüber weg.«

»Ich weiß nicht, wie ich reagieren würde an Gabis Stelle«, überlegte Barbara. »Ich glaube, ich hätte es Karl nie verziehen, wenn er mich betrogen hätte. Vielleicht hätte ich ihn deswegen nicht gleich verlassen, aber das Vertrauen wäre zerstört gewesen.«

»Mir würde es ähnlich gehen«, gab Sibylle zu.

Sie berichtete Barbara auch den Fortgang der Affäre in Waldheide.

»Vielleicht bringt Miriams Vater den Kerl wirklich um«, überlegte sie. »Das wär doch mal was.«
Barbara schüttelte den Kopf.
»Scheiße wär das. Erstens steht ja noch gar nicht fest, dass er wirklich der Täter ist. Und zweitens käme Miriams Vater dafür in den Knast. Und dann hätte Miriams Mutter gar nichts mehr, wofür es sich zu leben lohnt.«
Sie dachte nach und bekräftigte dann: »Nein, das wäre wirklich nicht gut.«
Gegen fünf machte Sibylle sich wieder auf den Heimweg. Sie rechnete damit, dass Pauls Frau heute noch nicht zurückkehren und er dementsprechend die Nacht bei ihr verbringen würde. Barbara winkte ihr nach, bis der rote Wagen zwischen den Bäumen verschwand.

8

»Maria, Bier ist alle!« Die Frau beeilte sich, eine Flasche Pils aus dem Kühlschrank zu nehmen und damit ins Wohnzimmer zu laufen. Sie stellte die Flasche auf den niedrigen Tisch. Ihr Mann saß mitten auf der Couch, die Füße auf dem Tisch. Mit der Schuhspitze tippte er gegen die Bierflasche.
»Aufmachen!«
Maria öffnete die Flasche und reichte sie ihm. Er setzte sie an den Mund und ließ das kalte Bier gluckernd die Kehle hinab laufen. Dann knallte er die Flasche so fest auf den Tisch, dass das Bier schäumend überlief. Er rülpste laut.
»Setz dich da hin«, sagte er und wies mit der Hand auf einen niedrigen Hocker neben dem Tisch. Er maß die Frau mit einem verächtlichen Blick von oben bis unten.
»Wie du wieder aussiehst«, knurrte er. »Kannst du dich nicht mal 'n bisschen zurechtmachen? Du Schlampe.«
Marias Mundwinkel zitterten.
»Hör doch auf, Schatz«, flüsterte sie.
Er schien sie gar nicht zu hören.

»Kannst dich doch mal nett anziehen. Und schminken. Damit du nach was aussiehst.« Er rülpste wieder. »Muss mich ja schämen mit so 'ner Alten.«

Über Marias verhärmte Wangen liefen Tränen.

»Hör doch bitte auf«, flüsterte sie. »Du hast doch gesagt, es wird alles wieder gut. Und jetzt ...« Sie versuchte vergebens, ein Schluchzen zu unterdrücken.

»Was jetzt?«, brüllte er und setzte sich aufrecht hin. »Was jetzt? Jetzt sitzt du da und flennst und siehst aus wie Scheiße und tust so, als wär nichts gewesen.«

Die Frau weinte.

»Hast dem Richter erzählt, du willst dich scheiden lassen. Und dann kommst du wieder angekrochen. Sei froh, dass ich dich überhaupt zurück genommen hab.« Sein rotes Gesicht zeigte eine Wut, die die Frau zittern ließ. Sie schluchzte und stand auf.

»Bleib gefälligst hier, wenn ich mit dir rede!«, brüllte er, und sie zuckte zusammen und setzte sich rasch wieder.

»Wolltest dich also scheiden lassen, he?«

»Das hab ich doch nur so gesagt, Schatz. Das musste ich doch. Die Anwältin ...«

»Halt bloß dein Maul von der Anwältin«, brüllte er dazwischen. »Auch so eine Schlampe, die nur mal ordentlich gefickt werden muss. Alles Schlampen, genau wie du.«

Er stand auf und schwankte ein wenig.

»Alles blöde Schlampen. Und du bist die Schlimmste von allen, weißt du das?«

Maria schluchzte. Sie sah, wie er sich langsam in Wut redete, und sie wusste, er würde nicht eher wieder aufhören, bis sie blutend am Boden lag. Es war unabwendbar.

»Hast genau gewusst, dass ich deine Tochter vögle. Hast es genau gewusst, du Mistvieh. Warst ja froh drum.« Er holte aus und trat gegen ihr Schienbein. Sie heulte auf und weinte lauter.

»Brauchtest nicht selber die Beine breitzumachen. Stimmt doch, oder etwa nicht?«

Sie schüttelte den Kopf, und er trat wieder zu. »Und dann tust du so, als hättest du von nichts 'ne Ahnung, und ich soll das Schwein sein. Was? Was?«

Er hob die Hand und schlug sie auf den Kopf. Ihre Haare flogen, und sie versuchte, das Gesicht mit den Händen zu schützen.

»Und jetzt muss ich wieder dich ficken. Weil das liebe Töchterlein sich anderweitig besteigen lässt. Aber vielleicht will ich dich gar nicht mehr, du hässliche Kuh.«

Er schlug noch einmal zu, diesmal fester, und Maria fiel vom Hocker und blieb auf dem Boden liegen. Er stand über ihr, immer noch die Flasche in der Hand. Er drehte das Handgelenk, und das schaumige Bier floss auf den zitternden Körper der Frau. Sie zuckte wie unter einem weiteren Schlag zusammen.

Das Telefon klingelte. Er blieb einen Augenblick unverändert stehen, bis sein benebelter Kopf das Geräusch identifizierte.

»Rühr dich bloß nicht von Fleck, du Stück Scheiße«, knurrte er und nahm den Hörer.

»Ja?«

Einen Moment hörte er nichts und wollte schon fluchend auflegen, da sagte eine Stimme: »Sind Sie Friedrich Wedel?«

»Wer will das wissen?«

»Das sage ich Ihnen später.« Die Stimme klang sehr sanft und sehr weiblich. »Sind Sie es oder nicht?«

Er überlegte kurz, ob er antworten oder einfach auflegen sollte. »Ja, bin ich.«

»Ich würde mich gern mit Ihnen treffen, Herr Wedel«, sagte die Stimme. »Ich habe Ihnen etwas sehr Wichtiges zu sagen. Ich warte auf dem Parkplatz an der alten Schule. Sie wissen, wo?«

Wedel nickte. »Klar, gegenüber vom Friedhof.«

»Ganz richtig«, sagte die Stimme weich. »Ich warte dort genau 15 Minuten. Wenn Sie bis dahin nicht da sind, bin ich weg.« Sie machte eine Pause. »Haben Sie das verstanden?«

Wedel knurrte. »Klar, aber was soll das Ganze denn?«

»Ich erkläre Ihnen alles später. Es ist sehr wichtig. Und kein Wort zu Ihrer Frau. Verstanden?«

»Ja, alles klar«, antwortete Wedel, wartete, bis die Verbindung abbrach und legte den Hörer auf.

Er blieb am Telefon stehen, als erwarte er, dass es noch einmal klingeln und irgendwer »April, April« sagen würde. Aber es blieb still. Er wandte sich zu Maria um, die unverändert am Boden lag. Sie verhielt sich ganz ruhig und weinte nicht mehr, in der Hoffnung, er hätte sie vielleicht vergessen. Er ging zu ihr hin, beugte sich hinunter und riss ihren Kopf an den Haaren hoch.

»Ich geh mal einen trinken«, sagte er. »Du rührst dich nicht vom Fleck, klar?«

Sie versuchte, zu nicken, was aber durch die Kopfhaltung unmöglich war. Er ließ ihr Haar los, ihr Kopf knallte auf den Boden, und die Haut am Haaransatz platzte mit einem hässlichen kleinen Geräusch auf. Dann griff er seine Jacke und verließ das Haus.

Schon am frühen Abend hatte sich der Himmel zugezogen, und jetzt war die Nacht fast schwarz. Die wenigen Laternen beleuchteten die Straße nur notdürftig. Die Nachbarn lagen alle schon im Bett oder saßen vor der Glotze. Aber hier kümmerte sich ohnehin jeder nur um seine eigenen Angelegenheiten. War auch besser so. Wedel kannte sich gut genug aus, um den Weg im Dunkeln zu finden. Er hatte nicht die geringste Vorstellung, was die Frau am Telefon von ihm wollte. Nach 50 Metern war er nicht einmal mehr sicher, ob sie tatsächlich angerufen hatte oder nur ein Produkt seines Alkoholnebels war. Er schlug den Pfad zur alten Schule ein, ging um das dunkle Bruchsteingebäude herum und betrat den Parkplatz zwischen Schule und Friedhof. Zwei Autos parkten auf dem Platz, eines gleich am Anfang und eines ganz am hinteren Ende. Er ging in die Mitte des Platzes und sah sich um, konnte aber niemanden entdecken und wollte schon wieder gehen, als er die Stimme hörte.

»Ich bin hier, Herr Wedel.«

Die Frau stand direkt neben dem hinteren Wagen. Entweder hatte sie sich vorher versteckt, oder er hatte sie übersehen. Er ging langsam auf sie zu. Es war so dunkel, dass er kaum die helle Fläche ihres Gesichtes ausmachen konnte. Sie stieg auf der Fahrerseite in den Wagen und öffnete von innen die Beifahrertür. Er beugte sich hinab und sah in den Wagen hinein. Im Licht der Innenraumbeleuchtung konnte er ihr Gesicht deutlich sehen. Sie war hübsch, nicht mehr ganz jung, aber doch ausgesprochen hübsch. Dunkelhaarig. Und gut geschminkt, stellte er fest.

»Steigen Sie ein«, sagte sie und drehte den Zündschlüssel. Er zögerte noch, doch als der Motor startete, stieg er ein und schloss die Tür. Sie setzte rückwärts aus dem Parkplatz auf den Weg zurück und fuhr langsam durch das Dorf.

»Was ist jetzt?«, fragte Wedel und sah die Frau von der Seite an. »Wo fahren wir hin? Was wollen Sie von mir?«

»Eines nach dem anderen und immer schön langsam«, sagte die Frau, und ihre Stimme klang noch angenehmer als am Telefon. »Sie werden alles noch erfahren. Warten Sie nur noch einen Augenblick.«

Sie fuhren aus dem Dorf heraus auf die Landstraße, von der zu beiden Seiten Wege in den Wald hinein führten. In einen dieser Wege bog sie ein, und Wedels wirrer Verstand war mittlerweile davon überzeugt, einer Nutte in die Hände gefallen zu sein. Noch so eine Schlampe, dachte er. Der werd ich's zeigen. Die kriegt jedenfalls keine Mark von mir. Höchstens was anderes.

Der Wagen hielt, und die Frau schaltete die Zündung aus.

»Jetzt ist es so weit«, sagte sie, und plötzlich hatte sie ein Messer in der Hand und hielt es Wedel an den Hals.

»Rühr dich nicht, sonst bist du tot. Klar?« Ihre Stimme hatte jetzt einen härteren Klang, und ihre schönen Augen funkelten gefährlich. »Schon gut«, röchelte Wedel mit zurückgelegtem Kopf. Er spürte, wie die Spitze des Messer in seine Haut drückte. »Wollen Sie Geld, oder was?«

»Hast du denn welches?«, fragte die Frau spöttisch. »Kein Geld«, sagte sie dann und griff in ihre Jackentasche. Ehe Wedel wusste, was geschah, legte sie ihm mit der freien Hand Handschellen an. Sie griff wieder in die Tasche und nahm ein Stück Stoff heraus, das sie ihm in den Mund stopfte. Fast augenblicklich hatte er das Gefühl zu ersticken und begann zu würgen. Er riss instinktiv die Hände hoch, um den Knebel herauszuziehen, aber sie sagte: »Still!«, und drückte das Messer fester gegen seinen Hals. Er spürte, wie die Haut nachgab und die Messerspitze ein wenig eindrang. Sofort ließ er die Hände wieder sinken. Er zitterte. Sie zauberte eine Rolle Klebeband hervor und klebte einen breiten Streifen über seinen Mund. Dazu benutzte sie geschickt zwei Finger der anderen Hand, die währenddessen weiter das Messer an seine Kehle drückte. Plötzlich ließ der Druck der spitzen Klinge nach. Sie stieg aus, ging mit schnellen Schritten um den Wagen herum und öffnete die Beifahrertür.

»Aussteigen!«, befahl sie.

Mühsam kletterte aus er aus dem Auto, und kaum, dass er stand, hatte sie ihm schon mit Klebeband die Füße zusammengebunden. Mit dem Messer an seinem Rücken dirigierte sie ihn zum Heck des Wagens. Er hüpfte und stolperte. Sie öffnete den Kofferraum. »Rein da.«

Er riss entsetzt die Augen auf, schüttelte heftig den Kopf und gab unverständliche Laute von sich. Sie verstärkte den Druck des Messers, und er meinte, zu spüren, wie es durch den Stoff seiner Jacke drang. Schnell ließ er sich kopfüber in den Kofferraum fallen. Dann sah er nur noch den Deckel über sich zuklappen und spürte, wie der Wagen wieder gestartet wurde. Wie lange sie durch die Nacht fuhren, hätte er nicht sagen können. Er schwitzte und zitterte gleichzeitig, und es kam ihm sehr, sehr lange vor.

9

Der Wagen hielt, und der Motor verstummte. Wedel lag mit weit aufgerissenen Augen in der Dunkelheit des Kofferraums. Er hörte das Schlagen der Autotür und sich entfernende Schritte. Nach kurzer Zeit kamen die Schritte wieder näher, und er begann, unkontrolliert zu zittern. Das Gefühl zu ersticken war in dem engen Kofferraum stärker geworden, und Wedel würgte an dem Stoffknoten. Der Kofferraumdeckel öffnete sich. Die Frau ragte vor ihm auf.

»Aussteigen!«

Er versuchte sich aufzurichten, doch es gelang ihm nicht. Er ergriff mit den gefesselten Händen die Kante des Kofferraums und zog sich hoch. Die Frau legte die Hand auf den Deckel und schlug ihn herunter. Das schwere Blech knallte auf Wedels Hände und brach Zeige- und Mittelfinger der rechten und den kleinen Finger der linken Hand. Wedel stöhnte und fiel zurück. Die Frau verschwamm vor seinen Augen. Er brüllte, doch durch den Knebel war kaum mehr als ein lautes Stöhnen zu hören. Sie versetzte ihm eine Ohrfeige und verhinderte damit eine Ohnmacht.

»Nur ein kleiner Vorgeschmack«, sagte sie kalt, und Wedel fing an zu weinen.

Mit ihrer Hilfe kam er schließlich aus dem Kofferraum heraus und schleppte sich, mehr von ihr gezogen als aus eigener Kraft, einen Weg entlang. Zweimal stolperte er und fiel hin. Dann schlug sie ihn auf den Kopf, und er beeilte sich, wieder auf die Füße zu kommen. Sie schob ihn in einen halbdunklen Raum. Nur eine Petroleumlampe, die an einer Eisenkette von der Decke hing, diente als Beleuchtung. In der Mitte des kleinen Zimmers stand ein Stuhl, und Wedel musste sich darauf setzen. Sie griff in die Jackentasche und band Wedels Füße mit Klebeband am Stuhl fest, ebenso die Oberarme. Seine Hände schmerzten höllisch, aber da er bis auf den Kopf vollständig fixiert war, bewegte er die verletzten Hände wild auf und ab und brüllte seinen Schmerz und seine Angst durch das Tuch.

Ihr schien das nicht zu gefallen. Sie schlug ihn kräftig mit dem Handrücken ins Gesicht. Er jaulte und ließ den Kopf hängen. Tränen liefen in Strömen an seinem Gesicht hinab und landeten auf den zerschmetterten Händen, die durch die Spannung von Oberarmfessel und Handschellen vor seiner Brust lagen. Die Frau stellte sich vor ihn hin und leuchtete mit einer Taschenlampe in sein Gesicht.

»Wedel«, sagte sie kalt, »du bist ein Schwein.« Er wimmerte.

»Du hast jahrelang deine Stieftochter vergewaltigt. Ist das richtig?« Wedel wimmerte nur.

»Antworte«, sagte die Frau leise. Wedel schüttelte den Kopf und schloss die Augen.

»Lüg mich nicht an! Hast du sie vergewaltigt?« Wedel schüttelte so heftig den Kopf, dass Tränen zu beiden Seiten davonflogen. Die Frau hob die Hand und ballte sie zur Faust. Wedel sah im gleichen Moment dreierlei: Erstens, dass die Frau Gummihandschuhe trug, zweitens, dass sie ihre Jacke abgelegt und statt dessen einen Blaumann angezogen hatte, und drittens die Faust, die mitten in sein Gesicht schoss. Das Nasenbein knackte wie ein trockener Zweig, als es brach. Wedel hörte dieses Geräusch allerdings nicht mehr, denn er verlor das Bewusstsein.

Als er wieder zu sich kam, glaubte er einen Moment lang, aus einem wirklich schrecklichen Traum aufzuwachen. Aber noch bevor er die Augen geöffnet hatte, spürte er die pulsierenden Schmerzen in seinen Händen und die Feuerstelle, die mitten in seinem Gesicht entfacht war. Und als er die Augen schließlich öffnete, wusste er eines ganz genau: So schrecklich konnte kein Traum sein. Er blickte direkt in das Gesicht der Frau.

Sie beobachtete seine Rückkehr in die Welt der Lebenden. Er saß noch auf demselben Stuhl. Seine Situation schien unverändert. Aber das stimmte nicht ganz. Etwas hatte sich verändert. Er sah an sich hinab. Seine Hose war zerschnitten und hing in Fetzen vom Stuhl herab. Zwischen seinen Beinen hing ein kleines schrumpeliges Ding, das nach diesem Alptraum wahrscheinlich nie wieder die Bezeichnung Schwanz verdienen würde. Er sah sie an und schluchzte. Sie schenkte ihm ein Lächeln.

»Na, Wedel, wie gefällt dir das? Du trägst doch gern dein kleines Schwänzchen spazieren, oder nicht?« Sie trat ganz nahe an ihn heran. »Oder nicht?«

Er wollte den Kopf schütteln, überlegte es sich aber rasch anders und nickte heftig.

»Na, siehst du«, sagte sie liebevoll, »es geht doch. Du bist doch stolz auf dieses kleine Schwänzchen, oder nicht?« Er wollte es nicht, konnte aber nicht verhindern, dass sich seine Augen wieder mit Tränen füllten.

Ihre Stimme war ganz leise. »Du weißt doch, dass es besser ist, mir ehrlich zu antworten. Nicht wahr?« Er nickte.

»Dann antworte. Bist du stolz auf dieses erbärmliche Ding?« Er schluchzte und nickte wieder. Sie schlug ihm heftig ins Gesicht.

»Du hast mir zwar ehrlich geantwortet, Wedel, aber ich will dir was sagen: Die Welt ist schlecht, verdammt schlecht, wie du wohl am besten weißt. Und man kann sich auf nichts mehr verlassen.« Dann begann sie zu lachen, drehte sich lachend um und lachte immer noch, als sie mit einem kleinen Akkubohrer wieder zu ihm zurückkam ...

10

Diesmal habe ich mein Bestes geben, und es war gut. Bei Gott, es war wirklich gut. In Plan und Durchführung perfekt. Und im Lustgewinn unübertroffen. Bisher jedenfalls. Ich übe ja noch. Nicht auszuschließen, dass ich noch besser werde.

Nun gut, zuerst hatte ich so meine Probleme. Als der Deckel auf seine Finger schlug, glaubte ich einen Augenblick, mir würde schlecht. Aber ich schluckte zweimal, und der Augenblick war vorbei. Statt dessen spürte ich dieses seltsame Kribbeln in der Magengegend, das ganz langsam nach oben stieg, immer weiter, und dabei immer dichter zu werden schien, fast substanziell wurde und sich schließlich wie ein feiner Nebel in meinem Kopf ausbreitete.

Dann ging alles wie von selbst. Mein Kopf und mein Körper schienen zusammenzuarbeiten, ohne dass ich bewusst mitgewirkt hätte. Ich nahm alles wahr, aber es glich eher einer Filmhandlung, oder nein, einem Traum. Einem sehr realen Traum, in dem man zwar jede emotionale Nuance registriert, aber keinen Einfluss auf das Geschehen nimmt. Es geschieht ...

Ich zerschlug ihm das Nasenbein und spürte im selben Moment die Verdichtung des Nebels in meinem Kopf. Als ich seine Hose zerschnitt, durchsetzte sich der Nebel mit farbigen Lichtern, die in kleinen Funkenschauern explodierten, jedes Mal, wenn ich den Bohrer ansetzte. Ich fühlte mich berauscht, weit mehr, als Alkohol oder Drogen es je vermocht hatten. Dies ist meine Droge. Diese Droge wird mir helfen, meine Arbeit immer besser zu machen, meiner Aufgabe wirklich gerecht zu werden. Ich brauche mehr davon.

11

»Hi, Mam.« Viktoria öffnete die Haustür in dem Moment, als Barbara den Schlüssel ins Schloss schieben wollte.

»Du bist schon wieder da?«, fragte Barbara erstaunt.

»Ich war gar nicht weg.« Viktoria erzählte von der geplatzten Parisreise.

Barbara stellte ihre Taschen im Flur ab. »Das tut mir leid. Wenn ich das geahnt hätte, wäre ich gekommen, um dich abzuholen. Hast du dich sehr gelangweilt?«

Viktoria verneinte. »Zuerst schon, aber dann hab ich mein Zimmer aufgeräumt, und das ist ja immer eine tagesfüllende Beschäftigung. Sieht jetzt richtig gut aus. Du wirst es nicht wieder erkennen.«

Barbara lachte. »Das glaub ich dir aufs Wort.«

Sie setzte sich an den Küchentisch. »Sei so gut, Schatz, und mach mir eine Tasse Kaffee. Ich hab ein bisschen Kopfschmerzen. Das ganze Wochenende schon.«

Viktoria sah, dass sie wirklich etwas abgespannt wirkte und schaltete den Wasserkocher ein.

»Was hast du denn so getrieben?« Sie gab Kaffeepulver in eine Tasse.

»Ein bisschen aufgeräumt und vor allen Dingen geschrieben«, antwortete Barbara. »Es klappte besser, als erwartet. Die Ruhe da draußen ist das einzig Wahre.«

»Na, dann war es vielleicht doch besser, dass ich nicht mitgefahren bin. Ich hätte dich nur gestört.«

Barbara lächelte. »Nein, Schatz, das hättest du bestimmt nicht. Nächstes Mal fährst du mit, okay?«

Sie trank den Kaffee und nahm ein Aspirin dazu. Viktoria plauderte unterdessen drauflos. »Ach, übrigens«, sagte sie, »ich hab mit deinem Computer gespielt. Durfte ich doch, oder? Und da habe ich etwas entdeckt ...« Sie legte eine bedeutungsvolle Pause ein. Barbara sah sie erwartungsvoll an.

»Wandelst du etwa auf Freiersfüßen?«

Barbara lachte laut auf. »Wie kommst du denn darauf?«

»Naja, ich fand da so eine Liste mit Namen. Und alles Männer, meine Liebe. Gestehe!«

»Ach, das meinst du. Nein, nein, keine voreiligen Schlüsse, bitte. Ich hab nur schon mal vorab Namen zusammengestellt von Leuten, die mir bei dem Buch helfen könnten. Zeitungskollegen, Autoren, Lektoren, alles, was ich in meiner Laufbahn so kennen gelernt habe. Im Internet findet man halt mittlerweile alles, auch Adressen. Und ich denke, beim Verlegen des Buches werde ich jede Hilfe brauchen können.«

Viktorias zog eine Schnute. »Ach, wie langweilig. Und ich dachte schon ...«

»Falsch gedacht, mein Schatz«, lachte Barbara. »Und jetzt zeig mir dein Zimmer.«

Später am Sonntagnachmittag klingelte das Telefon. Barbara hob ab.

»Hallo, Babs«, sagte Sibylle. »Wie geht's unserem Buch?«

»Bestens, danke der Nachfrage. Und wie geht's dir? Ist Paul mittlerweile bei dir eingezogen?«

Sibylle seufzte. »Vergiss es. Seine Frau kam am Samstag schon wieder zurück, und Paul ging natürlich sofort nach Hause. Jetzt spielen sie vermutlich schon wieder trautes Heim.« Erst jetzt, als sie es aussprach, spürte sie ihre Enttäuschung.

»Tut mir leid für dich. Du hast ihn wirklich gern, was?«

»Ja, schon. Aber so geht das auch nicht weiter. Das macht alle Beteiligten nervlich fertig.«

»Und was hast du statt dessen gestern Abend gemacht?«

»Was schon. Zuhause gesessen und Glotze geguckt. Ich konnte mich dann auch nicht mehr aufraffen, irgendwas zu unternehmen. Aber sag mal, weißt du, wo Beate ist? Ich hab gestern schon versucht, sie anzurufen und heute morgen wieder, aber es meldet sich keiner.«

Barbara wusste es nicht. Sie hatte Beate seit Tagen nicht gesehen.

»Ich muss jetzt aufhören«, sagte Sibylle, »ein Gespräch auf der anderen Leitung. Bis dann.«

Das Redaktionsbüro war wie immer am Sonntagnachmittag nur spärlich besetzt. Stefan baute schon die erste Seite zusammen. Es würde kein allzu langer Tag werden heute. Sibylle griff nach dem zweiten Telefon auf ihrem Schreibtisch.

»Turinski.«

»Ich bin's«, sagte Paul.

»Hat sie dich schon wieder rausgeworfen?«, fragte Sibylle und bedauerte im gleichen Moment den spitzen Ton.

»Tut mir leid«, sagte sie. »War nicht so gemeint. Was gibt's denn?«

Paul zögerte einen Moment. »Ich hab was für dich«, sagte er dann. »Aber ich glaube nicht, dass du es auch diesmal wirklich sehen möchtest.«

Sibylle horchte auf. »Was denn, noch eine Leiche?«, fragte sie leise. Sie hatte sich angewöhnt, Informationen von Paul grundsätzlich erst einmal vertraulich zu behandeln, bis sie mit ihm abgeklärt hatte, was davon an die Öffentlichkeit durfte. »Erzähl schon!«

»Ein Mann. Wurde heute morgen auf einem Parkplatz in Heckenbach gefunden. Sieht ziemlich schlimm aus. Du kannst ihn übrigens sowieso nicht mehr sehen. Er liegt längst im Kühlfach.«

»Bist du im Büro?« Sibylle begann mit der freien Hand, Schreibzeug und Zigaretten in die Handtasche zu stopfen. »Dann komme ich sofort vorbei. Bis gleich.«

Sie sprang auf. »Stevie, ich muss noch mal weg. Halt mir einen Zweispalter auf der eins frei. 60 Zeilen. Mit Foto. Bis später.«

Sie rannte aus dem Büro. Stefan blickte ihr nach, seufzte dann schicksalsergeben und nahm sich die Seite eins noch mal vor, deren Layout er soeben fertig gestellt hatte.

Auf dem Weg zur Polizei telefonierte Sibylle mit dem Fotografen und schickte ihn nach Heckenbach. Sie war sicher, dass die Spurensucher noch vor Ort zugange sein würden. Es gab zwar kein Foto von der Leiche, aber ein Tatort war besser als nichts.

Paul kam ihr auf dem Flur im zweiten Stock des Polizeipräsidiums entgegen, einen Stapel Papiere in der Hand.

»Komm rein«, sagte er und führte sie in sein Büro. »Gerade hab ich die Fotos bekommen.«

Er setzte sich und schaute die Bilder durch. Sibylle sah nur die weißen Rückseiten. Er schob die Fotos wieder zusammen und blickte sie an.

»Es sieht nicht gut aus«, sagte er. »Willst du wirklich ...«

»Gib schon her.« Sibylle streckte die Hand aus. Die Bilder zeigten alle das gleiche, durchaus farbenfrohe Motiv: Ein Mann lag auf dem Rücken am Boden, die Arme seitlich neben dem Körper. Das Gesicht – die Fotos zeigten sowohl Ganzkörper – als auch Detailaufnahmen – war geschwollen, die Augenlider so dick wie Sibylles kleiner Finger. Die Nase saß schief, und überall im Gesicht war Blut verschmiert. Sibylle betrachtete vor allem die Nahaufnahme des Kopfes ausgiebig und absolut ruhig. Das nächste Foto zeigte den Unterleib der Leiche im Detail. Er war fast nackt. Stofffetzen, die vermutlich irgendwann eine Hose gewesen waren, hingen an beiden Seiten herab. Die ursprüngliche Farbe der Hose, vermutlich ein helles Braun, war einem fleckigen Rostrot gewichen. An der Stelle, wo sich gewöhnlich der Penis befindet, sah Sibylle ein undefinierbares matschiges Etwas.

»Mein Gott«, sagte sie und ließ die Bilder sinken. »Das war ganze Arbeit.«

»Du bist ja hart im Nehmen.«

Paul nahm die Fotos wieder an sich. »Was die Spurenlage betrifft, haben wir tausend oder auch keine. Das bleibt abzuwarten. Es gibt natürlich jede Menge Reifenspuren auf dem Parkplatz, Zigarettenkippen und so weiter. Muss alles erst ausgewertet werden. Der Fundort war übrigens nicht der Tatort. Die Leiche muss zwischen Mitternacht und sechs Uhr dort abgeladen worden sein. Der Zeuge, der sie heute morgen gefunden hat, war noch kurz vor Mitternacht mit seinem Hund draußen, und da lag sie noch nicht da.«

»Wisst ihr schon, wer es ist?«

»Noch nicht. Keine Papiere oder andere Identifizierungsmerkmale. Der Zeuge kennt ihn ebenfalls nicht oder hat ihn vielleicht nicht erkannt. Man kann annehmen«, er deutete mit dem Kinn auf die Fotos, »dass der Mann zu Lebzeiten etwas anders ausgesehen hat. Eine Vermisstmeldung liegt auch nicht vor. Wir müssen abwarten. Wenn wir bis morgen die Identität des Opfers nicht kennen, werden wir ein Foto der Leiche veröffentlichen. Natürlich nach eingehender kosmetischer Behandlung.«

Eine Stunde später hatte Sibylle ihren Artikel im Kasten. Die Einzelheiten hatte sie den Lesern erspart und sich darauf beschränkt, von einem äußerst brutalen Mord zu sprechen. Die Personenbeschreibung würde vielleicht dazu beitragen, das Opfer zu identifizieren.

12

Das Gesicht im Spiegel war alt. Rotunterlaufene Augen mit geschwollenen Lidern, zu beiden Seiten der Nase zogen sich tiefe Falten bis zu den Mundwinkeln hinab. An der rechten Seite der Stirn, direkt am Haaransatz, zog sich ein blutig-verkrusteter Streifen bis in die Schläfe hinein.

Maria betastete die Wunde vorsichtig. Sie hätte wohl damit ins Krankenhaus fahren müssen, damit sie genäht wird. So würde es eine hässliche, breite Narbe werden. Und sie würde noch etwas hässlicher aussehen. Und noch mehr Prügel beziehen. Wenn er allerdings nach Hause kam und sie war nicht da, sondern im Krankenhaus, dann könnte sie anschließend gleich nochmal hinfahren.

Sie unterdrückte die aufsteigenden Tränen und wusch das Gesicht mit kaltem Wasser, kühlte die geschwollenen Lider. Jeder blaue Fleck, jede Schwellung, die sie bis zu seiner Rückkehr nicht beseitigen konnte, würde ihn wieder wütend machen. Und er würde einen neuen Bluterguss hinzufügen. Ausweglos.

Sie stützte die Arme auf den Beckenrand und ließ den Kopf hängen. Wie hatte sie ihm nur jemals glauben können, als er versprach, sich zu ändern und nicht mehr zu trinken. Wie oft hatte er das schon versprochen. Sie war dumm. So verdammt dumm.

Sie konnte ihn nicht verlassen. Er würde sie totschlagen.

Sie ging mit schleppenden Schritten in die Küche. Ihre Beine schmerzten von seinen Tritten. Jeden Moment würde die Haustür aufgehen, und er würde völlig versoffen und wütend, wie immer wütend, nach Hause kommen. Wenn sie Glück hatte, war er so betrunken, dass er gleich einschlief. Wenn nicht ...

Sie sah auf die Uhr. Fast sechs. Draußen wurde es langsam hell. Sie setzte sich an den Tisch und wartete.

Ein Geräusch an der Tür ließ sie erstarren. Der Briefschlitz klapperte. Sie atmete auf. Nur die Zeitung.

Sie zog das zusammengefaltete Papierbündel durch den Schlitz, warf die Zeitung auf den Tisch und wartete.

Eine Stunde. Zwei Stunden. Er kam nicht. Ihre Spannung ließ langsam nach.

Sie machte sich eine Tasse Kaffee, breitete die Zeitung aus und blätterte bis zum Lokalteil. Ein großes Foto fesselte ihren Blick. Die Örtlichkeit kam ihr bekannt vor. Sie las die Bildunterzeile: »Die Kriminalpolizei bei der Spurensicherung in Heckenbach – Der Fundort ist nicht der Tatort.«

Jetzt erkannte sie den Platz. Es war der Parkplatz hinter der alten Schule. Sie begann, den Artikel zu lesen. Er endete mit einer Personenbeschreibung, die sie ein zweitesmal las. Ihr Herz schlug heftig. Sie presste eine Faust an den Mund und unterdrückte ein Schluchzen. Sie las die Personenbeschreibung ein drittesmal. Dann ließ sie die Zeitung fallen und heulte wie ein Kind.

13

»Fangen wir ganz von vorne an, Frau Wedel.« Paul strich sich müde die Haare aus der Stirn. Seit einer Stunde saß er jetzt mit dieser Frau hier und versuchte zu ergründen, was eigentlich passiert war. Sie stand offenbar unter Schock. Paul hatte sofort einen Arzt rufen lassen, der sie jedoch für vernehmungsfähig erklärte. Sie ihrerseits nickte auf seine Frage, ob sie eine Aussage machen wollte.

»Sie haben Ihren Mann am Samstag zum letzten Mal gesehen. Ist das richtig?« Maria nickte.

»Um wie viel Uhr?«

Sie starrte blicklos vor sich hin. »Ich weiß nicht«, flüsterte sie.

»War es draußen hell oder dunkel?«

»Dunkel.«

Aha, also nach 18 Uhr.

»Was haben Sie und Ihr Mann denn um diese Zeit gemacht?«

»Ich weiß nicht.«

»Haben Sie ferngesehen?«

»Mein Mann, ja.«

»Und dann ging er aus dem Haus. Hat er gesagt, wohin?«

»Einen trinken.«

»Wohin ging er denn gewöhnlich, wenn er einen trinken ging?«

»Glaub ich aber nicht.«

»Bitte?« Die Frau reagierte nicht. »Frau Wedel, was haben Sie gerade gesagt? Ich hab Sie nicht verstanden.«

»Ich glaube nicht, daß er einen trinken ging«, sagte sie leise. »Jemand hat angerufen.«

»Jemand rief an, und dann verließ er das Haus?«

Sie nickte.

»Wissen Sie, wer das war?«

Sie schüttelte den Kopf.

»Was sagte Ihr Mann denn am Telefon?«

»Er war komisch. Fragte, was soll das? Ich weiß auch nicht. Und dann ging er.«

Paul sah ein, dass er so nicht weiterkommen würde. »Sie haben dann bis heute abgewartet, ob er wiederkommt«, stellte er fest. »Blieb er oft mehrere Tage verschwunden?«

»Manchmal«, murmelte sie. »Nicht oft.«

»Dann haben Sie die Zeitung gelesen und ihn aufgrund der Personenbeschreibung erkannt?«

Nicken.

»Wann kam die Zeitung?«

»Um sechs.«

Paul warf einen Blick auf seine Unterlagen. »Sie sind erst um 11 Uhr zur Polizei gegangen. Warum haben Sie solange damit gewartet?«

»Weiß nicht.«

Paul gab auf. »Ich lasse Sie jetzt nach Hause bringen. Sie schlafen sich erst mal richtig aus und kommen dann morgen noch einmal wieder.«

Sie reagierte nicht.

»Haben Sie mich verstanden?«

Sie nickte und flüsterte: »Morgen wiederkommen.«

Paul nickte dem jungen, uniformierten Kollegen zu, der die ganze Zeit an einem kleinen Tisch neben der Tür gesessen und das Wenige, das bei der Vernehmung herausgekommen war, mitstenografiert hatte. Jetzt legte er seinen Block hin, stand auf und führte Maria hinaus.

Paul lehnte sich erschöpft in seinem Stuhl zurück. Der zweite Mord innerhalb weniger Wochen, der dritte, wenn man die kleine Bürger mitrechnete. Die war aber auf jedem Fall einem anderen Täter zuzuordnen. Zwischen dem Mord an Billig und dem an Wedel bestand zwar auch keine Gemeinsamkeit außer der, dass es sich in beiden Fällen um erwachsene Männer handelte, aber theoretisch könnte es sich um den gleichen Täter handeln. Wenn man keinen Anhaltspunkt hatte, war alles möglich. Und Paul hatte keinen Anhaltspunkt. Nicht einen.

Frühling

1

Es war ein ungewöhnlich schöner Tag gewesen für Ende März. Das Thermometer an der Außenwand des alten Holzschuppens war bis auf 24 Grad gestiegen, und selbst jetzt hing die Wärme noch wie ein weiches Tuch über der Sitzgruppe in Barbaras Garten. Rings um die mit Kopfsteinpflaster befestigte Fläche blühten Krokusse und Narzissen. Tulpen zeigten ihre ersten farbigen Spitzen, und überall dort, wo die Natur noch zögerte, ihre Pracht zu entfalten, hatte Barbara kleine Töpfe mit Primeln in rot, orange und gelb hingesetzt. Der von weißen Holzstühlen umgebene Tisch war elegant eingedeckt: dunkelblaues Keramikgeschirr, klassische Weingläser, handbestickte blaue Stoffservietten.

Barbara stand inmitten ihres Werks und betrachtete es zufrieden. Der heutige Mädel-Abend sollte so lange wie möglich im Freien stattfinden. Wenn es später zu sehr abkühlte, könnten sie immer noch ins Haus gehen. Der erste wirklich schöne Frühlingstag aber sollte nicht in einem verrauchten Wohnzimmer beschlossen werden.

Sie lief ins Haus zurück und warf einen Blick durch die gläserne Scheibe in den Backofen. Das Gemüsegratin sah köstlich aus. Es zeigte bereits eine leicht goldgelbe Färbung. In zwanzig Minuten würde es fertig sein. Barbara stellte das Wasser für den Reis auf und bereitete die Kaffeemaschine vor. Der Wein, ein leichter Ahr-Riesling, der ihrer Ansicht nach am besten zu Gratin passte, war bereits geöffnet. Was jetzt noch fehlte, waren die Gäste.

Barbara trat wieder hinaus in den Garten, und im gleichen Augenblick läutete es an der Haustür. Beate und Sibylle hatten eine Schale mit dunkelgelben Gerbera mitgebracht, die sich hervorragend als Tischdekoration ausnahm.

Das Essen war ausgezeichnet, obwohl Barbara sich nicht rühmen konnte, zu den Super-Hausfrauen zu zählen. Die Tischunterhaltung bestritt in weiten Teilen Sibylle, die endlos über dieses und jenes plaudern konnte und niemals auch nur eine Sekunde lang des Gesprächsstoffes entbehrte. Bei Kaffee und einer Zigarette steuerten dann auch Beate und Barbara ihren Teil zur Unterhaltung bei. Barbara berichtete von der Entwicklung ihres Romans. In den letzten Wochen war sie nicht recht voran gekommen, aber sie glaubte, das Tief jetzt überwunden zu haben. Das nächste Kapitel habe sie bereits im Kopf, und es harre nur noch der Niederschrift.

Sibylle brachte die Freundinnen auf den neuesten Stand, was die Mordfälle der jüngeren Vergangenheit betraf. Der Mörder der Rheinauen-Leiche war noch nicht gefunden. Paul hatte zwar im näheren und weiteren Bekanntenkreis des Opfers verschiedenes Gelichter ausgemacht und verhört, aber ernst zu nehmende Hinweise auf den Täter hatten sich nicht ergeben. Die Eltern der Kinder, die Billig vor vielen Jahren getötet hatte, waren selbstverständlich überprüft worden, aber sie kamen als Täter nicht in Frage. Zeugen für den Mord gab es nicht.

Für das Abschlachten von Friedrich Wedel schien die Polizei oder vielmehr die Staatsanwaltschaft jetzt den Schwiegersohn des Opfers, Ralf Großgarten, verantwortlich machen zu wollen. Seit fast zwei Wochen saß der junge Mann in Untersuchungshaft. Er hatte für den fraglichen Abend kein Alibi. Wenn auch das Motiv, das man ihm unterstellte, nämlich Rache für den Missbrauch an seiner Frau Christine, nach so langer Zeit ein wenig dürftig schien, so war es doch immerhin ein Motiv. Und es war das beste, weil das einzige, was die Polizei zu bieten hatte. Ausschlaggebend für seine Verhaftung war die Aussage einer Freundin von Christine gewesen, die belauscht hatte, wie Ralf seiner Mutter gegenüber sagte, ein Schwein wie Wedel hätte man am besten noch vor der Anklage umbringen sollen. Das war am Tag nach Maria Wedels Selbstmord gewesen.

Die Polizei tastete verzweifelt in diesem verwirrenden Fall umher und war ganz offensichtlich dankbar, als der junge Mann schließlich in ernsthaften Tatverdacht geriet. Zwei oder vielmehr drei ungeklärte Mordfälle innerhalb weniger Wochen schienen den Bullen offenbar unerträglich.

»Dass Frau Wedel sich umgebracht hat, ist mir wirklich unbegreiflich«, sagte Sibylle. »Sie sollte doch froh sein, endlich ein freies Leben führen zu können ohne diesen Widerling. Und dann bringt sie sich um. Hängt sich einfach im Treppenhaus auf. Und kein Abschiedsbrief. Ihre Geschwister sagen, dass sie ohne ihren Mann nicht zurechtkam. Der hat sie zwar dauernd verprügelt, aber immerhin hatte sie an ihm eine Richtschnur fürs Leben.«

Sibylle ließ eine kleine Kunstpause entstehen.

»Paul dachte schon mal daran, dass sie vielleicht ihren Mann umgebracht hätte. Ich kann mir das allerdings nicht vorstellen. Passte nicht zu ihr.«

Barbara schüttelte den Kopf. »Nein, vor allem nicht die ausgeklügelte Planung. Sie hätte ihn vielleicht in einem Anfall von Verzweiflung erschlagen oder erstochen, aber das wäre wahrscheinlich zu Hause passiert, und es hätte jede Menge Spuren gegeben. Aber zu dem Schwiegersohn passt es doch wohl auch nicht. Du sagtest doch, er habe einen ruhigen und vernünftigen Eindruck gemacht vor Gericht?«

»War auch so. Aber du schaust halt nicht in die Menschen hinein. Wie sagte Wilhelm Busch schon so treffend: Du siehst die Weste, nicht das Herz.«

Beate nickte. »Und wer weiß, welche Auswirkungen der Missbrauch noch in der Ehe der jungen Leute hat. So was geht doch nicht spurlos an einer Frau vorüber. Das vergisst man nie, sein ganzes Leben nicht ...«

Sie brach unvermittelt ab. Barbara und Sibylle sahen sie an.

»Was soll das heißen?«, brach Sibylle schließlich das Schweigen.

Beate zögerte und wog offensichtlich ihre Antwort ab. Dann sagte sie leise: »Ich möchte nicht darüber sprechen.«

Die Frauen schwiegen betroffen. Barbara zündete sich eine Zigarette an und goss Wein nach. Sibylle stützte das Gesicht auf die Handflächen und ließ ihren Blick wandern. Beate schaute verlegen vor sich auf den Tisch und zog mit dem Zeigefinger das Stickmuster der Serviette nach.

»Ach, was soll's«, sagte sie plötzlich, »irgendwann muss es doch mal raus.« Sie verschränkte die Finger und rieb die Daumen aneinander, während sie überlegte, wie sie anfangen sollte.

»Mein Onkel war es, und ich war damals acht. Es war nicht wirklich schlimm, wisst ihr, nicht brutal oder so. Er fummelte an mir rum und onanierte dabei.« Sie schwieg einen Moment.

Barbara und Sibylle wandten den Blick nicht von ihrem Gesicht.

»Er hat auch mal den Finger reingesteckt, und es tat ein bisschen weh. Das war alles. Aber das Schlimmste ...« Sie blickte in die mitfühlenden Gesichter der beiden anderen Frauen. »Ich liege heute noch manchmal wach und denke darüber nach und empfinde dieselbe Ohnmacht und Hilflosigkeit wie damals. Dieses Ausgeliefertsein. Du bist einfach machtlos. Und so ein Schwein ...« Sie brach ab. Tränen standen in ihren Augen, und sie rang um Fassung.

Barbara und Sibylle legten ihr gleichzeitig eine Hand auf den Arm. Beate hob den Kopf und sah sie an. »Ich komm nicht drüber weg, selbst nach so vielen Jahren nicht. Ich hab kein Problem damit in meiner Ehe oder beim Sex, aber ich komm einfach nicht drüber weg.«

Tränen rollten ihre Wangen hinab. Barbara stand auf, ging vor Beate in die Hocke und nahm sie in den Arm.

Während Beate an ihrer Schulter weinte, dachte Barbara an ihre eigene Kindheit zurück. Sie konnte nur allzu gut nachempfinden, wie die Freundin sich fühlte. Und sie empfand Bewunderung für sie, die es geschafft hatte, auszusprechen, was auf ihrer Seele lastete. Sie selbst war noch nicht so weit. Würde es vielleicht nie sein.

2

Ich bin unsicher. Mein Weg ist nicht mehr so deutlich wie bisher. Diese Frau wirft mich aus der Bahn. Warum bringt sie sich um? Sie hätte doch erlöst sein sollen, befreit! Aber sie bringt sich um.

Ich zweifele an meiner Aufgabe. Habe ich sie umgebracht? Bin ich schuld an ihrem Tod?

Ich muß darüber nachdenken. Erst dann kann ich entscheiden, wie es weitergehen soll.

Kann ich überhaupt schuld sein an ihrem Tod? Oder war ihr Selbstmord unausweichlich? Ist nicht eher ihr Mann schuld? Und damit meine Tat doppelt gerechtfertigt?

Jeder Mensch ist für sich selbst verantwortlich. Und für seine Taten. Und für die Konsequenzen. Er ebenso wie sie und wie ich.

Nein, ich bin nicht schuld an ihrem Tod.

An ihrem Tod nicht, und auch nicht an seinem. Ich mache mich nicht schuldig. Vielleicht im Sinne des Gesetzes. Aber wen interessiert das. Für mich gelten diese Gesetze nicht mehr. Kein Gesetz wird mich daran hindern, in Kürze diese Welt zu verlassen. Und solange tue ich, was ich kann.

Ich vertrete umfassend das Gesetz. Mein Gesetz. Ich bin Kläger, Richter und Henker in einem.

Ich zweifle nicht mehr.

Allerdings habe ich ein Problem. Ich kann nicht zulassen, dass ein Unschuldiger deswegen im Gefängnis sitzt. Seine Familie ist allein und verzweifelt. Christine, die es ohnehin schon nicht leicht hatte. Und jetzt wieder leidet. Da muss ich etwas tun.

Die Polizei auf eine andere Fährte bringen. Ablenken. Vielleicht ein anonymer Brief ... nein, der könnte ja von jedem kommen. Allerdings könnte ich ja auf Details eingehen, die sonst niemand kennt. Wäre eine Möglichkeit.

Aber ein bisschen langweilig.

Nein, jetzt hab ich's ...

Eine etwas spektakuläre Weise, um Großgartens Unschuld zu beweisen, aber früher oder später würde ich ja sowieso weitermachen. Dann eben früher.

3

Etwa zehn Personen waren im Büro des Chefs versammelt. Kriminaloberrat Lotz thronte hinter seinem Schreibtisch, Paul Beck und seine Kollegen saßen auf Stühlen und Fensterbänken oder lehnten an den Wänden.

»Leute«, sagte Lotz und sah in die Runde, »wir haben ein echtes Problem.«

Keiner sagte etwas; allen war das Problem bestens bekannt. Seit heute nacht hatten sie nicht drei, sondern vier ungeklärte Morde in wenigen Wochen, zwei davon nach dem gleichen Schema – wenn das kein Problem war, dann gab es keines.

»Wenn wir nicht bald einen Täter präsentieren, zerreißt uns die Presse in der Luft. Vom Polizeipräsidenten ganz zu schweigen.«

Lotz beugte sich vor und sah Paul an, der seitlich am Schreibtisch lehnte.

»Wer hat eigentlich der Tussi vom ›Bonner Morgen‹ gesteckt, dass es sich um einen Serienkiller handelt?«

»Keine Ahnung.« Paul zuckte die Schultern. »Die Frau denkt wahrscheinlich mit. Soll auch bei Frauen vorkommen.«

Die Kollegen grinsten. Lotz fand das offenbar nicht sehr komisch.

»Noch steht gar nicht fest, dass es tatsächlich derselbe Täter war. Könnte genau so gut ein Trittbrettfahrer sein.«

Paul schüttelte den Kopf. »Ist nicht anzunehmen. Bestimmte Details von Wedels Ermordung sind gar nicht an die Öffentlichkeit gekommen. Nur derselbe Täter wäre in der Lage, den Mord so detailliert nachzuarbeiten.«

»Das heißt ja dann wohl, dass wir den jungen Großgarten laufen lassen müssen. Oder was?«

Dieter Schneider, ein Kollege, mit dem Paul gern zusammen arbeitete, weil er auch in den übelsten Situationen noch einen Rest von Humor bewahrte, sagte mit todernstem Gesicht: »Das würde ich so nicht sagen. Möglicherweise hat er telekinetische Kräfte eingesetzt. Ich hatte da letztens schon mal so'n Fall ...«

Lotz starrte ihn an und brauchte einige Sekunden, bis er merkte, dass es sich um einen Witz handelte.

»Seien Sie nicht albern, Schneider. Die Lage ist ernst genug.«

Die Kollegen grinsten.

»Tatsache ist«, meldete sich Paul zu Wort, »dass der Staatsanwalt sich bereits telefonisch gemeldet hat. Er will Großgarten heute nachmittag noch auf freien Fuß setzen.«

Lotz sah auf die Uhr.

»Wie auch immer. Wir müssen jetzt handeln. Schneider, Sie bereiten eine Presseerklärung vor, die wir den Journalisten gleich mitgeben können. Sie und Beck gehen um 14 Uhr mit in die Pressekonferenz. Und die anderen Herrschaften ...«, er erhob sich, »... gehen wieder an die Arbeit und beschaffen uns so schnell wie möglich einen passablen Verdächtigen.«

Die Pressekonferenz dauerte viel zu lang und war alles in allem eher unerfreulich. Einziger Lichtblick für Paul war Sibylle, die ihm hin und wieder einen vertraulichen Blick zuwarf. Am liebsten hätte er nach der PK wie die Journalisten-Kollegen seine Jacke genommen und wäre Sibylle Gott-weiß-wohin gefolgt.

Bis dahin hatte er schätzungsweise tausend Fragen beantwortet, von denen mindestens ein Drittel in einem Ton gestellt worden war, der an Beleidigung grenzte. Die Scheiß-Pressefritzen taten so, als ob er persönlich die Schuld an diesen Morden trüge. Oder daran, dass man einen offenbar Unschuldigen mehrere Wochen in U-Haft gehalten hatte. Vor allem aber daran, dass man noch keinen Täter präsentieren konnte.

Hinterher war er erschöpft.

Mit Dieter Schneider ging er noch einmal die Fakten des letzten Mordes durch und verglich sie mit dem Mord an Friedrich Wedel. Das Opfer hieß Werner Weidenbach und wohnte in Bonn-Beuel. Gefunden wurde er gegen vier Uhr gestern nacht von einem elfjährigen Türkenjungen, der die Zeitung austrug.

Exakt die gleichen Verletzungen: Fingergelenke gebrochen, Nasenbein zertrümmert, Penis zerstört.

Todesursache war in beiden Fällen: Verbluten. Und das Ausgangsschema war ebenfalls in beiden Fällen das gleiche. Das Opfer war telefonisch von Zuhause weggelockt worden und erst am nächsten Tag als Leiche wieder aufgetaucht. Spuren am Fundort: negativ. Motiv: negativ.

»Vor allem die Motivlage macht mir zu schaffen«, grübelte Schneider.

»Bei Wedel lag so offenkundig auf der Hand, warum der umgebracht wurde. Das Familiendrama bot sich ja geradezu an.«

Paul nickte.

»Ich hatte sogar schon mal daran gedacht, dass es Wedels Frau gewesen sein könnte. Aber die scheidet ja für diesen Mord hier wohl aus.«

Schneider stieß ihn mit dem Ellbogen an.

»Obwohl, ich weiß nicht, ich hatte da letztens schon mal so'n Fall ...«

Beide grinsten.

»Was mag wohl in diesen Anrufen rübergekommen sein, damit beide Opfer das Haus verließen, ohne ihren Frauen ein Sterbenswörtchen zu verraten?«

»Vielleicht irgendein finanzieller Anreiz. Oder so etwas wie: Ich weiß alles. Kommen Sie raus, sonst spreche ich mit Ihrer Frau.«

Schneider dachte darüber nach.

»Könnte durchaus sein. Ich zumindest würde erst mal rausgehen und sehen, worum es sich handelt.«

»Ich nicht«, sagte Paul, »meine Frau weiß schon alles.«

Schneider brach in lautes Gelächter aus.

»Lass uns mal Weidenbachs Vergangenheit durchforsten«, schlug Paul vor.

»Vielleicht gibt es irgendwelche Gemeinsamkeiten mit Wedel.«

Er breitete die Papiere, die vor ihm auf dem Schreibtisch lagen, nebeneinander aus. Sie enthielten alle bekannten Fakten über den Mord, Fotos von Fundort und Leiche und einen kurzen Abriss über den Lebenslauf des Mannes. Daneben lag die Akte Wedel.

Die beiden Männer studierten schweigend die Papiere.

»Die einzige Gemeinsamkeit ist die, dass sie beide in dieser Gegend wohnten«, stellte Paul nach einer Weile fest.

»Ansonsten – nichts.«

»Wir müssen noch mal mit der Frau sprechen. Vielleicht kannten sich die Familien.«

»Und eine Anfrage an die früheren Wohnorte stellen. Er ist zweimal umgezogen.«

Schneider deutete auf die betreffenden Zeilen im Lebenslauf.

»Hier, einmal vor seiner Heirat von Papenburg nach Oldenburg und dann nach seiner Heirat von Oldenburg nach Westerstede. In Bonn seit – warte mal – 1991.«

»Die Anfragen sind schon unterwegs. Wird wie immer 'ne Zeit lang dauern«, sagte Paul.

»Kein Vorstrafenregister.«

Er lehnte sich zurück und streckte sich.

»Vielleicht haben wir es auch einfach mit einem Bekloppten zu tun, der sich willkürlich seine Opfer sucht. Dann muss es keine Gemeinsamkeiten geben. Oder vielleicht reicht ihm aus, dass die Opfer blond sind. Oder große Nasen haben oder sowas.«

»Ich weiß nicht«, sinnierte Schneider, »für einen geisteskranken Serientriebtäter arbeitet der Mann zu perfekt. Exakt die gleichen Verletzungen, keine mehr, keine weniger, wenn man von ein paar kleineren Blessuren absieht. Wenn die Morde nur eine einzige große Gemeinsamkeit hätten, zum Beispiel das zermatschte Glied, dann würde ich dir zustimmen. Aber diese exakte Übereinstimmung – das ist nicht normal für einen Geisteskranken.«

Paul sah ihn belustigt von der Seite an, und erst jetzt fiel Schneider auf, was er gesagt hatte.

»Du verstehst, was ich meine«, fügte er etwas unwirsch hinzu.

»Das würde bedeuten«, sagte Paul, »dass er für diese exakte Nachahmung einen besonderen Grund hatte. Und da bieten sich mindestens zwei Möglichkeiten an. Entweder, er mordet aus irgendwelchen uns unbekannten Beweggründen genau in dieser Art und Weise. Vielleicht, um eine Tat zu rächen, die in dieser Form einmal geschehen ist. Oder weil er's so in einem Krimi gelesen hat. Warum auch immer. Kein Geisteskranker im eigentlichen Sinne, sondern ein exakter Arbeiter.«

»Die zweite Möglichkeit«, ergänzte Schneider, »ist die, dass er uns darauf hinweisen möchte, dass es sich in beiden Fällen um denselben Täter handelt.«

Beide schwiegen. Schließlich sagte Paul: »Und dann gibt es wieder mindestens zwei Möglichkeiten. Die eine ist die, dass er stolz auf sich ist und darauf, uns an der Nase herumzuführen. Dann müssen wir demnächst mit noch mehr gleich gelagerten Fällen rechnen.«

»Na, danke schön.«

»Die zweite Möglichkeit ist, dass er beweisen wollte, dass Großgarten unschuldig ist.«

Beide überdachten diese Theorie. »Dann müssen wir den Täter im Umfeld von Wedel und Großgarten suchen und nicht im Umfeld von Weidenbach«, stellte Paul fest.

»Wenn sich der Herr Oberregierungsrat erinnern möchten«, flachste Schneider, »so haben wir bereits dieses Umfeld abgegrast und außer Großgarten und Frau Wedel keinen Verdächtigen ausmachen können.«

»Scheiße auch«, sagte Paul.

Ihm wurde langsam klar, dass sie es mit einem verdammt schwierigen Fall zu tun hatten. Und er wünschte sich nichts anderes als ein kühles Bier und Sibylle neben sich im Bett.

4

Das war ein schwieriges Stück Arbeit. Richtige Arbeit. Wenn alles von selbst geschieht und man nur dem spontanen Ablauf folgen muss, ist es leicht. Aber praktisch nach einem Drehbuch zu arbeiten – es war schwieriger, als ich erwartet hatte.

Nachdem ich den Kerl erst einmal dazu gebracht hatte, die Hände auf den Rand des Kofferraums zu legen – ich glaube, er ahnte, welchen Zweck ich damit verband – und dann den Deckel runter schlug, setzte zwar wieder das Kribbeln im Bauch ein und erleichterte mir die wei-

tere Arbeit. Aber ich durfte nicht zulassen, dass es sich bis in den Kopf hocharbeitet. Ich wusste nicht, ob ich dann noch so gezielt hätte vorgehen können.

Ich musste den Rausch unterdrücken. Der Nebel waberte dann doch in meinem Kopf umher, bereit, sich in sämtliche Zellen zu verteilen, und ich hatte einige Mühe, ihn zusammenzupressen auf eine kleine komprimierte Blase. Ich bekam Kopfschmerzen.

Immerhin gelang es mir, die ganze Geschichte zeitlich sehr rasch abzuhandeln. Finger, Nase, Schwanz, ausbluten und fertig.

Die Nebelblase in meinem Kopf war mittlerweile auf eine steinharte kleine Kugel zusammengeschrumpft, schrie nach Entfaltung und jagte Schmerzwellen durch mein Gehirn.

Es war nicht sehr befriedigend. Wirklich nur Arbeit.

Ich hoffe nicht, dass so etwas nochmal notwendig wird.

Das macht keinen Spaß.

So jedenfalls nicht.

5

Sie lagen nebeneinander im Bett. Sibylle rauchte und blies kleine Qualmwölkchen durch die gespitzten Lippen in Richtung Zimmerdecke. Im sanften Licht der Stehlampe lösten sie sich auf und blieben als lang gezogene Schwaden auf halbem Wege stehen.

Paul drehte sich auf die Seite und betrachtete Sibylles hübsches Profil.

»Du bist so in Gedanken, Liebes«, sagte er und streichelte sanft eine ihrer kleinen, runden Brüste.

»Machst du dir über irgendwas Sorgen?«

Sibylle atmete Rauch aus und verfolgte seinen Weg nach oben. »Ich denke über etwas nach, was eine Freundin von mir gesagt hat. Barbara Damian, ich glaube, du kennst sie nicht. Wir sprachen über Kinderschänder und darüber, wie der Kinderschutzbund damit umgeht. Weißt du überhaupt, dass die im allgemeinen keine Anzeige erstatten?«

Paul nickte.

»Ja. Das Jugendamt arbeitet ähnlich. Bis wir was davon hören, ist in den meisten Fällen schon alle Ermittlungsarbeit kaputtgemacht. Das beste Beispiel sind doch die Wormser Prozesse und die in Mainz. Da wurden die Kinder vorab schon so oft von so genannten ›Fachfrauen‹ verhört, bis ihre Aussagen in keiner Weise mehr glaubwürdig waren.«

»Jedenfalls sagte Beate, die beim Kinderschutzbund arbeitet, sie fände das auch nicht in Ordnung, wüsste aber keinen besseren Weg. Barbara erzählte daraufhin von einer Aktion, die hier in Deutschland gestartet wurde. Nach dem Muster von ›Meagan's Law‹ in Amerika. Erinnerst du dich? Wir sprachen letztens noch darüber.«

Paul nickte.

»Laut Barbara hat sich irgendwo in Deutschland eine Frau, die Mutter eines missbrauchten Mädchens, darangemacht, Namen und Adressen von Kinderschändern in einer Liste zusammen zu tragen. Diese Liste aktualisiert sie regelmäßig und stellt sie ins Internet ein. Jeder kann also darauf zurückgreifen und nach Gutdünken damit verfahren.«

»Na, das ist ja ein Ding«, sagte Paul.

»Barbara meinte, man könne ja aus dieser Liste die Triebtäter heraussuchen, die im eigenen Wohnbereich leben und eine Liste mit ihren Namen an das Gemeindebrett heften. Oder in einer Anzeige veröffentlichen. Oder als Wurfsendung verteilen.«

»Das geht natürlich nicht«, wehrte Paul ab.

»Datenschutz. Auch die Personaldaten von Kinderschändern unterliegen den Datenschutzgesetzen.«

Sibylle sah ihn belustigt an.

»Dummerchen, wen interessieren denn Gesetze?«

Sie setzte sich auf und nahm noch eine Zigarette aus der Schachtel auf dem Nachttisch.

»Natürlich macht man so etwas anonym. Bei der Anzeige in der Zeitung würde es vielleicht etwas schwierig, aber Hauswurfsendungen kannst du doch bei Nacht und Nebel verteilen. Und Listen ans Gemeindebrett hängen oder in der Kirche auslegen, kannst du auch. Die werden vielleicht noch am gleichen Tag wieder eingesammelt, aber bis dahin haben doch eine Menge Menschen die Namen gelesen.«

Paul dachte darüber nach.

»Illegal ist es natürlich trotzdem. Aber du hast recht, die Chance, erwischt zu werden, ist nicht besonders groß. Wer ist denn diese Frau, die sich das ausgedacht hat?«

»Na, das weiß man natürlich nicht. Sie arbeitet aus verständlichen Gründen auch anonym. Und du weißt ja, wie schwierig es ist, den Absender einer Internetpost dingfest zu machen. Deine Kollegen von der Sitte dürften sich damit ja bestens auskennen.«

Das stimmte wohl. Wenn man bedachte, wie lange es dauerte, bis man die Absender von Kinderpornos ausfindig gemacht hatte. Und oft gelang es überhaupt nicht. Das Internet war ein Sammelbecken auch für Kriminalität, und Paul ahnte, wenn sich die Polizei nicht allmählich auf dieses Arbeitsgebiet einstellte, würde man seiner bald nicht mehr Herr werden können.

»Und stell dir mal vor«, sinnierte Sibylle, »irgendeine barmherzige und entschlussfreudige Seele erbarmt sich und knipst diesen Kerlen einfach nacheinander die Lichter aus. Tolle Sache. Du würdest nicht mal ein Motiv ausmachen können, geschweige denn eine Verbindung zum Täter finden. Weil es keine gäbe.«

»Das Motiv wäre nach ein paar gleichgelagerten Morden doch offensichtlich. Aber den Täter hätte man damit natürlich noch nicht. Da hast du recht.«

Sibylle drückte ihre Zigarette im Aschenbecher aus, wälzte ihre 55 Kilo auf Paul und erklärte das Thema damit vorerst für beendet.

6

Die tägliche Frühbesprechung der Polizeiinspektion Papenburg begann im gewohnt beschaulichen Tempo. Grete, die Schreibkraft und Seele des Betriebs seit über 20 Jahren, hatte Kaffee und Tee gekocht und ein paar Brötchen belegt, und die Kollegen tröpfelten nach und nach ins Besprechungszimmer und nahmen ihre gewohnten Plätze ein. Manche hatten eine Akte mitgebracht, deren Inhalt besprochen werden musste.

Hauptkommissar Norbert Schmitten griff mit einem brummigen »Moin« nach Kaffee und Brötchen und frühstückte gemächlich. Besondere Angelegenheiten gab es heute ohnehin nicht zu besprechen, also konnte man es ruhig angehen lassen. Satt und zufrieden lehnte er sich schließlich zurück.

»So, meine Herren und«, mit einem freundlichen Seitenblick auf Grete, »meine Dame, was liegt an?«

Drömmel, der die Nachtschicht geleitet hatte, gab einen kurzen Überblick:

»Unfall Oldenburger Ecke Helgenstraße, nur Blechschaden. Einbruchsversuch bei Petersen. Der Einbrecher wurde aber von Petersens Hund in die Flucht geschlagen.«

Einige Männer lachten.

»Bei Petersen ist eh nichts zu holen«, feixte Hauser, ein junger Kollege von der Kripo.

»Der hätte besser dem Hund das Maul gestopft und dann einen Versicherungsfall draus gemacht.«

Schmitten warf ihm einen strengen Blick zu, und Hauser verstummte.

Drömmel fuhr fort:

»Dann hat wieder mal die Frau Düsenberg angerufen und sich über obszöne Anrufe beschwert. Wie gehabt.«

Die Kollegen grinsten, und Hauser schluckte eine blöde Bemerkung, die schon auf der Zungenspitze saß, wieder hinunter.

Mit einer Handbewegung gab Drömmel das Wort an die Kripokollegen weiter. Sander griff zu der Akte, die vor ihm auf dem

Tisch lag und mit Brötchenkrümeln bestreut war. Er schlug den Deckel um und verteilte damit die Krümel auf dem ganzen Tisch.

»Wir haben eine Anfrage von den Kollegen in Bonn«, begann er. »Die haben eine Leiche, die wohl früher mal in Papenburg gelebt hat, und fragen ab, was wir über den Mann wissen. Es handelt sich um einen Werner Weidenbach, geboren am 11.1.1952 in Papenburg. Hat bis zu seinem 25. Lebensjahr, also bis Ende 1976, in Papenburg gelebt. Ich hab schon mal im Computer nachgesehen. Wir haben nichts vorliegen. Ist ja auch schon ein paar Jährchen her. Hier ist auch ein Foto, wenn mal jemand schauen möchte ...«

Er reichte das Foto Schmitten, der es flüchtig betrachtete und dann nach rechts weitergab. Alle Männer warfen einen Blick darauf, aber niemand erinnerte sich an Weidenbach. Die meisten der Kollegen waren allerdings auch noch nicht lange genug in Papenburg, um sich an die Person oder auch nur an den Zeitraum, in dem sie hier gelebt hatte, erinnern zu können. Schließlich wanderte das Bild wieder in Sanders Akte und nach der Besprechung mit ihm in sein Büro.

Grete räumte die Tische ab, wischte die Krümel weg und stellte das Geschirr in die Spülmaschine in der kleinen Küche. Die ganze Zeit über spukte der Name Weidenbach in ihrem Kopf herum. Sie hatte diesen Namen schon gehört. Wo nur? Und wann? Werner Weidenbach. Sie verband mit diesem Namen eine verschüttete Erinnerung, die nicht so recht ans Licht wollte. Na, das würde schon kommen.

Sie setzte sich an ihren Schreibtisch und begann, die Protokolle der vergangenen Nacht ordentlich abzutippen. So wie die jungen Männer manchmal schrieben, musste man sich ja fragen, wofür die überhaupt auf die Polizeischule gingen. Und überhaupt; wie die heute aussahen. Der junge Hauser zum Beispiel. Einen Ring im Ohr. Das musste man sich mal vorstellen. So etwas hätte es früher nicht gegeben. Wie sollten denn die älteren Leute zu so einem überhaupt Vertrauen haben? Der sah ja genau so aus wie die Verbrecher.

Nee, wenn sie da an den Hauptwachtmeister Hackenbruch dachte, bei dem sie damals hier angefangen hatte. Das war ein schneidiger Mann gewesen. Selbst in Zivil konnte man ihm ansehen, dass er eigentlich eine Uniform trug. Der hatte Haltung. Da salutierten die älteren Herren auf der Straße, wenn Hackenbruch durch das Dorf ging.

Grete war immer stolz darauf gewesen, dass sie für Hauptwachtmeister Hackenbruch arbeiten durfte. Und jetzt. Naja, der Schmitten war ja ganz nett. Ein bisschen brummig vielleicht. Und längst nicht so elegant wie Hackenbruch. Auf jeden Fall viel zu dick.

Grete ließ ihren Gedanken freien Lauf, während sie die Protokolle abtippte, ohne deren Inhalt wahrzunehmen. Dann hielt sie plötzlich inne. Irgendein Gedankenfetzen hatte ein Steinchen losgetreten, das nun langsam den grauen Berg der Vergangenheit herabrollte, dabei rechts und links weiteres Geröll mitriss und schließlich zu einer handfesten Erinnerung anschwoll.

Grete unterbrach ihre Arbeit und ging über den Flur in Sanders Büro. Sander sah von seinen Papieren auf.

»Ob ich wohl mal das Bild sehen könnte?«

»Welches Bild?«

»Das Bild von der Leiche, die mal hier gelebt hat.«

»Klar doch.«

Sander öffnete eine Schublade, nahm die Akte heraus und reichte Grete das Foto. Es zeigte nicht die Leiche, sondern einen Mann von etwa 40 Jahren mit blondem Haar und einem kleinen blonden Schnurrbart.

Grete betrachtete es eingehend. Der Schnurrbart stimmte nicht, aber sonst ...

Sie holte tief Luft.

»Also, ich kenn den wohl.«

Sander sah sie skeptisch an.

»Sind Sie sicher?«

Grete nickte.

»Ganz bestimmt. Der hat sich damals an Kindern vergriffen. Fragen Sie mal den Herrn Hauptwachtmeister Hackenbruch, der weiß das bestimmt auch noch.«

Sander überlegte. Hackenbruch war natürlich längst in Pension, lebte aber nach wie vor in Papenburg. Kein Problem, gelegentlich mal vorbeizufahren und ihm das Bild zu zeigen. Sander nahm das Foto wieder an sich.

»Vielen Dank, Grete. Vielleicht können wir den Kollegen aus Bonn doch noch helfen.«

Dann widmete er sich wieder der Akte, die vor ihm lag und den ungeheuerlichen Verdacht auf Drogenhandel an der Papenburger Hauptschule beinhaltete. Wahrscheinlich, dachte Sander, hatten nur zwei Jungs auf dem Schulklo eine von Papis Brasils geraucht.

Der alte Hackenbruch lebte am Rand von Papenburg in einem gepflegten Friesenhaus. Rote Klinker, weiße Fenster, gepflegter Garten mit weißem Holzzaun. Als Sander am späten Nachmittag das Gartentörchen öffnete und den gepflasterten Weg zum Haus betrat, tauchte hinter einem Forsythienstrauch die hagere Gestalt Hackenbruchs auf. Er straffte sich und stemmte die Hände in den Rücken.

»Was kann ich für Sie tun, junger Mann?«

Sander stellte sich und sein Anliegen vor und zog das Bild aus der Akte. Hackenbruch nahm es, zog dann eine Brille aus der Brusttasche seines Hemdes und betrachtete es eingehend.

»Ja, die Grete hat recht«, sagte er bedächtig, ging ein paar Schritte weiter und setzte sich auf eine Holzbank. Mit der linken Hand klopfte er neben sich auf die Bank, und Sander setzte sich ebenfalls.

»Der Weidenbach, ja, ich erinnere mich auch. Das war eine große Aufregung damals. Zwei kleine Mädchen hatte der in seine Wohnung gelockt und missbraucht. Hinterher hatte er den Kindern Geld gegeben, und sie mussten versprechen, keinem was zu sagen. Aber die Eltern wunderten sich natürlich über das Geld, und so kam dann doch alles raus.«

Hackenbruch dachte nach.

»Ich weiß nicht mehr, was der gekriegt hat, aber danach habe ich ihn jedenfalls nicht mehr gesehen.« Er warf noch einen Blick auf das Foto und gab es Sander zurück.

Er zog eine Pfeife aus der Tasche und einen Tabaksbeutel und begann bedächtig, die Pfeife zu stopfen. Sander machte sich auf einen längeren Aufenthalt gefasst.

»Wie läuft es denn so bei euch?«, fragte Hackenbruch, nahm ein Feuerzeug aus der Tasche und zündete die Pfeife an. Dicke Qualmwolken stiegen auf und zogen an Sanders Nase vorbei.

»Ich schätze, nicht anders als früher auch«, antwortete er.

»Das Verbrechertum hält sich in Papenburg ja doch in Grenzen.«

»Ja, das stimmt wohl«, nickte Hackenbruch.

»Wir haben noch ein Stückchen heile Welt hier. Zum Glück.«

Er sah den Qualmwolken seiner Pfeife nach und schien gerade tief in die Vergangenheit eintauchen zu wollen. Sander erhob sich rasch, dankte dem alten Herrn und verabschiedete sich. Als er schon fast an der Gartentür war, rief Hackenbruch ihn noch mal zurück.

»Wieso seid ihr da eigentlich nicht selbst draufgekommen?«, fragte er.

»Ihr habt doch jetzt diese tollen Computer. Da müsste doch alles drin sein.«

Sander schüttelte den Kopf.

»Leider nicht. Daten über Vorstrafen müssen nach einer gewissen Zeit wieder gelöscht werden. Sie sind noch eine Zeit lang im Bundeszentralregister, aber auch da verschwinden sie nach Ablauf bestimmter Fristen. Und dann hat man wieder eine blütenreine Weste.«

Hackenbruch schüttelte den Kopf und winkte mit der Hand. Sander fühlte sich endgültig entlassen.

7

»So, da hätten wir also unser Motiv.«

Paul legte das Schreiben der Kollegen aus Papenburg vor Lotz auf den Schreibtisch.

»Es waren beides Kinderschänder.«

Lotz sah ihn an, nahm das Blatt und überflog es.

»Kinderschänder? Hm ...«

»Zumindest ist das die einzige Gemeinsamkeit, die wir bisher gefunden haben.«

Paul zog einen Stuhl heran und setzte sich rittlings darauf.

»Demnach könnte es sich sogar bei der Art und Weise der Taten um Ritualmorde handeln. Das exakte Vorgehen des Mörders und jetzt diese Gemeinsamkeit sprechen dafür.«

Lotz legte den Kopf in den Nacken.

»Sagen Sie mal, was ist denn mit dem dritten ungeklärten Mordfall in unserer beachtlichen Sammlung. Dieser Billig, so hieß er doch, war das nicht auch ein Kinderschänder?«

Paul nickte.

»Das schon, aber die Art des Mordes war völlig anders. Einfach nur erstochen. Keine Verstümmelung, keine Brutalität. Ich glaube nicht, dass da ein Zusammenhang besteht.«

»Schade, wäre schön gewesen«, sagte Lotz bedauernd.

»Drei auf einen Streich geklärt.«

Paul erhob sich.

»Geklärt ist ja noch gar nichts. Wir haben jetzt bestenfalls mal eine Vermutung, in welcher Richtung wir suchen müssen. Aber noch keinen einzigen Hinweis auf den Täter.«

Lotz sah ihn an.

»Es wird Zeit, Beck, höchste Zeit.«

»Ich weiß, Chef.« Paul nickte. »Ich weiß.«

Er ging in sein Büro zurück, setzte sich an den Schreibtisch und durchdachte noch mal die Fakten der Mordfälle. Beide fingen mit einem W an, fiel ihm jetzt auf. Vielleicht auch eine beachtenswerte Gemeinsamkeit. Wahrscheinlich aber eher Zufall.

Wenn tatsächlich die sexuelle Straftat das verbindende Moment war, das Motiv für den Mord, was für ein Täter steckte dann wohl dahinter? Ein Vater möglicherweise, dessen Kind von

Missbrauch betroffen war. Er dachte spontan an Dennis Bürger, den Vater der kleinen Miriam, die jetzt schon seit einigen Wochen begraben war. Nein, Bürger würde wohl den Mörder seiner eigenen Tochter umbringen, davon war Paul überzeugt. Aber nicht irgendwelche Kinderschänder.

Ein Moralist, überlegte Paul weiter, einer, der das Gesetz selbst in die Hand nimmt, sich zum Richter berufen fühlt. Und zum Henker. Vielleicht einer, der täglich mit missbrauchten Kindern zu tun hat und das Elend nicht mehr mitansehen kann.

Paul griff nach dem Telefon.

»Wedemeier, stellen Sie doch mal eine Liste zusammen von den Institutionen hier im Umkreis, die mit Kindesmissbrauch in irgendeiner Form zu tun haben. Kinderschutzbund, Wildwasser, Zartbitter und so weiter. Möglichst schnell, bitte.«

Das wäre eine Möglichkeit. Vielleicht waren die betroffenen Kinder in einer dieser Institutionen behandelt worden. Und einer der Psychologen – die hatten sowieso alle einen Schatten – griff zur Selbsthilfe.

Nein, nein, so konnte das nicht stimmen. Die Opfer von Weidenbach waren auf keinen Fall in Bonn behandelt worden. Außerdem waren die mittlerweile knapp 30 Jahre alt.

Dann vielleicht ein früheres Opfer. Nahm nicht nur an dem eigenen Schänder Rache, sondern gleich an mehreren.

Paul verwarf diesen Gedanken wieder. Unwahrscheinlich. Die Morde waren derart blutrünstig und gewalttätig, dass man sich eine junge Frau als Täterin beim besten Willen nicht vorstellen konnte.

Vielleicht war diese Gemeinsamkeit, der Kindesmissbrauch, auch nur ein Zufall. Vielleicht gab es gar kein Motiv außer der Lust am Töten.

Dagegen sprach nun wieder das korrekt wiederholte Verletzungsschema.

Das Telefon auf dem Schreibtisch klingelte. Paul hob ab.

»Semeling von der Wache hier, Herr Hauptkommissar. Wir erhielten gerade telefonisch eine Meldung über einen Leichenfund.«

Paul schloss die Augen.

»Wo?«

Der junge Beamte von der Wache war aufgeregt und bemühte sich hörbar um eine ordnungsgemäße Ausdrucksweise.

»Als Fundort nannte die Anruferin den Parkplatz des Lidl-Supermarktes in Lessenich.«

Als Paul und Schneider im zivilen Fahrzeug mit einem Streifenwagen im Schlepptau auf den Parkplatz fuhren, hatte sich am hinteren Ende des Platzes bereits eine kleine Menschenmenge versammelt. Paul ging auf die Gruppe zu, die sich sofort teilte und eine Gasse freigab. Am Ende der Gasse trat Paul in eine von Menschen umstandene Fläche von etwa fünf Metern Durchmesser, die die Leute freigelassen hatten. Den hinteren Rand dieser Fläche begrenzte ein Altglas-Container, neben dem sich leere Kartons stapelten. Direkt rechts daneben lag die Leiche.

Schneider war ihm durch die Gasse gefolgt, drehte sich jetzt zu den Leuten um und fragte: »Wer hat die Polizei gerufen?«

Eine ältere Frau mit geblümter Kittelschürze hob die Hand.

»Ich war das, Herr Wachtmeister. Ich hab ihn gefunden.«

Sie trat aus der Menschentraube hervor und ließ sich von einem jungen Mann stützen. Ihr Sohn, vermutete Schneider.

»Sie bleiben bitte hier«, sagte Schneider zu der Frau, die eifrig nickte.

»Und alle anderen treten bitte ein paar Meter zurück. Bis hinter die Absperrung. Bleiben Sie aber bitte alle hier auf dem Platz. Einer der Kollegen wird gleich zu Ihnen kommen und Ihre Beobachtungen notieren. Vielen Dank.«

Der Kreis der Zuschauer erweiterte sich, als die beiden uniformierten Beamten mit rotweißem Band eine Absperrung errichteten. Schneider trat zu Paul, und gemeinsam verharrten sie einige Augenblicke schweigend in der Betrachtung der Leiche.

Kleidung und Schuhwerk nach zu urteilen handelte es sich um einen Mann. An den Gesichtszügen war das allerdings momentan nicht festzustellen. Sie waren praktisch nicht mehr vorhanden. Wo vielleicht gestern noch ein Gesicht gewesen war, befand sich jetzt nur noch eine blutige Masse. Die Kleidung war teilweise zerrissen, die Hose regelrecht zerfetzt, das rechte Bein lag in einem unnatürlichen Winkel unter dem linken. Wahrscheinlich gebrochen.

Paul beugte sich zu dem Toten herab und verwandte mehrere Augenblicke auf die Betrachtung des blutigen Unterleibs. Dann stand er wieder auf.

»Ich glaube, da fehlt was«, sagte er leise. Er spürte wie sein Magen zu rebellieren begann. Er hatte nur wenig gefrühstückt, aber dieses Wenige wollte unbedingt ebenfalls die Leiche besichtigen. Er drehte sich rasch um und holte ein paarmal tief Luft. Das half etwas.

Sein Blick fiel auf die Frau mit Kittelschürze. Sie sah ihm interessiert zu, wie er seine Übelkeit bekämpfte.

»Sieht schlimm aus, was?«, sagte sie begeistert.

Paul nickte und trat zu ihr hin.

»Erzählen Sie mal«, sagte er. »Sie haben den Toten gefunden?«

Sie habe ihr Altglas entsorgen wollen, berichtete die Frau und deutete mit einer Hand auf einen Karton neben dem Glascontainer, aus dem Flaschenhälse hervorlugten.

»Bevor der Lidl aufmacht. Und dann wollte ich gleich einkaufen. Da gibt's nämlich heute Sonderangebote. Ja, und wie ich an den Container komme, musste ich erst mal ein paar Kartons wegschubsen, die hier rumlagen. Und da lag er dann.«

Sie gönnte der Leiche einen ausgiebigen Blick, in dem Paul etwas ähnliches wie Besitzerstolz zu erkennen glaubte.

»Ich hab natürlich gleich gesehen: Der ist tot. Da ist nichts mehr zu machen«, sagte die Frau.

»Natürlich hab ich nichts angefasst. Kennt man ja aus dem Fernsehen. Bloß nichts anfassen.«

Paul nickte ihr anerkennend zu.

»Ja, und dann bin ich nach Hause und hab Rudi geweckt.«

Der junge Mann, der seine Mutter, die ganz offensichtlich keiner Hilfe bedurfte, immer noch stützte, grinste dümmlich.

»Wir wohnen da drüben, Hausnummer 10.«

Sie schwenkte mit dem ganzen Arm die Reihe der Mehrfamilienhäuser ab, die gegenüber dem Supermarkt auf der anderen Straßenseite standen.

»Und dann hab ich die Polizei angerufen und bin gleich wieder hier rüber, damit keiner was anfasst.«

Ein Wagen fuhr auf den Parkplatz, und die Männer der Spurensicherung stiegen aus. Routiniert begannen sie ihre Arbeit.

Paul und Schneider sprachen mit den Menschen, die sich rund um die Fundstelle versammelt hatten, aber außer der Frau, die den Toten gefunden hatte, konnte niemand eine brauchbare Aussage beisteuern.

Nach einer Stunde gaben die Kollegen von der Spurensicherung das Zeichen, dass die Leiche abtransportiert werden konnte, und Paul fuhr mit Schneider ins Präsidium zurück.

»Dieses war der dritte Streich, doch der vierte folgt sogleich«, sagte Schneider.

Paul sah zu ihm hinüber. »Was?«

»Wilhelm Busch, Max und Moritz. Fiel mir nur gerade so ein.«

Paul dachte darüber nach. »Wenn ich mich nicht verguckt habe«, sagte er, »ist unser Mörder von seinem rituellen Schema deutlich abgewichen. Die Obduktion wird das zeigen, da bin ich sicher. Und weißt du, was das bedeuten könnte?«

Schneider blickte ihn verständnislos an.

»Dieses war der vierte Streich, und der fünfte folgt sogleich.«

8

Es verändert mich. Ich *verändere mich. Was ist es, das Besitz ergreift von mir, von meiner Seele? Der Tumor? Er wächst, wächst, ich spüre es jeden Tag, jede Sekunde, dass er wächst. Wie groß wird er sein? Nussgroß? Faustgroß?*

Der Druck auf die weiche, graue Masse in meinem Kopf nimmt zu. Sie wird gequetscht, verdrängt, schmerzt, schreit. Schreit um Erlösung.

Dann hole ich Hilfe, hole sie aus den Tiefen meiner Seele, aus Abgründen, von denen ich früher nicht wusste. Die da sind. Und schon immer da waren. Vielleicht in allen Menschen. Unbewusst. Unbemerkt. Nur – ich musste *sie suchen, und ich fand sie. Brauchte sie. Werde sie immer brauchen. Denn in diesen Abgründen schlummert die Erlösung. Die ultimative Droge. In unerschöpflichen Quellen.*

Der Tyrann in meinem Kopf – ist er selbst nur Knecht? Sklave dieses Abgrunds, der in ihm eine Tür fand? War es meine eigene Entscheidung, zu töten, um zu erlösen und Erlösung zu finden? Oder führte mich der Knecht, williges Organ des Tyrannen, der seit undenklichen Zeiten in mir wartete, rastete, ruhte, der jetzt ans Licht will, der Freiheit sucht und Leben gibt, indem er tötet? Indem ich *töte?*

Bestimmte er mich, zu töten? Sitzt die Erkenntnis dessen, was gut ist, was richtig ist, nicht in dem grauen weichen Fleisch in meinem Kopf, sondern in den Tiefen meines Leibes, da, wo der Mensch die Seele vermutet? Ist *er meine Seele?*

Er belohnt mich. Mit weichen Wellen sanften Nebels, mit Funken sprühenden Glücksschauern, mit orgastischem Wabern, in dem Schmerz keinen Platz hat. Blut für Glück. Fleisch für Freude. Knochen für Verzicht auf Schmerz. Ein fairer Handel.

Er bestraft mich. Müßiggang ist aller Schmerzen Anfang. Die Zeiten des Wohlgefühls werden kürzer. Ich muss öfter bezahlen, teurer bezahlen. Er verlangt immer mehr für seine Ware. Für seine Droge. Und ich brauche sie. Ich bezahle gern. Ich bezahle gut.

9

Das italienische Restaurant an der Rheinpromenade in Remagen war lebhaft besucht. Sie mussten mit einem Fensterplatz in der Nähe der Eingangstür vorlieb nehmen.

Hoffentlich kommen nicht ausgerechnet heute tausend Leute vorbei, die uns kennen, dachten beide gleichzeitig, als sie auf den Sitzbänken Platz nahmen. Aber weder Paul noch Sibylle sprachen diesen Gedanken aus. Sie trafen sich nicht oft zum gemeinsamen Essen in der Öffentlichkeit, aber selbst bei einer heimlichen Affäre mussten diese Zugeständnisse an die Konvention ganz einfach hin und wieder sein. Das verringerte ein wenig das

Gefühl der Schäbigkeit, das immer mit einem Ehebruch einher geht. Um das Risiko zu minimieren, fuhren sie bei diesen Gelegenheiten immer ein paar Kilometer rheinaufwärts, meist bis Remagen oder Bad Breisig.

Sibylle schlug die Karte auf und überblickte das Angebot.

»Wie war dein Tag?«, fragte sie, ohne den Blick von der Karte zu lösen.

Paul hatte gedankenverloren aus dem Fenster gesehen, wo die langsam vorbeiziehenden Lichter großer Frachtschiffe den Fluss beleuchteten, kaum überboten von Erpel auf der gegenüberliegenden Rheinseite, das schon zu schlafen schien.

Er wandte seinen Blick ab und nahm ebenfalls die Karte zur Hand.

»Anstrengend.«

Mit einem Blick suchte er die Pizza heraus, die er immer bestellte, wenn sie hier waren, und klappte die Karte wieder zu.

»Ich hab es so satt. Ein Mord nach dem anderen, nicht den geringsten Hinweis auf den Täter. Der Bürgermeister hängt mittlerweile fast täglich am Telefon und labert uns voll von wegen Panik in der Bevölkerung.«

Er strich mit beiden Händen über sein Gesicht, als versuche er, die Müdigkeit wegzuwischen.

»Der könntest du natürlich abhelfen«, sagte Sibylle, die immer noch die Karte studierte. Lasagne oder Pizza?

»Du müsstest nur endlich mit offenen Karten spielen.«

»Was meinst du?«

Sibylle entschied sich ebenfalls für eine Pizza und klappte die Karte zu.

»Warum gibst du nicht mal eine Pressekonferenz, in der du klipp und klar sagst, was Sache ist. Zum Beispiel, dass es sich bei allen Opfern um Kinderschänder handelte. Dann müsste sich die Bevölkerung keine Sorgen mehr machen. Oder zumindest der größte Teil der Bevölkerung.«

Sie nahm die Karte erneut zur Hand und blätterte.

»Ich möchte nicht wissen, wie dann die Presse in den nächsten Tage aussähe«, sagte Paul.

Der Kellner kam und stellte zwei Gläser Wein vor sie hin. Er zückte sein Blöckchen, sah Paul mit einem viel versprechenden Augenaufschlag an und notierte ihre Bestellung.

»Schlimmer kann es ja kaum noch werden«, stellte Sybille fest, als der Kellner wieder gegangen war.

»Ein wahrscheinlich geistesgestörter Triebtäter läuft frei herum und ermordet auf bestialische Weise Männer, die Bürger haben Angst, auf die Straße zu gehen, und euch hält man allgemein für völlig unfähig. Da wäre diese Nachricht doch geradezu eine Erlösung.«

Paul nickte müde.

»Ich werde drüber nachdenken. Ist vielleicht gar keine schlechte Idee.«

Er trank einen Schluck von dem herben Burgunder.

»Ich habe übrigens heute das Obduktionsergebnis auf den Tisch bekommen, von Tonnelli, dem letzten Opfer. Todesursache war ebenfalls der hohe Blutverlust, ausgelöst durch eine Vielzahl von Verletzungen. Er muss unzählige Schläge mit einem stumpfen Gegenstand in das Gesicht bekommen haben. Es war nur noch Brei, sagt der Doc. Der Schädel war angeknackst; der rechte Unterschenkel gebrochen, vermutlich durch Tritte. Mehrere Rippenbrüche, Blutergüsse am ganzen Körper. Gestorben ist er schließlich daran, ...« Paul blickte um sich und dämpfte die Stimme, »... dass ihm der Schwanz abgeschnitten wurde. Wahrscheinlich mit einer Astschere.«

Der Kellner trat an ihren Tisch und balancierte zwei Teller mit Pizza, einen kleinen Korb mit warmen Brötchen und ein Schälchen mit Knoblauchbutter. Sibylle half ihm, die Sachen ohne größere Verluste zu platzieren. Er dankte ihr mit einem reizenden Lächeln. Eindeutig schwul, befand Sibylle. Aber schnuckelig.

»Das ist ja echt ein Ding«, kommentierte sie Pauls vorhergehende Eröffnung, als der Kellner hüftenschwingend zum nächsten Tisch abschob. Belustigt registrierte sie, dass Paul dem Hinterteil des Kellners einen aufmerksamen Blick nachsandte.

»Hatte er den Schwanz zwischen den Zähnen?« Sie grinste. »Dann könnte es auch ein Mafiamord gewesen sein.«

Paul lächelte nur müde. Er konnte der ganzen Angelegenheit nur noch einen geringen Unterhaltungswert abgewinnen. Das Bild des demolierten Unterleibs auf dem Lidl-Parkplatz in Lessenich verfolgte ihn seit Tagen.

»Der Schwanz war nicht dabei. Aber die Fahndung läuft.«

Sibylle lachte und begann zu essen. Bis auf ein Brötchen zum Frühstück hatte sie heute noch nichts in den Magen bekommen. Paul ging es nicht anders, allerdings schienen seine Magennerven etwas sensibler zu sein. Mit Mühe steckte er sich die undefinierbar rot und gelb belegten Pizzastücke in den Mund. Noch vor der Hälfte gab er auf und schob den Teller zurück. Sibylle aß mit gutem Appetit. Magen und Verstand schienen bei ihr in zwei verschiedenen Welten zu leben.

Beim Espresso tastete Sibylle sich vorsichtig an das zweite wichtige Thema der letzten Wochen heran.

»Wie bist du eigentlich mit Gabi parat gekommen?«

Sie bemühte sich, ihrer Stimme einen beiläufig interessierten Klang zu verleihen, merkte aber selbst, wie wenig das gelang.

Paul lehnte sich gegen das gepolsterte Rückenteil der Sitzbank und dachte einen Augenblick nach, bevor er antwortete.

»Wir haben so eine Art Waffenstillstand geschlossen.« Er zögerte. »Kalter Krieg ist vielleicht der bessere Ausdruck.«

Mit dem Zeigefinger begann er, die Espressotasse auf dem Unterteller im Kreis zu drehen.

»Sie stellte mich vor die Wahl, sofort mit dir Schluss zu machen oder auszuziehen.«

Sibylle schwieg. Die Frage, die jetzt im Raum stand, musste nicht ausdrücklich gestellt werden.

»Ich habe ihr versprochen, mich von dir zu trennen.«

Sibylle spürte den Schlag in den Magen, noch bevor der Satz ganz ausgesprochen war. Sie schluckte die aufsteigenden Tränen hinunter.

»Und wann wolltest du mir das sagen?«

Paul griff über den Tisch nach ihrer Hand.

»Gar nicht.«

Sibylle blickte ihn an. Sein Gesicht sah erschöpft aus, seine blauen Augen blickten besorgt in ihre.

»Aha.« Sie nickte bedächtig.

»Und ihr wolltest du das auch nicht sagen, oder?«

Paul sah aus dem Fenster und antwortete nicht.

»So geht es nicht, Paul. Nicht mehr. Du musst den Tatsachen ins Auge sehen. So wie bisher kann es nicht weitergehen.«

Paul sagte nichts und sah weiter aus dem Fenster.

Sibylle griff nach ihrer Tasche und stand auf.

»Tut mir leid.«

Sie verließ mit schnellen Schritten das Lokal, stieg in ihren Wagen, zum erstenmal dankbar, dass sie immer getrennt hierher fuhren, und ließ auf der Fahrt über die B 9 nach Bonn ihren Tränen freien Lauf.

10

Am nächsten Morgen rief Sibylle in der Redaktion an und nahm sich den Tag frei. Sie fühlte sich heute dem alltäglichen Kleinkram nicht gewachsen. Und sie wollte keine Fragen über ihr müdes Aussehen oder ihre schlechte Laune beantworten und schon gar nicht den unvermeidlichen Anruf von Paul entgegennehmen. Auf keinen Fall wollte sie heute mit ihm sprechen. Erst einmal musste sie sich selbst darüber klar werden, wie es weitergehen sollte. Wie konnte es weitergehen? Das war eigentlich die Frage. Was wollte sie selbst?

Sie überlegte, ob sie ihren Bruder besuchen sollte. Er wohnte in Rheinbach, wo er eine kleine Schreinerei betrieb. Als Ratgeber in Liebesdingen eignete er sich allerdings nicht besonders. Er war zwei Jahre älter als sie und wechselte die Partnerinnen wie andere Leute die Unterwäsche. Vielleicht, dachte sie ironisch, wäre Henrik aber auch gerade deshalb als Berater bestens geeignet.

Oder wie wär's mit einem Besuch bei Mama und Paps? Seit mindestens vier Wochen hatte sie sich da schon nicht mehr sehen lassen. Aber Mama würde ihr natürlich gleich das Elend ansehen und ihr alles aus der Nase ziehen. Und dann stand die Gardinenpredigt des ungefähren Inhalts, »was eine junge Frau auf gar keinen Fall mit einem verheirateten Mann tun sollte«, unweigerlich auf dem Programm. Paps würde sich wie immer raushalten. Also auch keine gute Idee.

Sie stand auf und trank eine Tasse Kaffee, während sie sich wusch und schminkte. Ein Blick aus dem Fenster gab ihr Hoffnung auf einen warmen Frühlingstag. Die Sonne schien aufmunternd und verlockend. Die Bäume trieben kräftiges Grün. Sibylle hoffte, dass nicht ein später Kälteeinbruch, wie er im April nicht ungewöhnlich war, die ersten Blüten zerstören würde.

Sie entschloss sich zu einem Stadtbummel, zog ein paar bequeme Jeans und flache Schuhe an und fuhr in die City. Den Wagen parkte sie in der Tiefgarage unter dem Marktplatz. Die Händler an den Marktständen hatten bereits begonnen, wie jeden Tag ihre Waren anzupreisen, lautstark und schrill, mit dem leiernden Tonfall, der anscheinend mit dieser Art des Handels unweigerlich verbunden war.

Sie schlenderte zwischen den Obst- und Gemüseständen durch, wanderte gemächlich weiter in Richtung Münsterplatz und betrachtete die Auslagen in den Schaufenstern. Sie sollte sich etwas Hübsches kaufen, dachte sie, ein Kostüm, etwas, das wirklich teuer war und mit ihrem Geld einen Teil des Frustes und der Wut verschlingen würde.

Sie betrat eine Boutique, die kostspielig und edel wirkte. Fast eine Stunde lang wählte sie Jacken, Röcke und Hosen aus, probierte sie an, betrachtete sich im Spiegel und verwarf die Auswahl wieder. Die junge, rot gefärbte Verkäuferin bewies eine Engelsgeduld, beteuerte ihr bei jedem Stück, wie wunderbar es passte und dass es wie für sie gemacht sei, aber es half alles nichts.

Schließlich stieg Sibylle wieder in ihre Jeans.

»Es tut mir leid«, sagte sie mit einem bedauernden Lächeln.

»Ich kann mich heute nicht entscheiden. Ich komme ein anderes Mal wieder.«

Das Café auf dem Münsterplatz hatte angesichts der frühlingshaften Witterung Tische und Stühle nach draußen geräumt, und Sibylle setzte sich, trank einen Cappucchino und genoss die wärmenden Sonnenstrahlen auf der Haut.

Sie verstand selbst nicht recht, warum sie sich eigentlich so aufregte. Oder verstand sie es doch und wollte es nur nicht zugeben, weder vor Paul noch vor sich selbst?

Hatte sie nicht gewusst, dass Paul seiner Familie jederzeit den Vorzug geben würde?

Doch, das hatte sie.

Hatte sie nicht selbst gedacht, Paul wäre nicht der Mann fürs Leben?

Doch, auch das stimmte.

Und jetzt? Eigentlich hatte sich nichts geändert. Und doch hatte sich alles geändert. Wenn Tatsachen, die zwar bekannt, aber verschwiegen wurden, erst einmal ausgesprochen waren, bekamen sie auf geheimnisvolle Weise ein anderes Gewicht.

Die »andere Frau« zu sein, war eine Sache. Die »zweite, weniger wichtige Frau« zu sein, eine andere.

Sie musste sich von Paul trennen. Bei diesem Gedanken fühlte sie schon wieder Tränen aufsteigen und schluckte. Wo bleibt deine Coolness, Baby, dachte sie. Neues Spiel, neues Glück.

Um sich abzulenken, ging sie in Gedanken die Männer durch, denen sie tagtäglich begegnete. Hans Wiebken, seines Zeichens Oberbürgermeister der Stadt Bonn: zu glatt, zu sehr Politiker und zu schwierig in der Durchführung; Werner Matthaus, der Kollege von der Rheinzeitung: desillusioniert, wahrscheinlich entsetzlich zynisch, bestimmt langweilig und egoistisch im Bett; Dieter Schneider, Pauls Kollege: lustig, charmant, gut aussehend, aber einfach ungehörig in dieser Situation, schade eigentlich; Stevie, ihr junger Kollege: stets fröhlich, etwas naiv, entsetzlich jung, bestimmt außergewöhnlich sanft und gelehrig. Immerhin einen zweiten Gedanken wert.

Sie lächelte über sich selbst. Sie war offenbar unbemerkt in das Alter geraten, in dem man selbst vor halben Kindern nicht zurückschreckte. Denn obwohl Stevie 23 Jahre alt war, wirkte er doch eher wie ein pubertierender Jüngling.

Und sie selbst mit ihren 35, fast 36 Jahren? Allerdings waren ihr schon des öfteren seine bewundernden, nahezu schmachtenden Blicke aufgefallen.

Schau'n wir mal, dachte sie, winkte dem Kellner, bezahlte und setzte ihren Stadtbummel fort.

In der Sternstraße passierte sie ein Ladenlokal, dessen Schaufenster mit Plakaten beklebt war. Kinder mit lachenden oder traurigen Gesichtern zogen ihre Aufmerksamkeit auf sich, und sie entdeckte, dass es sich um das Büro des örtlichen Kinderschutzbundes handelte. Sie trat näher an die Scheibe, schirmte die Augen mit der Hand ab und spähte in den Laden. An einem Tisch in der linken hinteren Ecke saß eine Frau, und als ihre Augen sich an den Kontrast zwischen heller Frühlingssonne und dem Halbdunkel des Ladens gewöhnt hatten, erkannte sie Beate. Sie öffnete die Tür. Ein Windspiel klingelte leise und melodisch.

»Ja, das ist eine Überraschung. Was machst du denn hier?«

Beate begrüßte die Freundin, und Sibylle nahm ihre offensichtliche Freude dankbar zur Kenntnis.

»Ich hab freigemacht heute«, erklärte sie, »und gedacht, ein Stadtbummel wäre bei dem Wetter genau das Richtige.«

Beate wies auf einen freien Stuhl an dem Tisch, an dem sie arbeitete.

»Komm, setz dich. Möchtest du einen Kaffee?«

Sie holte Tassen und goss Kaffee aus einer leuchtend gelben Thermoskanne ein. Sibylle sah sich in dem kleinen Laden um. In der zweiten hinteren Ecke des Raumes stand eine winzige Sitzgarnitur mit zwei kleinen Bänken und einem Tisch. Darauf lagen Bilderbücher und Buntstifte. In einer Kiste am Boden stapelten sich Bauklötze, kleine bunte Autos und Puppen.

Eine Seite des Zimmers nahm eine Regalwand ein, in der ordentlich aufgereiht Aktenordner und Bücher standen. Ein Ständer vor dem Fenster bot Prospektmaterial an.

Auf Beates Tisch lagen mehrere aneinander geheftete Blätter, die Beate offenbar gerade studiert hatte. Sibylle betrachtete das obere Blatt und entzifferte die auf dem Kopf stehenden Buchstaben:

1. Vorgespräch
2. Explorationsgespräch mit Tina
3. Elterngespräch
4. Stellungnahme DKSB

Bevor sie weiterlesen konnte, setzte sich Beate wieder hin und schob die Blätter zur Seite. Sibylle fragte, ob sie Barbara in letzter Zeit gesehen hätte, und Beate nickte. Erst gestern sei sie ebenfalls zufällig in der Beratungsstelle aufgetaucht. Sie hätten sich eine Zeit lang unterhalten, und Barbara hätte sie an das bevorstehende monatliche Mädel-Treffen erinnert, bei dem Sibylle die Gastgeberin sein würde.

»Womit beschäftigst du dich denn zur Zeit?«, fragte Sibylle und deutete auf die Blätter auf Beates Schreibtisch.

»Ach, das ist das Protokoll einer Befragung durch den Kinderschutzbund. Eine Mutter hatte sich an unsere Beratungsstelle in Köln gewandt, weil sie den Verdacht hatte, ihr geschiedener Mann missbrauche ihre siebenjährige Tochter.«

»Und? Tut er es?«

»Das Gericht sagt, nein.« Beate zog die Blätter näher an sich heran.

»Die Kolleginnen in Köln sind aber davon überzeugt. Da die Familie der Mutter, bei der die Kleine lebt, jetzt hier in Bonn wohnt, schickten sie uns den Bericht. Wir sollen die Geschichte im Auge behalten und sehen, ob sich da was machen lässt.«

»Also lebt das Kind nicht mit seinem Vater zusammen?«, hakte Sibylle nach.

»Nein, zumindest im Moment nicht. Es lebte zuerst bei seinem Vater. Die Mutter ging dann während eines Besuchswochenendes mit dem Mädchen zum Kinderschutzbund. Dort unterhielt man sich mit dem Kind und mit der Mutter und kam zu dem Ergebnis, es spreche alles für den Missbrauch. Das Kind kam noch am gleichen Tag in ein Heim.«

Beate drehte die Blätter um, so dass Sibylle sie lesen konnte.

»Sieh es dir ruhig mal an«, sagte sie.

»Ein Gericht entschied dann, der Vorwurf des sexuellen Missbrauchs sei unbegründet. Trotzdem brachte man das Kind erstmal bei der Mutter und nicht beim Vater unter, aber ein Gutachten soll jetzt über die Rückkehr zum Vater entscheiden.« Sie seufzte.

»Und da das Gericht keinen Missbrauch feststellte, ist die zwangsläufige Folge, dass das Kind wieder zurückgehen muss.«

Sibylle überflog das Deckblatt und blätterte um. Das Vorgespräch mit der Mutter zielte auf die Hinweise ab, die sie annehmen ließen, das Kind werde missbraucht.

Das »Explorationsgespräch mit Tina« wurde in einem Spielzimmer geführt, wo das Kind mit Hilfe von Barbiepuppen mit Geschlechtsmerkmalen verschiedene Lebenssituationen darstellen sollte. Dabei übernahmen die Puppen die Rollen von Vater, Mutter und Kind. Sibylle las das Gespräch zwischen der KSB-Beraterin und Tina durch.

»Tina entdeckte, dass eine der Barbiefrauen schwanger war und man den Bauch wie eine Klappe öffnen und ein Baby herausnehmen konnte. Auf die Frage, woher die Babies denn in Wirklichkeit kämen, antwortete sie: ›Weiß ich nicht.‹ Danach sollte sie darstellen, wie die Familie abends ins Bett geht. Sie legte den Barbiemann erst zu der Barbiefrau ins Bett, und dann nahm sie ihn wieder heraus und legte ihn zu dem Kind.

Frage: ›Wo fasst der Mann das Kind an?‹

Tina: ›An den Titten und an der Puschi.‹

Frage: ›Hat sie was gehört dabei?‹

Tina: ›Die hat geweint.‹

Frage: ›Warum denn?‹

Tina: ›Es hat ihr wehgetan. Die hat dem Papi gesagt, er soll aufhören. Hat er aber nicht.‹«

Sibylle las gespannt weiter. Der Bericht setzte sich im gleichen Stil fort. Eindeutigere Beweise, dachte Sibylle, kann es ja wohl nicht geben. Ein siebenjähriges Kind, das von so eindeutig sexuellen Handlungen spricht, gleichzeitig aber nicht weiß, wo die Babies herkommen ...

»Und jetzt muss das Kind wieder zu diesem Vater zurück?«, fragte sie entrüstet.

Beate nickte.

»Mit großer Wahrscheinlichkeit. Und wir können nichts machen. Außer, die Familie und das Kind im Auge behalten und regelmäßig mit der Mutter sprechen.«

Sie seufzte. »Manchmal ist es schier zum Verzweifeln. Du weißt genau, dass der Vorwurf stimmt, und du musst tatenlos zusehen, wie das Kind zwangsweise zu seinem Vater zurückgeschickt wird, der es weiter quält, aber jetzt sozusagen mit amtlicher Erlaubnis. Man sollte die Kerle einfach alle einsperren.«

Sibylle legte die Blätter wieder zusammen und registrierte automatisch die Namen, die auf der ersten Seite oben standen. Marianne Gerolstein, Tina Gerolstein, Martin Gerolstein.

Beate strich eine Haarsträhne aus der Stirn.

»Manchmal wird so ein Verdacht natürlich auch unberechtigt geäußert, wenn zum Beispiel eine Mutter ihrem Ex eins auswischen will oder das Kind unbedingt bei sich haben möchte. Männer können sich ja kaum wehren gegen einen solchen Vorwurf.«

Sie seufzte wieder. »Es ist schwer, die Wahrheit herauszufinden. Verdammt schwer. Auch hier in diesem Fall könnte die Mutter theoretisch das Kind so bearbeitet haben, dass es genau die Sachen sagt, die auf einen Missbrauch hinweisen. Und du kannst nicht einfach alle Männer einsperren.«

»Offenbar gibt es jemanden, der etwas härter darüber denkt«, sagte Sibylle. »Sämtliche Opfer der Mordserie, an der Paul zur Zeit arbeitet, sind Kinderschänder gewesen. Vier sind es bis jetzt.«

»Vier? Ich hatte bisher nur von dreien gehört.«

Sibylle nickte.

»Neuerdings beziehen die Bullen auch die erste Leiche mit ein, die, zu der wir damals rausgefahren sind. Erinnerst du dich? Zunächst sah es wegen der Art der Ermordung nicht so aus, als gehörten sie alle zusammen. Mittlerweile ist der Täter aber bei seinem letzten Mord wieder vom Schema abgewichen, und das lässt annehmen, dass die erste Leiche ebenfalls sein Werk war.«

Sibylle verabschiedete sich wenig später und vertrödelte den Rest des Tages vor dem Fernseher und später mit einem Buch im Bett. Das Telefon klingelte mehrmals, aber sie ignorierte es.

11

Selbst die Frühlingssonne, die in warmen Streifen durch das offene Fenster fiel, konnte Paul nicht von der Überzeugung abbringen, dass dies einer der beschissensten Tage seines bisherigen Lebens war. In einer gerade zu Ende gegangenen Besprechung hatten er, Schneider und der Chef, sich darauf geeinigt, für morgen zu einer Pressekonferenz einzuladen, in der sie die Öffentlichkeit über die Gemeinsamkeit der vier ungeklärten Morde informieren würden.

Schneider hatte ganz richtig angeführt, es sei zwar erbärmlich, der Bevölkerung die Angst vor dem Mörder zu nehmen, in dem man deutlich machte, dass nur böse Buben betroffen seien, aber zur Zeit sei es das Beste, das sie anbieten könnten. Lotz hatte mit deutlichen Bauchschmerzen zugestimmt.

Und jetzt saß Paul vor einem Blatt Papier, auf dem bisher nichts weiter stand als die Namen der Ermordeten. Im Laufe dieses fürchterlichen Tages sollte eine Presseerklärung daraus werden, aber Paul bezweifelte, dass er die richtigen Worte finden würde.

Er las zum wohl fünfzigsten Mal die Namen durch: Ferdinand Billig, Friedrich Wedel, Werner Weidenbach, Mario Tonnelli, alle zwischen 30 und 50.

Er ließ zu, dass seine Gedanken abschweiften. Sein Privatleben war auch nicht gerade dazu angetan, seinen beruflichen Frust zu kompensieren. Gabi hatte beim Frühstück mit steinerner Miene gefragt, ob er seiner Freundin gestern Abend endlich den Laufpass gegeben habe. Woher sie wusste, dass er Sibylle gestern gesehen hatte – keine Ahnung. Vielleicht war es auch nur ein Schuss ins Blaue gewesen.

Er war der Frage ausgewichen. Seine unterschwellige Hoffnung, diese elende Situation ohne ernsthafte Entscheidung durchzustehen, war der Erkenntnis gewichen, dass er an zwei Fronten kämpfte und nur an einer überleben konnte. Vielleicht auch an keiner. Und Sibylle ging nicht ans Telefon.

Scheißweiber, dachte er und wandte sich wieder seinen Ermordeten zu. Dass man sich überhaupt damit befassen musste, den Tod dieses Abschaums aufzuklären.

Mit großer Wahrscheinlichkeit war der Mörder geisteskrank, dabei aber sehr intelligent. Genie und Wahnsinn, sagt man, liegen ja oft nahe beieinander.

Er konzentrierte sich wieder auf den Pressetext.

›Nach reiflicher Überlegung‹, schrieb er und dachte: ›Aus lauter Verzweiflung‹ wäre ehrlicher.

›Nach reiflicher Überlegung sind wir übereingekommen, Ihnen und der Öffentlichkeit einen Zusammenhang zu offenbaren, der zwischen den ungeklärten Morden der letzten Monate besteht.‹

Der erste Satz stand schon einmal.

›Aus ermittlungstaktischen Gründen hielten wir diese Information bislang zurück. Mittlerweile ist die allgemeine Beunruhigung in der Bevölkerung jedoch zu groß geworden, nicht zuletzt durch Ihre reißerische Berichterstattung.‹

Er betrachtete den Satz, erfreute sich 10 Sekunden daran und strich dann den letzten Teil wieder aus.

›Bei den Opfern handelte es sich in allen vier Fällen um ehemalige Sexualstraftäter.‹

Wieso eigentlich ehemalige, dachte er. Das gibt es doch in dem Zusammenhang gar nicht. Er ließ den Zusatz trotzdem stehen.

›Alle Opfer waren vorbestraft wegen sexuellen Missbrauchs von Kindern.‹

Damit war es heraus, und alle Männer in Bonn und Umgebung, die ihre Finger bisher im richtigen Moment bei sich behalten hatten, konnten aufatmen ...

12

Barbara trat aus der Dusche und langte nach dem Handtuch. Ihr Körper dampfte. Eine heiße Dusche war immer noch das Beste, wenn man ein wenig ausgelaugt war. Sie rubbelte sich kräftig ab, bis die Haut sich rötete.

Es klopfte, und Viktoria steckte den Kopf herein.

»Störe ich?«, fragte sie, trat aber gleichzeitig ein und schloss die Tür hinter sich.

»Mensch, Mama, bist du dünn geworden.«

Barbara schlang das Badetuch um den Körper, aber Viktoria hatte bereits die heraussteheden Hüftknochen und die viel zu mageren Oberschenkel registriert.

»Machst du das absichtlich?«, fragte sie.

Barbara griff in einem Cremetopf und begann ihr Gesicht einzureiben.

»Nein«, antwortete sie. »Ich hab in letzter Zeit keinen guten Appetit.«

Viktoria betrachtete das Spiegelbild ihrer Mutter.

»Du siehst auch ziemlich blass aus«, befand sie.

»Und du hast viel zu oft Kopfschmerzen. Geh doch mal zum Arzt.«

Barbara musste unwillkürlich lächeln. Seit Viktoria unbestreitbar erwachsen wurde, schienen sie gelegentlich die Rollen zu tauschen. Dann nahm Viktoria den mal mütterlich-besorgten, mal strengen Ton an, den sie oft genug von Barbara gehört hatte.

»Ich war schon beim Arzt, Mama«, sagte sie deshalb, und Viktorias strenge Miene wich einem Lächeln.

»Es ist nichts. Die Wechseljahre, sagt die Ärztin. Sie hat mir Hormone verschrieben und ein Mittel gegen Kopfschmerzen.«

Viktoria sah ein bisschen skeptisch drein. Barbara drehte sich um und nahm sie in den Arm.

»Mach dir keine Sorgen um deine alte Mutter, Schatz«, sagte sie leise. »Es geht mir gut. Man wird halt älter.«

Viktoria drückte sie fest an sich.

»Dass du mir heute Abend aber ordentlich zulangst«, forderte sie streng.
»Ja, Mama, versprochen.«

Zwanzig Minuten später nahm Barbara zwei Tabletten aus der Schachtel Novalgin auf ihrem Nachttisch, spülte sie mit Mineralwasser direkt aus der Flasche hinunter und wappnete sich innerlich für einen langen, fröhlichen, unterhaltsamen und vielleicht auch etwas melancholischen Mädel-Abend.

Sibylle wohnte in einem modernen Apartmenthaus in Tannenbusch, das sie in erster Linie mit Geschäftsleuten, Ärzten und Freiberuflern teilte. Neben einem großen Wohnraum, der auf einer etwas erhöhten Ebene auch den Schlafbereich umfasste, gehörten eine hübsche kleine Küche und ein winziges, elegantes Bad zu Sibylles Wohnung.
Sibylle hatte den Tisch in ihrer Essecke um ein herausnehmbares Zwischenstück erweitert und begann sofort nach dem Eintreffen der Freundinnen das Essen aufzutragen. Neben jeden Teller hatte sie bereits einen blaugrünen Cocktail gestellt, der über einen gezuckerten Rand hinweg getrunken werden musste.
»Sibylle Spezial«, kündigte sie dramatisch an, und die Frauen stießen mit den eleganten Gläsern an.
»Uh, ist das süß!« Barbara verzog das Gesicht.
»Aber lecker.« Beate trank ihr Glas in einem zweiten Zug leer und hielt es Sibylle hin.
»Mehr davon«, verlangte sie.
Sibylle nahm das Glas lachend und ging zum Fenster, wo auf einem kleinen runden Tisch verschiedene Flaschen standen. Sie drehte das umgekehrte Glas in einer Schale mit Zucker, füllte aus drei Flaschen verschiedenfarbige Flüssigkeiten in unterschiedlichen Proportionen hinein und rundete das Ganze mit einer weiteren geheimnisvollen Zutat ab.
»Ich schätze, du wirst nicht selbst nach Hause fahren heute«, sagte sie und reichte Beate den Cocktail.
»Der hat es nämlich in sich.«

»Muss ich auch nicht«, strahlte Beate. »Barbara hat mich abgeholt und fährt mich auch wieder heim.«

Sie drehte das elegante Cocktailglas in den Händen.

»Was ist denn in dieser Teufelsdroge alles drin?«

Sibylle zählte an den Fingern ab: »Wodka, Blue Curaçao, Orangensaft und ein Spritzer Zuckersirup. Eigene Kreation.«

Darauf tranken sie alle noch einmal, dann füllte Sibylle die Teller.

»Hühnchen mit Zitrone, Wildreis und Fenchelgemüse, dazu einen halbtrockenen Weißherbst, die Damen.«

Sie legte ein Stück Huhn auf Beates Teller.

»Aber selbstverständlich versorge ich dich den ganzen Abend über auch gern mit Cocktails.«

Sie aßen und unterhielten sich gleichzeitig über die Kinder, ihre Familien und ihre Erlebnisse der letzten Wochen. Sibylle berichtete von ihrem Bruch mit Paul.

Barbara erzählte von den Fortschritten ihres Romans.

»Noch drei, vier Monate, schätze ich, dann bin ich fertig. Die Überarbeitung wird natürlich auch noch ein paar Wochen dauern. Und bevor ich das Machwerk einem Verlag anbiete, möchte ich, dass ihr beide ihn lest und euer Urteil fällt. Und«, fügte sie lächelnd hinzu, »ich bitte um wohlwollende, aber schonungslose Kritik.«

Fragen nach dem Inhalt des Buches wehrte sie wie schon früher vehement ab.

»Ihr müsst es ganz unvoreingenommen lesen. Nur dann ist eure Kritik auch wertvoll für mich.«

Unvermeidlich kamen sie auf das aktuelle Thema in der Presse zu sprechen: die Morde an den Kinderschändern. Pauls Presseerklärung war mit Begeisterung von den Journalisten aufgenommen und breit verarbeitet worden.

Der »Bonner Morgen« in Person von Sibylle Turinski hatte die Gelegenheit genutzt, die einzelnen Mordfälle noch einmal detailliert ins Gedächtnis zu rufen und drehte die Geschichte einen Tag später weiter, indem Sibylle über die zahlreichen Anrufe berichtete, die die Reaktion erreicht hatten und von »Soll er die

Schweine doch abschlachten« bis zu »Gott sei Dank, jetzt bin ich beruhigt« reichten.

»Wie viele Leute haben denn tatsächlich angerufen?«, fragte Barbara.

Sibylle sah auf.

»Zwei«, sagte sie, und darüber lachten sie herzlich.

Nach dem Essen gab es Kaffee und noch eine Runde Cocktails. Beate, Alkohol nur in geringem Maße gewöhnt und bereits deutlich beschwingt, griff noch einmal das Thema auf und erinnerte an die Liste, von der Barbara ihnen beim letzten Treffen erzählt hatte.

»Schaust du noch regelmäßig danach?«

Barbara nickte.

»Man müsste wissen, wer der Mörder ist und ihm diese Liste zukommen lassen«, überlegte Beate.

»Was er dann damit anfängt, wäre ja seine Sache, hö, hö.«

Sie wälzte ihre Vorstellungen davon ein wenig albern aus, und Sibylle ging darauf ein und lachte mit. Dann fiel ihr Barbaras Gesichtsausdruck auf, der ernst und nachdenklich war.

»Babs, was ist los?«

Beate hörte auf zu kichern, als sie merkte, wie die Stimmung plötzlich umschlug.

Barbara drehte ihr Glas in den Händen, hob dann den Kopf und sah die beiden Frauen nacheinander an.

»Ich glaube, der Mörder hat die Liste bereits«, sagte sie. »Die Namen der Ermordeten standen alle auf dieser Liste.«

In der Pause, die jetzt entstand, hätte man ein Haar zu Boden fallen hören. Beate stellte ihr Glas auf den Tisch, schlug eine Hand vor den Mund und flüsterte: »Mein Gott!«

Sibylle sah Barbara fassungslos an.

»Und jetzt«, setzte Barbara hinzu, »jetzt sind sie nicht mehr darauf. Ausgelöscht.«

»Das ist ein Ding!«, flüsterte Beate, und Sibylle murmelte: »Tolle Sache!«

Alle drei dachten eine Weile schweigend nach. Dann schob Beate, der das Schweigen in ihrem leicht benebelten Zustand deutlich am schwersten fiel, Sibylle ihr leeres Glas hin, die es sofort nahm und zum Fenster ging, um es nachzufüllen. Für sich selbst mixte sie ebenfalls noch einen von diesen wunderbaren Cocktails, und für Barbara brachte sie die Kaffeekanne vom Tisch mit.

Ihre plötzliche Geschäftigkeit unterbrach auch Barbaras nachdenkliches Schweigen. Sie trank den lauwarmen Rest aus ihrer Tasse und ließ sich nachschenken.

»Hast du schon mal darüber nachgedacht, was das bedeuten könnte?«, fragte Sibylle, die ganz sicher war, dass ihre Freundin schon jeden möglichen Aspekt dieser Information abgewogen hatte.

»Natürlich«, sagte Barbara. »Zum einen bedeutet es selbstverständlich, dass entweder die Frau, die die Liste anbietet, oder eine andere Person, die sie regelmäßig liest, der Mörder ist.«

»Möglich wäre auch, dass sich mehrere Frauen gleichzeitig entschlossen haben, einen von der Liste zu streichen«, sagte Sibylle.

»Ich hab selbst schon mal darüber nachgedacht, dass man sich zusammenschließen sollte zu einem Mordkomplott. Jeder ermordet das Wunschopfer eines anderen. So kann derjenige, der ein Motiv hat, ein Alibi nachweisen, und der Mörder hat kein Motiv und gerät erst gar nicht in Verdacht.«

Barbara schüttelte den Kopf.

»Das glaube ich in diesem Fall eher nicht. Wie viele Frauen kennst du denn, die zu so einer Tat in der Lage wären?«

Sibylle blickte erst sie an und dann Beate.

»Na, zumindest zwei«, sagte sie dann todernst.

»Zumindest theoretisch«, fügte Barbara hinzu. »Und ich glaube nicht, dass du das wirklich ernst meinst.«

Beate verstand gar nichts und blickte nur mit leicht benebeltem Blick von einer zur anderen.

»Zum anderen bedeutet es«, fuhr Barbara fort, »dass man, wenn man möchte, versuchen kann, Einfluss zu nehmen.«

Sibylle nickte nur nachdenklich.

Beate fragte leise: »Wie meinst du das?«

Sibylle war sicher, dass sie verstanden hatte, was Barbara meint und es nur laut ausgesprochen hören wollte.

»Man könnte beispielsweise selbst einen Namen auf die Liste setzen.«

Barbara dachte einen Moment nach.

»Man müsste ihn vielleicht irgendwie markieren, fett oder kursiv setzen, damit der Mörder eine besondere Dringlichkeit erkennt. Immerhin sind über 50 Namen auf der Liste. Bei seinem bisherigen Rhythmus käme unser Mann sonst vielleicht erst in fünf Jahren dran.«

Beate holte tief Luft. »Aber ... aber das wäre ja ... Mord!«

»Findest du?«, fragte Barbara ruhig.

»Ich sehe es eigentlich nicht so. Es wäre eher wie ... ein guter Vorschlag. Und da der Zusammenhang zwischen der Liste und den Morden bisher ja rein theoretisch existiert, quasi nur in unserer Phantasie, kann man es noch nicht einmal als Aufforderung zum Mord bezeichnen.«

»Aber stell dir mal vor«, sagte Beate ein wenig atemlos, »du setzt einen Namen auf diese Liste, und ein paar Tage später ist der Mann tot. Das wäre ja ...«

Und im gleichen Moment, als sie ihren Satz mit »... schrecklich!«, beendete, sagten Barbara und Sibylle wie aus einem Mund: »... phantastisch!«

Sibylle mixte noch einen Cocktail für Beate, eindeutig den letzten, betrachtete man Beates Zustand. Sie selbst war angesichts der Diskussionslage wie Barbara auf Kaffee umgestiegen.

»Nicht auszudenken, wenn das alles so stimmt«, sagte sie, als sie sich wieder auf die kleine Couch setzte und die Füße hochzog. »Gott sei Dank ist mein Verhältnis mit Paul zu Ende. Ich weiß nicht, ob ich ihm das ernsthaft würde verschweigen können.«

Barbara sah sie an.

»Das heißt, du willst diese Information nicht verwerten?«

Sibylle zögerte.

»N... nein, seltsamerweise nicht. Gewöhnlich ist das immer das erste, an das ich denke. Aber diesmal ... Ich möchte den Fortgang der Ereignisse lieber nicht ungünstig beeinflussen.«

Beate hing in ihrem Sessel und leckte den Zucker vom Glasrand. »Ich glaube, das ist alles nur Produkt unserer überschäumenden Phantasie«, sagte sie mit hörbaren Schwierigkeiten bei ›überschäumend‹ und kicherte wild.

»Wir könnten's ja mal ausprobieren. Wir suchen uns einen Namen aus und setzen ihn auf die Liste. Das kannst du doch, Babs, oder nicht?«

Barbara nickte.

»Also«, Beate stand ein wenig schwankend auf. »Machen wir's. Ich weiß auch schon, welchen.«

Dabei zwinkerte sie Sibylle verschwörerisch zu.

»Martin Gerolstein. Der soll dran glauben.«

Sie ruderte heftig mit den Armen, um ihr Gleichgewicht wieder zu erlangen, verschüttete dabei den halben Cocktail auf Sibylles beigefarbenen Teppich und ließ sich schließlich wieder in den Sessel zurück plumpsen.

Barbara sah erst Beate, dann Sibylle verständnislos an. Sibylle schilderte ihr kurz die Geschichte von Tina Gerolstein und den zu erwartenden Ausgang derselben.

»Kennst du denn die Adresse des Mannes?«

Beate schaute sie aus halbgeschlossenen Augen an.

»Habisch vergessen.«

»Dann können wir das nicht machen. Ohne Adresse könnte es zu leicht den Falschen treffen.«

»Ich kenne die Adresse«, sagte Sibylle ruhig und suchte aus dem Speicher ihres Kurzzeitgedächtnisses die Adresse von Martin Gerolstein, Vater und Schänder von Tina Gerolstein, heraus.

13

Zwei Wochen später, an einem strahlend blauen Tag Mitte Mai, verschwand der Name ›Martin Gerolstein‹ von der Liste in Barbaras Computer und tauchte statt dessen auf einer anderen Liste auf, wo er den fünften Platz einnahm. Diese Liste und viele andere Schriftstücke, die in irgendeiner Form mit den Morden zu tun hatten, zierten inzwischen eine Wand in Pauls Büro. Tatortskizzen, Fotos der Ermordeten vor und nach ihrem Tod, Notizen über die Aussagen der Ehefrauen, sofern sie welche hatten.

Martin Gerolstein hatte keine Ehefrau mehr gehabt, nur eine geschiedene Frau und eine kleine Tochter, und diese geschiedene Frau hatte unlängst erst ein Sorgerechtsverfahren angestrengt, weil ihr bis dato sorgeberechtigter Ex-Ehemann angeblich die Tochter sexuell missbrauchte. Das Verfahren war zu seinen Gunsten ausgegangen, aber für den Mörder schien, wie bereits bemerkt, das allgemein gültige Recht keine Bedeutung zu haben.

»Von wegen im Zweifel für den Angeklagten«, dachte Paul. Gleichzeitig aber stellte er fest, dass er selbst voreingenommen war und Gerolstein schon allein deshalb für schuldig hielt, weil er ermordet wurde. Er nahm sich vor, seine Einstellung zu den Morden und zu den Beteiligten in einer ruhigen Stunde zu überdenken.

Aber wie auch immer: Es war und blieb ein Mord, egal, ob das Opfer selbst ein Täter gewesen war oder nicht.

Nur – da Gerolstein vom Missbrauchsvorwurf freigesprochen war, durfte Paul der Presse gegenüber noch nicht einmal die Klage erwähnen. Ein neuer und überraschender Konflikt in diesem an Konflikten reichen Zeitalter, dachte er.

Er trug Lotz das Problem vor, der auf Anhieb auch nicht wusste, wie damit zu verfahren sei. Würde man nicht auf den Motivzusammenhang hinweisen, so wäre die ganze vergangene Aktion und die anschließende Beruhigung der Bevölkerung nichts als heiße Luft gewesen. Das konnten sie nicht riskieren.

»Sie haben doch ein ausgezeichnetes Verhältnis zu dieser Dame vom ›Bonner Morgen‹«, sagte Lotz plötzlich.

Paul registrierte, dass aus der ›Tussi‹ vom letzten Mal eine ›Dame‹ geworden war. Er nickte. Lotz zu erklären, dass das Verhältnis so gut eigentlich nicht mehr sei, schien ihm höchst unangebracht.

»Können Sie der nicht unter der Hand stecken, was es mit dem Opfer auf sich hat? Natürlich unter dem Siegel der Verschwiegenheit, was die Quelle betrifft. Dann wär's in der Presse, käme aber nicht von uns, und wir sind das Problem los.«

Zumindest eins von unseren Problemen, dachte Paul und stimmte Lotz' Vorschlag zu. Wahrscheinlich, bezichtigte er sich im Stillen, nahm er das nur als willkommenen Anlass, Sibylle wieder zu sehen. Denn selbstverständlich konnte eine solch vertrauliche Information nicht über das Telefon weitergegeben werden.

Deutlich beschwingteren Schrittes ging er in sein Büro zurück und griff sofort nach dem Telefon. Als sich die Sekretärin des ›Morgen‹ meldete, nannte er seinen Namen und bat sie, ihn mit Frau Turinski zu verbinden. Und sie möge doch bitte ausrichten, es sei dringend.

Dein Selbstbewusstsein ist im Keller, konstatierte er.

»Turinski«, meldete sich Sibylle förmlich, obwohl sie genau wissen musste, dass er am Apparat war.

»Ich muss dich sprechen, Sibylle«, sagte er und fügte hastig hinzu: »Es ist beruflich.«

»Aha«, antwortete sie nur und wartete.

»Es geht um den letzten Mord. Können wir uns jetzt gleich treffen in, sagen wir mal ...«, er warf einen Blick auf seine Armbanduhr, »... 10 Minuten in dem Café auf dem Münsterplatz?«

»Geht klar!«

»Und Sibylle, sprich bitte mit niemand darüber.«

»Na, wie werd' ich denn?«, antwortete sie spitz und legte auf.

»Ich hab einen Cappucchino für dich bestellt«, sagte Paul und erhob sich, um Sibylle den Stuhl zurückzuziehen.

Achjottachjott, dachte Sibylle, hamwer et auch en bissjen kleiner? Laut sagte sie: »Was liegt an?«

Paul zog sich frustriert in eine dienstliche Haltung zurück.

»Das letzte Opfer, Martin Gerolstein, war kein Kinderschänder.«

Sibylle sah ihn gespannt an.

»Zumindest offiziell nicht«, setzte Paul hinzu.

Sibylle atmete auf. Sie hatte schon befürchtet, sie würde ihr Wissen um Martin Gerolstein preisgeben müssen.

Paul berichtete von dem Missbrauchs-Verfahren und dessen Ausgang, den Sibylle bereits kannte.

»Ob du das wohl lancieren könntest, ohne dass man zwischen den Zeilen lesen kann, wo du es her hast?«

Sibylle nickte.

»Aber sicher. Das dürfte kein Problem sein. Ich werde es in den nächsten Bericht über den Fortgang der Ermittlungen ganz unauffällig einfließen lassen.«

Der Kellner brachte Sibylles Cappucchino und stellte ein Weizenbier vor Paul auf den Tisch. Ihr Gespräch war eigentlich schon beendet, und nachdem sie beide getrunken hatten, entstand eine peinliche Pause.

»Zu Hause alles klar?«, brach Sibylle endlich das Schweigen.

Paul nickte. »So einigermaßen.«

Mehr schien er nicht sagen zu wollen, und daher erhob Sibylle sich.

»Ich muss dann wieder.«

Sie streckte ihm förmlich die Hand entgegen, und er nahm sie und hielt sie fest.

»Sibylle, setz dich noch mal hin.«

Sie ließ sich wieder auf den Stuhl sinken. Paul behielt ihre Hand in der seinen.

»Was ist eigentlich vorgestern Abend passiert?«, fragte er.

»Hat sich plötzlich irgendwas geändert, und ich hab es nicht mitbekommen?«

Sibylle sah ihn mit zusammengezogenen Augenbrauen an. »Schöner hätte ich es nicht ausdrücken können.«

»Aber was denn? Es ist alles wie vorher. Ich sage meiner Frau, wir hätten uns getrennt, und wir treffen uns weiter wie bisher.«

Sibylle betrachtete nachdenklich sein Gesicht. Wie sollte man das, was sich geändert hatte, einem Mann erklären?

»Es ist nicht mehr dasselbe. Bisher ...«, sie suchte nach Worten, »... bisher nahm ich in deinem Leben einen nicht näher definierten Platz ein. Ab jetzt stehe ich offiziell in der zweiten Reihe. Und da möchte ich einfach nicht stehen. Verstehst du das?«

Paul starrte sie an.

»Nein.«

Sibylle entzog ihm ihre Hand.

»Ich hatte es eigentlich auch nicht erwartet. Aber es ist nun einmal so. Tut mir leid.«

Sie stand auf und ging. Paul blieb noch zehn Minuten in dem Café sitzen, trank erst sein Bier aus und dann ihren Cappucchino und dachte, dass das irgendwie nicht sein Jahr zu sein schien.

14

Ich bin nicht allein. Jemand hat mich beauftragt, diesen Mann zu töten. Und ich habe den Auftrag angenommen.

Das war ganz wunderbar. Erst der Name auf der Liste, und dann die Arbeit. Besser als die ersten vier. Irgendwie sanktioniert. Ich bin nicht mehr allein mit meinem Wunsch, diese Pest vom Angesicht der Erde zu tilgen. Ich bin Teil eines größeren, mächtigen Bundes, einer verschworenen Gemeinschaft.

Ein wunderbares, erfüllendes Gefühl. Dann die Arbeit und damit die Belohnung. O, die göttliche Belohnung. Nur wahrhaft gute Taten werden so reich bezahlt. Diese Fülle an Gefühlen, diese Ekstase. Ich habe mir viel Zeit gelassen mit ihm. Ich wollte es genießen. Und er hat es auch genossen. Wie er gewinselt hat. Geheult. Wie er wieder und wieder schwor, nie mehr sein Töchterchen anzufassen. Da konnte er noch nicht wissen, wie recht er damit behalten würde. Erst zwei Stunden später, als ich vor Erschöpfung kaum mehr stehen konnte, da wusste er es. Ich sah es in seinen Augen. Sie erloschen.

Seit ich dazu übergegangen bin, bestimmte Körperteile dieses menschlichen Abschaums zu entfernen, bedauere ich, nicht gleich zu Anfang damit begonnen zu haben. Es hätte doch eine hübsche Sammlung werden können. Wie konserviert man Schwänze? Ich weiß nicht recht. Vielleicht in Aspik.

Ich bin immer noch ganz high. Die Wirkung der Droge, die mein wunderbarer Körper selbst produziert, hält diesmal länger an. Dafür wird der Entzug nachher sicher schlimm, sehr schlimm. Aber daran denke ich jetzt noch nicht. Ich will den Rausch genießen.

Das Schönste ist dieses Gefühl, dieses dichte, ausfüllende Gefühl, das jede Zelle meines Körpers besetzt und bis ins letzte Zehenglied spürbar ist. Ich scheine anzuschwellen, größer zu werden, voller.

Das zweitschönste ist, dass der Schmerz vergeht. Keine Kopfschmerzen. Überhaupt keine. Tagelang schmerzfrei ohne Medikamente. Und glücklich.

Den Schwanz dieses Italieners habe ich sofort den Fischen zum Fraß vorgeworfen. Widerliches, braunes, kleines Ding. War zu nicht mehr als zu Fischfutter geboren. Hätte selbst in Aspik nichts hergemacht.

Ich mochte diesen Typ überhaupt nicht. Er war irgendwie schmierig.

Als ich mit ihm telefonierte, früher am Abend, zu einer Zeit, da er noch dachte, er hätte eine Zukunft, da hörte ich im Hintergrund mehrere Kinder toben und lachen. Ich weiß ja nicht, was er tatsächlich getan hat. Ich hab ja seinen Namen einfach von der Liste genommen.

Aber wenn er mehrere Kinder hat, kann ich mir lebhaft vorstellen, was er mit seinem widerlichen, kleinen braunen Ding angestellt hat. Und ich stellte es mir lebhaft vor. Für jedes Detail meiner Phantasie gab ich ihm einen Schlag ins Gesicht. Zuerst mit der Hand. Aber das tat mir weh.

Also nahm ich eine leere Flasche. Lag gut in der Hand. Für jedes Detail ein Schlag. Und ich habe eine ausschweifende Phantasie. Bei Gott!

Gerolstein war auch nicht schlecht. Er hatte ja nur diese eine Tochter. Ich ließ ihn erzählen, was er mit ihr angestellt hatte. Zuerst wollte er natürlich nicht mit der Sprache rausrücken, aber ein zarter Schnitt mit dem Messer stimmte ihn rasch um.

Und dann blubberten die Worte nur so aus ihm heraus. An was er sich plötzlich alles erinnern konnte. Ich bin nicht sicher, aber ich halte es für möglich, dass er in seiner Verzweiflung sogar noch was dazu erfunden hat.

Und als ich seine Hose aufschnitt, wollte ich meinen Augen nicht trauen. Er hatte tatsächlich einen Ständer. Kaum zu glauben, dass er in seiner beschissenen Lage noch von seinen eigenen Erzählungen aufgegeilt wurde. Vielleicht war es eine Angsterektion oder vielleicht auch ein Dauerständer.

Ich weiß es nicht. Jedenfalls zu groß. Viel zu groß für ein kleines Mädchen, lieber Martin, das musst du doch einsehen. Ich muss ihn etwas kürzen.

Ha, wie der geschrien hat. Und dann ist er plötzlich ganz still geworden, und seine Augen waren schon tot, als sein Körper noch zuckte.

Mit ihm hatte ich anschließend viel Arbeit. Zu lange habe ich mir Zeit gelassen mit ihm, und schließlich war ich so erschöpft, dass ich ihn kaum noch ins Auto zerren konnte. Er war schwer, zwar etwas leichter als beim Einsteigen am Abend, aber immer noch sehr schwer. Ich hätte vielleicht etwas mehr abschneiden sollen. Hätte meine spätere Arbeit erleichtert.

Ich muss mich ausruhen. Mein Kopf ist hellwach und mein Verstand außerordentlich geschärft. Aber mein Körper will nicht so recht. Meine Beine zittern, und meine Arme fühlen sich an wie Pudding. Ich muss schlafen.

Ich fürchte, ich muss mir etwas mehr Zeit lassen zwischen den einzelnen Aufgaben. Sonst ist mein Körper schneller am Ende angelangt als mein Kopf. Das wäre fatal. Ich werde mich beschränken müssen.

Wie viel Zeit bleibt mir noch? Eigentlich keine für eine Beschränkung. Bin ich aber nicht vorsichtig, sterbe ich vielleicht noch früher als unbedingt nötig. Und kann noch weniger Aufgaben erfüllen. Ich muss erst einmal schlafen.

Sommer

1

Eine zarte Berührung streichelte ihre Wange. Der Flügel eines Schmetterlings. Er war hellblau und fast durchsichtig. Sie wendete vorsichtig den Kopf, um ihn besser betrachten zu können. Da entfaltete er seine seidenen Flügel und bewegte sich anmutig in die sommerwarme Luft, tänzelte über ihrem Gesicht hin und her, hin und her. Sie lachte leise, ganz leise, um ihn nicht zu vertreiben. Dann veränderte er seine Farbe. Ein dunkles Blau zog sich langsam von den unebenen Rändern seiner Flügel hinab zu seinem Körper, wie Tinte, die auf ein Löschpapier tropft. Sein Körper schwoll an, und jetzt konnte sie seine Augen erkennen, böse Augen, die sie aus hunderten schwarzschillernder Facetten anstarrten. Seine Fühler wuchsen, und an ihrer Spitze bildeten sich schwarze Krallen, die sich ihrem Gesicht näherten. Immer näher, nun schon ganz nahe, ganz nahe an ihren Augen. Sie warf den Kopf hin und her, um diesen Krallen zu entgehen, wollte aufspringen und weglaufen. Aber sie konnte sich nicht rühren. Sie lag wie angewachsen. Nur der Kopf ... hin und her ...

»Mama, Mama, wach auf!« Barbara erwachte abrupt und blickte in Viktorias Gesicht. Viktoria saß auf der Kante ihres Bettes und streichelte ihre Wange.

»Was ist denn los?«, fragte Barbara heiser. Ihre Zunge war schwer wie Blei und klebte trocken am Gaumen.

»Du hattest wohl einen Alptraum, Mam«, sagte Viktoria. »Ist jetzt alles in Ordnung?«

Barbara stützte sich nach hinten ab und versuchte, sich aufzurichten. Viktoria stopfte ihr ein Kissen in den Rücken.

»Ich hab dir Kaffee gebracht«, sagte sie und nahm eine dampfende Tasse vom Nachttisch.

»Trink erst mal einen Schluck. Vorsichtig, er ist heiß.«

Barbara trank ein wenig und schloss die Augen. Sie hatte ihre Orientierung noch nicht wieder gefunden. Was hatte sie bloß geträumt? Sie trank noch einen Schluck Kaffee. Langsam setzte die belebende Wirkung ein.

Viktoria sah sie besorgt an.

»Ist alles klar mit dir? fragte sie noch einmal.

»Ja, ich denke schon. Ich bin noch nicht ganz wach. Warum hast du mich geweckt? Ist irgendwas?«

»Nein, eigentlich nicht«, antwortete Viktoria zögernd.

»Außer, dass es schon zwölf Uhr ist und ich dachte, es sei vielleicht was nicht in Ordnung. Möchtest du lieber weiterschlafen?«

Barbara schüttelte den Kopf.

»Nein, nein. Schon zwölf, meine Güte. Ich stehe gleich auf.«

»Nein, bleib noch liegen«, sagte Viktoria und erhob sich.

»Ich bring dir ein Frühstück ans Bett. Du hast doch nichts zu versäumen.«

Sie verließ das Zimmer, und Barbara hörte, wie sie in der Küche hantierte.

Auch gut, dachte sie. Warum auch nicht?

Sie trank die Tasse leer und schloss für ein paar Minuten noch einmal die Augen.

Sie erwachte, als Viktoria polternd mit dem Frühstückstablett hereinkam.

»Ich bin tatsächlich nochmal eingeschlafen«, sagte sie erstaunt und setzte sich wieder aufrecht. Viktoria baute das Tablett vor ihr auf, belegte zwei Brötchen mit Schinken und goss frischen Kaffee in die beiden Tassen.

»Wenn ich mal was sagen darf«, sagte Viktoria kauend, »du siehst echt scheiße aus.«

»Danke, mein Kind, dein jugendlicher Charme ist wie immer unübertroffen.«

Barbaras Witz kam etwas schleppend aus dem Tiefschlaf.

»Es dauert halt jeden Tag eine halbe Stunde länger, wie 25 auszusehen.«

»Nein, wirklich.«

Viktorias Stimme bekam wieder den mütterlich-strengen Ton.

»Du siehst krank aus.«

»Ich bin nicht krank. Es geht mir gut. Ich bin lediglich verschlafen und nicht mehr die Jüngste.«

Barbaras Tonfall ließ keine weitere mütterliche Fürsorge zu.

»Schon gut, schon gut«, beschwichtigte Viktoria und nahm ein paar Briefe vom Tablett.

»Hier hast du die Post.«

Barbara nahm die Briefe und sah sie durch. Der dritte Umschlag stammte von der Friedhofsverwaltung des Stadtteils Bonn-Beuel.

»Sehr geehrte/r Dame/Herr, die Grabstelle Nr. 572 auf dem städtischen Friedhof in Bonn-Beuel ist zum 31.7.1998 zur Räumung vorgesehen. Sollten Sie die Grabstelle für weitere 5 bis 30 Jahre mieten wollen, bitten wir Sie, uns dies auf der Rückseite dieses Schreibens mitzuteilen und die damit entstehenden Gebühren von 153,30 DM pro Jahr der Weiterbelegung auf eines der unten genannten Konten zu überweisen.«

Barbara ließ den Brief sinken und überlegte kurz. War es tatsächlich schon 20 Jahre her, dass ihr Großvater gestorben war? Sie erinnerte sich an die Beerdigung, als sei sie gestern gewesen. Die halbe Stadt war auf dem Friedhof erschienen, um dem geachteten Kommunalpolitiker und Stadtratsmitglied die letzte Ehre zu erweisen. Damals lebten ihre Eltern noch. Oma war schon zwei Jahre früher an einer Lungenentzündung gestorben. Opa war ihr dann recht bald durch einen bösartigen Streukrebs gefolgt, der sich an den verschiedensten Stellen seines Körpers breit gemacht hatte und sein Leben und Leiden relativ rasch beendete.

Viktoria missdeutete ihren nachdenklichen Gesichtsausdruck. »Ist irgendwas Schlimmes?«

Barbara schüttelte den Kopf. »Nein, nein, hier, lies selbst.«

Sie reichte ihr den Brief, und Viktoria überflog die Zeilen. Sie war noch nicht auf der Welt gewesen, als ihr Opa starb, und der Inhalt des Schreibens berührte sie nicht. Sie legte es auf das Tablett.

»Dann brauchst du dich wenigstens nicht mehr um die Grabpflege zu kümmern«, stellte sie pragmatisch fest und schmierte sich noch ein Brötchen.

Barbara nickte nur. Damit hatte sie sich ohnehin nicht lange aufgehalten, sondern einem Blumengeschäft in der Nähe des Friedhofs einen regelmäßigen Auftrag erteilt.

Sie steckte das Schreiben in den Umschlag zurück und beendete ihr Frühstück.

Viktoria trug das Tablett wieder in die Küche, und Barbara schlug die Bettdecke zurück und stand auf. Plötzlich verschwamm das Zimmer vor ihren Augen, ihr wurde schwindlig, ein starker Schmerz breitete sich im hinteren Teil ihres Kopfes aus, und sie fiel zurück aufs Bett. Fast augenblicklich beendete das Zimmer seine wilde Fahrt, und sie setzte sich vorsichtig auf den Rand des Bettes. Im Innern ihres Hinterkopfes brodelte und kochte es.

Sie öffnete die Schublade ihres Nachttisches und nahm, mehr tastend als sehend, ein Fläschchen heraus. Fünf Tropfen zu Anfang, hatte der Arzt gesagt, nicht öfter als dreimal täglich, wenn es unbedingt sein muss, viermal. Sie nahm den Teelöffel aus der Schublade, ließ fünf Tramal-Tropfen darauf fallen und schob den Löffel in den Mund. Die Tropfen schmeckten bitter, aber man gewöhnte sich an alles. An fast alles. An diese Kopfschmerzen würde sie sich wohl nicht gewöhnen.

Sie blieb ein paar Minuten ruhig auf der Bettkante sitzen und wartete, bis die Schmerzen allmählich nachließen. Sechs, sieben Stunden würde die Wirkung wohl anhalten. Bisher hatte sie auf die vierte Dosis des Tages noch nicht zurückgreifen müssen.

Lange wird's nicht mehr dauern, dachte sie, stand vorsichtig auf und wartete erst ab, ob ihr Kreislauf dieser Bewegung gewachsen war, bevor sie sich unter die Dusche stellte, das Wasser auf die heißeste, gerade noch erträgliche Stufe aufdrehte und, als es auf ihren Rücken niederprasselte, darüber nachdachte, wie viel Zeit ihr wohl noch bliebe.

Sie parkte ihren Wagen auf der Straße, direkt an der Hecke, die den Friedhof in seiner ganze Fläche umsäumte. Es war ein großer Friedhof, einer von insgesamt 40 in Bonn, und viele bekannte und noch mehr unbekannte Bonner Bürger hatten hier ihre letzte Ruhe gefunden.

Sie trat durch das große, weißgestrichene Holztor auf das Friedhofsgelände und überblickte endlose Reihen blumengeschmückter Gräber, manche mit Kreuzen aus Gusseisen oder Holz, andere mit regelrechten Marmor-Monumenten, die erst richtig deutlich machten, wie sehr man doch um den lieben Verstorbenen trauerte. Viele Gräber waren mit Marmorplatten gänzlich abgedeckt. Kein Pflänzchen störte hier die Andacht der Hinterbliebenen, und niemand musste sich die Finger schmutzig machen.

Barbara hatte zu Friedhöfen immer schon eine seltsame Affinität gespürt, und sie wusste, dass es vielen anderen Menschen auch so erging. Sie war fasziniert von den Geschichten, die Friedhöfe bisweilen erzählen konnten. Weniger so große Friedhöfe wie dieser, eher schon die kleinen, alten Kirchhöfe in kleinen Dörfern, wo nicht unbedingt nach 20 Jahren der Hausputz anstand und manche Gräber Geburts- und Sterbedaten aus längst vergangenen Jahrhunderten zeigten.

Barbara erinnerte sich an einen Kirchhof, den sie einmal in einem Dorf in Süddeutschland besucht hatte. Er lag direkt hinter der kleinen Dorfkirche und wurde zu dieser Zeit schon nicht mehr benutzt. Aber man hatte die alten Grabstellen nicht fortgeräumt und statt dessen, wie so vielerorts, Rasen gesät, sondern ihn einfach so gelassen wie er war und am Rande des Dorfes einen neuen Friedhof angelegt.

Die zum Teil mehrere hundert Jahre alten, verwitterten Basaltkreuze hatten bereits Moos angesetzt. Die in den Stein geritzten Namen waren manchmal nur noch schwer zu entziffern gewesen. Aber dieser Friedhof hatte Geschichten zu erzählen, Geschichten von Familien, deren Mitglieder in diesem Ort geboren und gestorben waren.

Eine Familie, deren Daten aus dem 19. Jahrhundert stammten, erinnerte sich Barbara, war komplett vor dem 40. Lebensjahr gestorben. Was mochte wohl der Grund dafür gewesen sein? Eine Erbkrankheit vielleicht? Oder ein besonders rauflustiger

Charakterzug? Sie war über eine Stunde auf diesem kleinen Kirchhof umhergewandert und hatte ihre Phantasie von der Atmosphäre der Vergangenheit und des Grenzraums zwischen Leben und Tod beflügeln lassen.

Ihre Gedanken wurden unterbrochen von einer Gruppe Menschen, die hinter ihr durch das Tor trat. Barbara trat beiseite und ließ die Familie vorbeigehen, dann schritt sie selbst die Reihen ab, bis sie an das Grab kam, das sie suchte.

Sie war lange nicht hier gewesen. Ein kunstvoll geformtes, gusseisernes Kreuz mit einer bronzierten Christusfigur schmückte das Grab. Die Grabfläche war hübsch bepflanzt mit Sommerblumen und Stauden. Im vorderen Drittel lugte zwischen den Blumen eine Grableuchte hervor, in der eine Kerze brannte.

Barbara stand davor.

Eine ältere Frau, die einige Grabstellen weiter rechts mit beiden Händen in der Erde wühlte, blickte verstohlen zu ihr herüber. Barbara ignorierte den Blick. Vielleicht suchte die Frau die Gelegenheit zu einem Schwätzchen, doch danach stand Barbara nicht der Sinn. Sie betrachtete das Kreuz und versank in Erinnerungen, die sowohl bitter als auch süß waren. Bitter wie Blut und süß wie Kuchenteig.

Die ältere Frau erhob sich mühsam und ging langsam auf die still Trauernde zu.

»Ein besonders lieber Verstorbener?«, fragte sie mit teilnahmsvoller Stimme.

Barbara schrak aus ihren Gedanken und versuchte, den Sinn der entschwindenden Worte zu erhaschen.

»Ja«, sagte sie dann, »ja, das ist er wohl.«

Sie wandte den Blick in die Ferne. »Auf seine Weise schon«, fügte sie mehr zu sich selbst hinzu.

Dann nahm sie ihre starre, andächtige Haltung wieder ein, und die ältere Frau zog sich enttäuscht zurück und betrauerte weiter ihren eigenen Verstorbenen.

Ihre Erwartungen an ein unterhaltsames Schwätzchen wurden aber kurze Zeit später deutlich übertroffen von dem, was sie sah und wovon sie noch Wochen später begeistert erzählte.

Barbara trat einen Schritt nach vorn und stand mit beiden Füßen mitten auf dem Grab. Dort drehte sie sich einmal im Kreis und trampelte alle Pflanzen im Umkreis von 30 Zentimetern einschließlich der Grableuchte in die Erde hinein. Dann stieg sie wieder auf den Weg zurück, hockte sich vor das Grab nieder und sagte laut:

»So, du altes Arschloch, jetzt verschwindest du endgültig aus meinem Leben.«

Dann ging sie mit schnellen Schritten in Richtung Ausgang, hinter sich zurücklassend eine ältere Witwe, die ihr staunend und entzückt nachsah.

2

Stefan reckte sich am Aktenschrank hoch und zog eine neue Layout-Seite herunter. Diese Seite noch, dann könnten sie Feierabend machen. Er hatte die Fotos schon bereitliegen, die Texte waren formatiert – jetzt musste das alles nur noch dekorativ auf der Seite verteilt werden.

Bis auf die Meldung, an der Sibylle noch arbeitete, aber das konnte auch nicht mehr lange dauern, dachte er und sah sich nach Sibylle um. Sie drückte sich aber nicht, wie er erwartet hatte, die hübsche Nase am Monitor platt, sondern saß ganz entspannt in ihrem Bürostuhl, hatte die Füße auf eine Ecke des Schreibtischs gelegt, klopfte mit einem Kugelschreiber gegen ihre Zähne und betrachtete ihn.

Schlagartig wurde Stefan nervös.

»Ist irgendwas?«, fragte er und versuchte vergebens, diese alberne Röte aus seinem Gesicht zu vertreiben.

»Nein, nein, Stevie«, sagte Sibylle.

»Aber ... könntest du das wohl noch mal machen?«

Stefan hatte keine Ahnung, wovon sie sprach. Er spürte nur, dass seine Gesichtsfarbe mittlerweile nahe Purpur sein musste und hätte sich dafür am liebsten geohrfeigt.

»Was meinst du?«, stammelte er. »Was soll ich noch mal machen?«

»Hol doch noch mal ein Blatt vom Schrank.«

Sie verwirrte ihn immer mehr. Er sah das Layoutblatt in seinen Händen an.

»Ich brauch aber nur eins.«

»Bitte«, sagte Sibylle gedehnt. »Mir zuliebe.«

Mein Gott, was war denn nur los? Hatte er ein Loch in der Hose oder was? Unwillkürlich strich er mit einer Hand über sein Hinterteil. Nein, wie musste das denn jetzt aussehen. Also, Augen zu und durch.

»Ja, klar«, versuchte er sich lässig, drehte sich um, langte hoch und griff nach einem Blatt.

»Sieht wirklich gut aus!«, sagte Sibylle anerkennend, schwang die Beine vom Tisch, wandte sich wieder dem Monitor zu und beendete die Meldung.

Stefan ließ das Blatt, wo es war und ging mit dem anderen Blatt zum Layout-Tisch. Sein Kopf schwirrte.

Was war denn nun passiert? Bisher hatte sie seinen durchtrainierten Körper nie auch nur eines überflüssigen Blickes gewürdigt. ›Stevie, mach mal dies, Stevie, mach mal das‹ und das war's. Sollte sie womöglich dank einer gnädigen Fügung des Schicksals plötzlich entdeckt haben, dass er ein Mann war? Nicht auszudenken!

Völlig unkonzentriert haute Stefan die Seite zusammen und vergaß dabei die Meldung, die noch fehlte.

Sibylle saß derweil an ihrem Computer, lächelte vor sich hin und dachte: Männer! Wie konnte nur irgendwer auf die Idee kommen, sie das starke Geschlecht zu nennen?

Zehn Minuten später – Stefan stand immer noch gebeugt über dem Layout der letzten Seite – trat sie zu ihm an den Tisch, lehnte sich von hinten halb über ihn, so dass ihre Hüfte seinen Hintern berührte, und betrachtete sein Werk.

»Die Seite ist scheiße«, konstatierte sie kühl, griff an ihm vorbei nach den Fotos und baute die Seite in wenigen Sekunden neu zusammen.

»So geht's«, sagte sie und deutete mit dem Zeigefinger auf eine freie Stelle.

»Und hier passt genau meine Meldung hin.«

Stefan war bei Sibylles Berührung fast das Herz stehen geblieben. An Sprechen war jetzt gar nicht zu denken, deshalb nickte er nur und war erleichtert und enttäuscht zugleich, als sie sich wieder setzte.

Seine Gedanken überschlugen sich. Was sollte er jetzt bloß machen? Wenn er vorgab, von ihrem Interesse nichts gespürt zu haben, würde sie ihn für völlig verblödet halten. Wagte er aber einen Annäherungsversuch, würde sie ihn womöglich auslachen. Das würde er nicht überleben.

Oder vielleicht doch.

Er ging zu seinem Schreibtisch.

»Sibylle«, sagte er in gebührendem Sicherheitsabstand und räusperte sich, weil seine Stimme nicht recht durchkam.

»Wollen wir zusammen was essen gehen?«

Sibylle schwang mit ihrem Stuhl herum und sah ihn an. Na, bitte, dachte sie. Aber wir wollen nicht gleich die Zügel schießen lassen.

»Ich hab gestern erst gegessen.« Sie gab ihrer Stimme einen unbeteiligten Klang. Mit Genugtuung registrierte sie, wie sein Gesicht den gespannten Ausdruck verlor und in sich zusammensackte.

»Aber wenn ich mal wieder Hunger habe, sage ich dir Bescheid.« Ohne eine Antwort abzuwarten, drehte sie sich wieder um und begann, ihre Tasche einzuräumen. So konnte Stefan nicht sehen, wie sich ihre Lippen in einem kaum beherrschbaren Grinsen verzogen.

Wie zu ihrer Rettung öffnete sich die Tür zur Redaktion, und Beate trat ein.

»Hallo«, grüßte sie mit einem kleinen Winken und trat in den Raum.

»Ich war gerade in der Nähe und dachte, wir könnten einen Kaffee zusammen trinken.«

Sibylle stand sofort auf.

»Gern. Kaffee habe ich schon länger nicht mehr getrunken.«

Ihr unterdrücktes Lachen zerriss sie fast. Sie schnappte Beate am Arm, winkte Stefan zu, ohne hinzusehen und schob die Freundin aus dem Raum. Im Aufzug musste sie sich trotz Beates verdutztem Gesicht erst einmal herzhaft auslachen. Dann erklärte sie ihr, was eben vorgefallen war, und auch Beate amüsierte sich darüber.

»Du bist doch eine Schlange«, sagte sie. »Der arme Junge wird eine schlaflose Nacht haben.«

»Na, das kann doch nichts schaden«, antwortete Sibylle leichthin. »Dafür wird er reich belohnt werden.«

Sie liefen ein paar Schritte zu einer Kneipe in der Nähe der Redaktion, wo man im Freien sitzen und plaudern konnte. Zur Not gab es hier sogar ein Baguette oder einen Salat.

Als vor beiden eine Tasse Kaffee stand, sagte Sibylle: »Nun rück mal raus mit der Sprache. Du kommst doch nie zufällig bei mir vorbei. Was ist los?«

»Du hast recht. Ich bin einfach irgendwie unsicher und wollte mit dir mal darüber sprechen.«

Sie stockte.

»Weshalb bist du unsicher?«

Beate sah sich um. In ihrer unmittelbaren Nähe war kein Tisch besetzt. Trotzdem dämpfte sie ihre Stimme.

»Wegen der Sache mit Gerolstein.«

»Hast du Gewissensbisse?«

Beate zögerte mit der Antwort.

»Zuerst hatte ich Gewissensbisse. Ziemliche sogar. Aber mit der Zeit ... ich hab viel darüber nachgedacht, und schließlich fand ich, dass wir es doch richtig gemacht haben. Schließlich weiß man ja genau, was auf das kleine Mädchen zugekommen wäre, wenn wir den Dingen einfach ihren Lauf gelassen hätten.«

Sie sah Sibylle mit einem hoffnungsvollen Blick an.

»Ja, so sehe ich die Sache auch.«

»Hast du keine Probleme damit gehabt?«

»Doch, schon«, antwortete Sibylle gedehnt, obwohl sie tatsächlich nicht allzu viele Gedanken daran verschwendet hatte.

»Anfangs hat es mich auch sehr beschäftigt, aber ich bin zum gleichen Ergebnis gekommen wie du.«

Beate nickte, als hätte sie nichts anderes erwartet. Das eigentliche Problem, das sah Sibylle, war aber damit noch nicht ausgeräumt.

»Du hast es aber trotzdem noch nicht ganz abgehakt, was?«, fragte sie. Beate nickte wieder und lächelte ein wenig verschämt.

»Es ist lächerlich. Aber jetzt kommen bei mir die alten Glaubensgrundsätze wieder hoch, die meine Eltern mir früher eingebleut haben.« Sie hob den Blick. »Ich war Messdienerin, musst du wissen.«

Sibylle grinste von einem Ohr zum anderen.

»Die erste in unserem Dorf. Damals war das eigentlich vom Papst noch nicht erlaubt, aber wir hatten ein Nachwuchsproblem in der Pfarrgemeinde, und so durften wir Mädels auch mal das Schälchen halten. Meine Eltern waren total stolz auf mich.«

Beate hing der Erinnerung nach.

»Na, jedenfalls habe ich, seit ich erwachsen bin, mit der Kirche nicht allzu viel am Hut. Aber diese Gerolstein-Sache weckte die schlafenden Geister wieder auf. Ich schlage mich allen Ernstes mit Glaubensfragen herum.«

Sibylle spürte, dass Beates betont lässige Ausdrucksweise den tiefen Konflikt überdecken sollte, der in ihr schwelte.

»Du glaubst, was wir getan haben, lässt sich mit den Grundsätzen der Kirche nicht vereinbaren? Du hast ihn doch nicht getötet.«

»Trotzdem, ich war damit einverstanden«, flüsterte Beate, und Sibylle sah die Tränen, die sich in den Augen der Freundin sammelten. Das schien einer gehörigen Portion Philosophie á la Sibylle zu bedürfen.

»Jetzt hör mal zu«, begann sie, »ich bin nicht sonderlich firm, was Glaubensfragen anbelangt, aber eines weiß ich gewiss: Du hast nicht gegen Gottes Wort gehandelt, sondern vielmehr in seinem Sinne. Sagte er nicht: Seid fruchtbar und mehret euch?

Indem du diesen Mann auf die Liste gesetzt hast, gibst du dem Mädchen eine Chance, vernünftig erwachsen zu werden, fruchtbar zu sein und sich zu mehren.«

Sie legte eine kurze Denkpause ein. Es gab wahrscheinlich treffendere Stellen in der Bibel, aber Sibylle war nicht bibelfest.

»Außerdem musst du bedenken, dass Gott uns seine Gesetze zwar gegeben hat, aber ganz offensichtlich deren Einhaltung nicht überwacht. Daraus kann man messerscharf schließen, dass er davon ausgeht, wir kommen allein damit zurecht. Kommen wir grundsätzlich auch, bis auf ein paar Subjekte, die sich einen Dreck darum scheren. Und unsere menschliche Gesetzgebung, mit der Gott nicht für fünf Pfennig was zu tun hat, schützt diese Schweine auch noch.«

Sie wartete einen Moment. Beate hörte aufmerksam zu. Das war gut.

»Ich schätze, Gott erwartet nichts anderes von uns, als dass wir seine Gesetze nach bestem Wissen und Gewissen einhalten. Und dazu gehört auch, dass wir uns bemühen, andere vom unrechten Weg abzubringen. Notfalls mit Gewalt. Steht schon in der Bibel: Auge um Auge, Zahn um Zahn.«

Beates Gesichtsausdruck belebte sich sichtbar.

»Und wenn sich dann mal ein Mensch wie du und ich ein Herz fasst und mit eigenen Händen für die Einhaltung von Gottes Geboten sorgt, dann sollten wir unsere Schwäche, die verhindert, dass wir selbst zupacken, nicht noch weiterführen und diesen Menschen nach besten Kräften unterstützen.«

So, das war's. Mehr hatte sie nicht drauf. Doch, eins noch:

»Ich bin davon überzeugt, dass diese Auswertung der Liste Gottes Wohl wollen findet.«

Ups, das könnte doch ein wenig dick aufgetragen sein. Aber nein, sie hatte offenbar die richtigen Worte gefunden. Beates schmale Gestalt richtete sich ein wenig auf, ihre Tränen trockneten.

»Wenn man es so sieht, dann könntest du recht haben«, sagte sie erleichtert.

»Ganz davon abgesehen«, setzte Sibylle nach, »dass weder du noch ich wissen, ob der Inhaber dieser Liste tatsächlich der Mörder ist oder ob der Mord nicht reiner Zufall war. Irgendwie erscheint es mir mehr als unglaublich, dass wir einen Namen auf eine Liste setzen, und der Mensch wird dann ermordet. Ich schätze, wir haben tatsächlich gar nichts damit zu tun.«

Beate blickte vor sich auf den Tisch. Nach kurzem Nachdenken sagte sie: »Ja, ich glaube, damit kann ich leben.«

Kurz darauf verabschiedeten sie sich voneinander. Sibylle fuhr sofort nach Hause und genehmigte sich erst einmal einen doppelten Whisky auf ihre rethorisch-psychologische Meisterleistung.

3

Dieser heiße Sommertag war für Fritz Körner einer der schönsten im ganzen Jahr gewesen. Hätte ihm jemand in diesem Moment gesagt, es würde auch der schrecklichste Tag seines Lebens werden, so hätte er wahrscheinlich gelacht.

Die Aufregung um den Tod des kleinen Mädchens aus der Nachbarschaft hatte sich wieder gelegt; der Verdacht, der zeitweise über ihm geschwebt hatte wie ein Damoklesschwert, war verraucht, und er konnte sein Leben als unauffälliger Teil der Gemeinde Waldheide fortsetzen.

Den größten Teil des Tages hatte er im Garten gearbeitet, trockene Blüten abgeschnitten, Unkraut gezupft und zwischendurch die beiden Kaninchen versorgt, die in zwei selbstgebauten Käfigen auf einem alten Tisch vor dem Schuppen residierten. Er fütterte sie mit dem Unkraut, das recht kräftig zwischen den Zierpflanzen wuchs und für Kaninchen offenbar eine Delikatesse war. Besonders Vogelmiere rissen sie ihm förmlich aus der Hand, und er dachte kurz daran, etwas davon beiseite zu legen, um es später einem der Kinder aus der Nachbarschaft zu geben, damit sie die Kaninchen damit füttern konnten. Angesichts des prachtvollen Wachstums von Vogelmiere und Löwenzahn verwarf er diesen Gedanken wieder. Außerdem schien es ihm zur Zeit nicht geraten, Kinder zum Kaninchenfüttern in seinen Garten einzuladen.

Jetzt brach die Dämmerung an, und eine leichte, angenehme Abendkühle setzte ein. Fritz hängte eine alte Decke über die Kaninchenställe und sandte einen abschließenden, zufriedenen Rundblick durch den Garten.

Er schloss die Hintertür ab und bereitete sich in der Küche ein einfaches Abendessen aus Brot, Wurst und Milch. Damit setzte er sich vor den Fernseher.

Die Haustürklingel schellte. Überrascht sah er auf die Uhr, schlüpfte in seine Hausschuhe und ging zur Tür. Er öffnete einen Spalt und erspähte im schwachen Tageslicht eine Frau mittleren Alters, die dicht vor der Tür stand.

»Ja, bitte?«

»Herr Körner, mein Name ist Angela Becker. Ich führe im Auftrag des Forsa-Instituts für Meinungsforschung eine Umfrage durch.«

Sie hob die rechte Hand, und er sah, dass sie ein Klemmbrett mit darauf gehefteten Formularen trug.

»Hätten sie wohl ein paar Minuten Zeit für mich? Es wird nicht lange dauern.«

»Tja, eigentlich ...«, setzte er an, entschloss sich dann aber doch, der Dame ein paar Minuten zu widmen und öffnete die Tür.

»Na gut, kommen Sie rein, junge Frau.«

Die Frau lächelte und trat in den kleinen Flur. Fritz schloss die Tür. Als er sich umwandte, um vorauszugehen, hob sie einen Arm und schmetterte ihm von oben herab eine Faust mitten ins Gesicht. Gleichzeitig mit dem Knacken des Nasenbeins spürte er einen unbeschreiblichen Schmerz, der sich wie ein Blitz nach oben in die Stirnhöhle und nach unten in den Kiefer ausbreitete. Er stöhnte und riss beide Hände hoch zum Gesicht, dann versagten seine Beine, er sank auf die Knie und fiel vornüber auf die Holzdielen.

Der brennende Schmerz überlagerte seine Wahrnehmungen. Er registrierte nur unterschwellig, dass die Frau seine Hände nach hinten zog und zusammenband. Dann steckte sie ihm irgend etwas Trockenes, Erstickendes in den Mund und klebte einen Streifen Klebeband darüber.

Er versuchte, durch die zertrümmerte Nase zu atmen, warf den Kopf hoch, röchelte, zog verzweifelt die Luft ein und stieß sie wieder aus, wobei blutige Blasen entstanden und spritzend zerplatzten.

Stunden schienen zu vergehen, in denen er sich ausschließlich darauf konzentrierte, ausreichend Luft durch die Nase zu ziehen, um nicht zu ersticken. Allmählich gelang es etwas besser. Er ließ den Kopf auf die Dielen sinken und achtete nur auf seine Atmung.

Die Frau hatte diesen Moment offenbar geduldig abgewartet. Jetzt packte sie ihn am Hemdkragen und zog ihn ein Stückchen hoch.

»Steh auf«, befahl sie barsch. Mühsam richtete er sich auf, erst auf die Knie, dann auf die Füße. Die Frau stieß ihn vorwärts durch die Küche in den Wohnraum. Er stolperte über den Rand des Teppichs, verlor einen seiner Hausschuhe und stürzte mit dem Gesicht voran auf den Boden. Der Impuls, sich mit den Händen abzufangen, wurde durch die Fesseln gebremst, und so prallte er mit der zerstörten Nase zuerst auf. Der Schmerz explodierte in seinem Gesicht, und sein Verstand setzte für einige Sekunden aus. Die Gnade einer Ohnmacht blieb ihm jedoch versagt, und so sah er wie durch einen blutigen Nebel, dass die Frau einen Stuhl aus der Küche zog und mitten ins Wohnzimmer stellte.

»Setz dich da hin«, befahl sie. Er reagierte nicht schnell genug, und sie trat ihn mit dem Fuß in die Seite. Er rappelte sich auf, schleppte sich zu dem Stuhl hin und ließ sich darauf fallen. Blut, Tränen und Rotz vermischten sich zu einer bunt schillernden Flüssigkeit, die vom Kinn auf sein Hemd tropfte.

Die Frau stand hoch aufgerichtet vor ihm und schien nachzudenken. Er hob den Blick, um ihr Gesicht zu sehen, hoffte vielleicht auf einen Funken menschlichen Gefühls darin, aber da war nichts. Kalte Augen, ohne jede Regung.

Er ließ den Kopf hängen und begann zu weinen.

»Du bist der Mörder von Miriam Bürger!«

Die kalte, schneidende Stimme ließ ihn hochschrecken. Was hatte sie gesagt? Er schüttelte den Kopf. Nein, um Gottes Willen, nein ...

»Lüg mich nicht an. Du hast das Kind brutal missbraucht und dann getötet, du Schwein.«

Er schüttelte den Kopf so heftig, dass sein Hirn vor Schmerz aufschrie.

Seine hektische Bewegung wurde durch einen kräftigen Schlag ins Gesicht gestoppt.

»Du sollst mich nicht anlügen«, sagte die Frau ganz leise, und er begann wieder, den Kopf zu schütteln. Wieder schlug sie ihn, diesmal auf die andere Seite, aber er hörte nicht auf mit seiner Bewegung, er musste den Kopf schütteln, immer schneller, immer heftiger. Immer schneller ...

Die Frau schlug ihn wieder, immer wieder, mal auf die rechte Gesichtsseite, mal auf die linke. Sie schien ebenso in einen Bewegungskrampf verfallen wie er selbst. Hin und her, rechts und links, hin und her ...

Dann gesellte sich zu den nicht mehr abgrenzbaren Schmerzen oberhalb des Halses ein Schmerz weiter unten hinzu, etwa dort, wo die Brusttasche seines Hemdes saß. Ein kurzer, heftiger Schmerz. Seine Kopfbewegung endete ebenso abrupt wie der zuletzt sehr rasche Schlag seines Herzens.

Dieser Tag, der schönste und zugleich der schrecklichste im Leben des Fritz Körner, war zumindest für ihn vorbei, und deshalb konnte er nicht mehr sehen, wie die Frau fast gleichzeitig in ihren Bewegungen innehielt, und er konnte ebenfalls nicht sehen, wie das kalte Licht aus ihren Augen auszog und einer dunklen Leere Platz machte.

4

Der Arzt hat mich darauf vorbereitet, dass das passieren könnte. Wenn der Tumor beginnt, die Blutgefäße abzuschnüren, dann müsste man mit gelegentlichen, später häufigeren Ohnmachtsanfällen rechnen. Zuerst Schwindel, dann Bewusstlosigkeit.

Allzu lange kann es nicht gedauert haben. Vielleicht zehn Minuten, zwanzig höchstens.

Ich sah den Mann vor dem Stuhl am Boden liegen. Er war tot. Ich konnte mich nicht erinnern, ihn getötet zu haben. Ich konnte mich überhaupt nicht erinnern. Noch nicht einmal daran, dass ich ihn geschlagen hatte. Die Spuren davon waren nicht zu übersehen. Doch ich erinnerte mich nicht.

Das Schlimmste aber war nicht das fehlende Gedächtnis. Das Schlimmste war das fehlende Gefühl. *Keine Spur von Hochgefühl, keinen Hauch von drogenhaftem Rausch. Nichts. Nur Leere.*

Keine Orientierung. Ich saß sicher eine halbe Stunde vor der Leiche auf dem Fußboden, versuchte zu denken, versuchte Entscheidungen zu treffen. Ich konnte nicht. Mein Verstand arbeitete nicht. Ich existierte nur. Sonst nichts.

Ganz allmählich stellte sich die Erinnerung wieder ein. Er war mir entkommen. Er hatte mich um meine Belohnung betrogen. Ich fühlte mich schlecht.

Irgendwann stand ich auf und überprüfte den Zustand meiner Kleidung. Da waren Flecken auf meiner Hose. Ich würde vorsichtig sein müssen. Mein Kopf wurde nicht richtig klar, und ich fürchtete, Fehler zu machen.

Ich setzte mich auf die Couch und wartete. Mein Kopf wurde langsam klarer. Das Denken fiel leichter. Ich öffnete die Haustür einen Spalt und vergewisserte mich, dass niemand auf der Straße war. Dann schlich ich hinaus. Ich glaube nicht, dass mich jemand gesehen hat.

5

Paul riss ein Büschel Vogelmiere aus und hielt es einem der beiden Kaninchen hin. Das hübsche, ziemlich kräftige Tier begann sofort, daran zu fressen und versuchte fortwährend, durch ruckartige Kopfbewegungen das Grün aus Pauls Hand zu reißen.

»Paul!«

Er ließ das Unkraut los, und der Hase zog es gierig in seinen Stall und mümmelte weiter daran herum. Paul wandte sich ab und ging auf das Haus zu.

Dieter Schneider stand an der Hintertür und wartete, bis er bei ihm war.

»Die Spurensicherung ist so weit«, sagte er. »Vielleicht sollten wir uns jetzt noch mal einen Überblick verschaffen, bevor die alles wegräumen.«

Paul nickte und folgte Schneider ins Haus.

Im Flur stand ein kleines Fähnchen, mit dem die Spurensicherer einen etwa 15 cm breiten unregelmäßigen Blutfleck markiert hatte. Der Weg durch die Küche gestaltete sich etwas schwierig, weil Paul und Schneider um die zahlreichen Blutstropfen herum balancieren mussten, um ins Wohnzimmer zu kommen.

Der Tote lag noch vor dem Stuhl, jetzt allerdings auf dem Rücken. Paul musterte ihn eingehend. Schwere Verletzung des Gesichts, zertrümmertes Nasenbein, wie gehabt. Was fehlte, oder vielmehr, was nicht fehlte, war offenkundig. Die Hose des Opfers und damit der Unterleib waren unangetastet.

»Vielleicht ist er gestört worden«, mutmaßte Schneider, der Pauls Blick gefolgt war.

»Schon möglich. Aber warum ist der Mann trotzdem tot?« Paul sah sich im Raum um. Auf dem Tisch vergammelte ein Wurstbrot, daneben stand ein Glas mit Milch. Auf der anderen Seite des Tisches lag ein Klemmbrett mit darauf gehefteten Blättern. Paul trat näher und nahm es in die Hand. Es war über und über mit dem schwarzen Rußpulver bestreut, mit dem die Kollegen Fingerabdrücke abnahmen.

Paul betrachtete das oberste Blatt. Es war eine Art Fragebogen. Hinter »Name, Anschrift, Alter« und ähnlichen Personaldaten war jeweils eine unbeschriebene Linie. Der Sinn des Fragebogens oder der Absender waren nicht erkennbar.

Paul reichte Schneider das Klemmbrett, der es begutachtete.

»Könnte der Trick gewesen sein, mit dem er ins Haus kam«, sagte Paul. Er sah sich weiter im Raum um.

»Wer befragt die Nachbarn?«

»Hellriegel und Dorn«, antwortete Schneider. »Und Petermann ist auf dem Weg zu Bürger. Er bringt ihn mit ins Präsidium.«

Paul sah ihn nachdenklich an.

»Glaubst du, dass Bürger es getan hat?«

Schneider zuckte die Schultern.

»Frag mich was Leichteres.«

Sie traten aus der Haustür und wollten eben ihren Wagen besteigen, als Obermeister Hellriegel aus einem der Nachbarhäuser trat. Er kam mit schnellen Schritten auf sie zu.

»Ich habe gerade mit einer Nachbarin gesprochen, die eine wichtige Beobachtung gemacht hat. Sie hat eine Frau gesehen, die gegen 20.50 Uhr gestern Abend an Körners Tür geklingelt hat. Sie war groß und dunkelhaarig, sagt die Zeugin. Und sie ist sicher, dass Körner sie eingelassen hat.«

Paul wandte sich in die Richtung, aus der Hellriegel gekommen war. Die Nachbarin, um die es offenbar ging, stand noch in der Haustür und wartete.

»Bringen Sie sie mit ins Präsidium«, wies er Hellriegel an.

Auf der Fahrt ins Büro diskutierten die beiden Männer diesen neuen Aspekt.

»Eine Frau!« Schneiders Tonfall war überrascht und ungläubig. »Kannst du dir das vorstellen?«

Paul dachte nach. Nein, eigentlich nicht.

»Vielleicht war es ein als Frau verkleideter Mann«, sagte er.

»Die Nachbarin hat vermutlich durch das Fenster gesehen, und es ist ja doch einige Meter entfernt.«

»Schon, aber dann frage ich mich, wieso Körner, der ihr oder ihm doch direkt gegenüber stand, das nicht bemerkt hat.«

Paul nickte. Ja, die Frage war berechtigt. Andererseits ...

»Ich hab schon Transvestiten gesehen«, sagte er, »da hättest du dir alle Finger nach geleckt.«

Schneider sah ihn von der Seite an. Die Variante eines geisteskranken Transvestiten war auch nicht von schlechten Eltern.

Es war schon spät am Nachmittag, als sie ins Büro zurückkehrten. Der Staatsanwalt hatte seinen Besuch bereits telefonisch angekündigt, aber mit dem sollte sich Lotz gefälligst auseinander setzen.

Kurz nach ihnen traf Hellriegel mit der Nachbarin ein, die sich als Babette Edelmann vorstellte und genau das wiederholte, was Hellriegel ihnen bereits gesagt hatte.

Sie war zunächst absolut sicher, dass es sich um eine Frau gehandelt hatte, gab aber später zu, dass es ebenso gut ein verkleideter Mann gewesen sein könnte.

Paul nahm eine Beschreibung der Person auf und entließ die Zeugin wieder. Hellriegel brachte sie mit dem Streifenwagen nach Waldheide zurück.

Während der Vernehmung der Zeugin war Kollege Petermann eingetroffen, in seiner Begleitung Dennis und Sabine Bürger, die Eltern der ermordeten Miriam.

Das Ehepaar nahm vor Pauls Schreibtisch Platz. Schneider hing halb auf der Fensterbank.

»Sie haben wahrscheinlich gehört, was passiert ist«, sprach Paul Dennis Bürger an.

Bürger schüttelte den Kopf und brauste auf.

»Nein, hab ich nicht. Dieser Sch... Polizist holt mich zuhause ab, als wär ich ein Schwerverbrecher. Und sagt kein Sterbenswort, worum es eigentlich geht.«

Paul schloss kurz die Augen. Dass die aber auch immer gleich den Schimanski raushängen ließen. Meine Herren ... In Gedanken machte er sich eine Notiz: Petermann anscheißen.

»Das tut mir leid, Herr Bürger, natürlich auch für Sie, Frau Bürger. Folgendes ist passiert: Heute nachmittag wurde die Leiche von Fritz Körner gefunden. Er ist vermutlich in seinem Haus ermordet worden.«

Die Bürgers ließen sich gleichzeitig gegen die Stuhllehnen zurückfallen.

»Der Körner?«, flüsterte Frau Bürger und sah ihren Mann mit offenem Mund an. Dennis Bürger sagte gar nichts. Er schluckte und dachte offenbar angestrengt nach.

»Ich war es nicht«, brachte er schließlich hervor.

»Bisher hat Sie noch niemand verdächtigt, Herr Bürger«, sagte Paul beschwichtigend. »Da aber eine Zeit lang der Verdacht im Raum stand, Körner könne für den Tod Ihrer Tochter verantwortlich sein, und Sie, wenn ich mich recht erinnere, auch damit gedroht haben, ihn umzubringen, da liegt es natürlich nahe, dass wir wenigstens mal mit Ihnen reden.«

Bürger nickte.

»Ich war den ganzen Abend zu Hause«, sagte er. »Meine Frau kann das bestätigen.«

Sabine Bürger nickte sofort.

»Woher wissen Sie denn, dass Körner gestern Abend ermordet wurde?«

Bürger schaute überrascht auf, sagte aber nichts.

»Wo waren Sie gestern Abend zwischen 20 und 23 Uhr?«

Sabine und Dennis Bürger wechselten einen Blick, den Paul nicht so recht zu deuten vermochte. Erleichterung war darin enthalten und eine weitere Note, die Paul aber nicht entschlüsseln konnte.

»Ich war zu Hause«, antwortete Bürger, »und meine Frau ebenso ...«, er machte eine kleine Pause, bevor er fortfuhr, »und außerdem der halbe Fußballverein, bei dem ich spiele.«

Paul stutzte. Nicht so sehr die Tatsache, dass Bürger offenbar ein hieb- und stichfestes Alibi hatte, irritierte ihn, vielmehr die

Art, wie es vorgebracht wurde. Irgendwie ... trotzig, hämisch und ... ja, wie noch?

»Wir werden das natürlich überprüfen, aber ich schätze, Sie müssen sich dann keine weiteren Sorgen darum machen«, sagte Paul, zögerte aber noch, die Vernehmung zu beenden.

»Haben Sie vielleicht noch irgendwas dazu zu sagen?«, fragte er und sah erst den Mann und dann die Frau an. Dennis Bürger schüttelte den Kopf, seine Frau zögerte und stupste ihn dann mit dem Ellbogen in die Rippen. Sie wechselten wieder einen undefinierbaren Blick, und Dennis Bürger räusperte sich.

»Nun ja, da wär wohl noch was. Vorgestern Abend erhielt ich einen Anruf. Eine Frau war am Telefon, hat aber ihren Namen nicht genannt. Sie sagte, ich solle mir für morgen Abend, also für gestern Abend, ein wasserdichtes Alibi besorgen. Ich würde es brauchen, sagte sie, und sie würde keinen Spaß machen, es sei todernst.«

»Eine Frau«, sagte Paul, als die beiden Bürgers den Raum verlassen hatten, »es ist tatsächlich eine Frau.«

Er strich mit den Händen durch sein Haar.

»Ich kann es nicht fassen.«

»Wer weiß, welche Rolle die Frau dabei spielt«, wandte Schneider ein.

»Vielleicht ist sie nur Komplize, tätigt die Anrufe, sorgt dafür, dass er ins Haus kommt und so weiter. Also, ich kann mir nicht vorstellen ...«

Er brach ab. Beiden standen die Bilder brutal verstümmelter und misshandelter Männer vor Augen, die sich einfach nicht mit ihrer Vorstellung von einer zarten weiblichen Hand vereinbaren ließen.

6

Das Faxgerät piepste zweimal und spulte Papier von der Rolle. Sibylle saß an ihrem Schreibtisch und aß einen Berliner, den sie auf dem Weg in die Redaktion gekauft hatte. Statt Frühstück. Dazu war sie wieder mal zu spät dran gewesen. Stefan beobachtete, wie sie herzhaft in den runden Kuchen biss und mit der Zunge die Marmelade aus den Mundwinkeln wischte. Heute hat sie also auch schon gegessen, dachte er resigniert.

Sibylle leckte den Zucker von den Fingerspitzen und wischte die Hände an der Jeans ab. Dann stand sie auf und zog das Blatt aus dem Faxgerät. Es war eine Pressemitteilung des Polizeipräsidiums.

»Schau an«, sagte sie und wedelte Stefan mit dem Blatt zu.

»Ein neuer und überraschender Mordfall in einer langen, langen Reihe.«

»Wen hat es diesmal erwischt?«

Sibylle sah noch einmal auf den Text.

»Fritz Körner, 57 Jahre, aus Waldheide. Von Kinderschänder steht aber nichts dabei. Moment mal ...« Sie stutzte. »Der Name kommt mir irgendwie bekannt vor.« Sie legte zwei Finger an die Stirn und dachte nach.

»Ja, ich hab's. Das ist der Mann, der vorübergehend verdächtigt wurde, die kleine Miriam ermordet zu haben. Erinnerst du dich? Anfang des Jahres.«

Stefan nickte. »Dann war er es wohl doch«, stellte er fest.

»Ja, sieht so aus.«

Sie setzte sich auf ihren Stuhl und las die Pressemitteilung von Anfang bis Ende durch. Irgendwie merkwürdig. Dürftig. Ihr journalistisches Gespür sagte ihr, dass da noch etwas dahinter steckte. Sie griff zum Telefon und wählte die Durchwahlnummer zu Pauls Büro. Er meldete sich schon nach dem ersten Klingelzeichen.

»Ich hab gerade deine Pressemitteilung bekommen. Da fehlt doch was, oder irre ich mich?«

Paul zögerte.

»Nein, du hast recht. Ich möchte aber nicht am Telefon darüber reden.«

»Okay, treffen wir uns in einer halben Stunde im Café.«

»Am Münsterplatz?«

»Eben dort.«

»Ist gut. Bis dann.«

Diesmal war Sibylle die erste, und angesichts der sommerheißen Temperaturen bestellte sie zwei Weizenbier. Paul entschuldigte sich für seine Verspätung. Sibylle sah verstohlen auf die Uhr der gegenüberliegenden Münsterkirche und stellte fest, dass er mehr als pünktlich war.

Paul schwitzte. Wahrscheinlich, dachte Sibylle, war er auf dem Weg hierhin streckenweise gelaufen. Würde ihm ähnlich sehen.

Sie selbst genoss die Wärme in der prallen Sonne nach den vielen Stunden, die sie in der Redaktion mit ihren scheußlichen Neonröhren zugebracht hatte.

»Dann schieß mal los«, eröffnete sie das Gespräch.

Paul beugte sich nach vorn und legte die Arme auf den Tisch.

»Ich muss vorwegschicken, dass du nichts von dem, was ich dir jetzt erzähle, verwenden kannst.«

Sibylle nickte.

»War mir klar.«

»Du weißt, wer dieser Körner war?«

»Ja, der vorübergehend Verdächtige im Mordfall Miriam Bürger.«

»Genau. Tatsächlich ist er nie wirklich bei uns in Verdacht geraten, sondern lediglich in seinem Wohnort. Du weißt ja, wie das ist. Es entstehen Gerüchte, und dann sind es plötzlich Tatsachen. In Wahrheit hat er sich allerdings nie etwas zuschulden kommen lassen. Zumindest nicht nachweisbar.«

»Er kann also nicht der Mörder von Miriam sein?«, hakte Sibylle nach.

»So kann man es wieder nicht sagen. Er könnte es sein; er hat kein Alibi und so weiter. Aber es spricht eigentlich nichts dafür, dass er es war.«

»Gut. Und weiter?«

»Frage: Wen würdest du am ehesten verdächtig finden, diesen Mord begangen zu haben?«

Sibylle überlegte.

»Du meinst, außer dem Mörder, den wir sowieso seit einiger Zeit haben?«

Paul nickte.

»Tja, dann käme wohl am ehesten Dennis Bürger in Betracht.«

»Würde ich auch sagen. Aber eben jener Dennis Bürger bekam einen Abend vor dem Mord einen Anruf mit dem Hinweis, er soll sich für den Tatabend ein Alibi besorgen. Und das tat er dann auch. Und zwar ein wasserdichtes.«

Paul lehnte sich zurück.

»Das ist ja ein Ding«, sagte Sibylle.

»Und weißt du, von wem der Anruf kam? Von einer Frau!«

Paul genoss diese Eröffnung offensichtlich.

»Willst du damit sagen, der Mörder ist eine Frau?«

»Nicht unbedingt. Aber am Tatabend wurde beobachtet, wie Körner eine Frau ins Haus ließ. Und niemand sah sie wieder herauskommen.«

»Na«, sagte Sibylle spöttisch, »herausgekommen muss sie ja wohl wieder sein, sonst hättest du sie neben der Leiche gefunden.«

»Auch richtig«, gab Paul zu und wusste nicht mehr so recht, was er eigentlich damit hatte sagen wollen.

»Interessant!«, stellte Sibylle fest. »Wie wurde er denn getötet? Wie unsere anderen Leichen?«

»Ansatzweise ähnlich. Aber er wurde nicht verstümmelt; sein Unterleib blieb unberührt. Und er starb an Herzversagen. Wahrscheinlich vor Schreck. Wir nehmen an, dass er starb, noch bevor der Mörder sein Werk richtig beginnen konnte. Und offenbar wollte er sich an einem bereits Toten nicht mehr zu schaffen machen.«

»Und das Schicksal schreitet schnell«, sinnierte Sibylle und auf Pauls fragenden Blick: »Schillers Glocke.«

Sie trank ihr Weizenbier aus.

»Was schließt ihr denn aus diesen Fakten? Etwa tatsächlich, dass der Mörder eine Frau ist?«

Paul sah ihren skeptischen Blick.

»Wäre immerhin möglich, oder nicht?«

Sibylle schüttelte nachdenklich den Kopf.

»Kann ich mir nicht vorstellen. Zu brutal. Eine Frau, die würde jemanden erschießen oder erstechen, aber sowas ... Nein, ich glaube, das muss ein Mann sein.«

»Irgendwann«, sagte Paul, »werden wir ihn erwischen. Er fängt schon an, Fehler zu machen. Das ist immer so. Er hat jede Menge Fingerabdrücke hinterlassen. Irgendwann macht er einen Fehler zu viel – und wir haben ihn.«

»Jou«, sagte Sibylle und stand auf, »und bis dahin hat er noch viele kleine Kinderschänder auf die ewige Reise geschickt.«

In der Redaktion arbeitete sie die Pressemitteilung, die wie üblich in einem hanebüchenen Bürokratendeutsch geschrieben war, in eine lesbare Meldung um. Da sonst nichts mehr zu schreiben anstand, fing sie damit an, die Seiten zusammenzubauen. Stevie schrieb noch an einem Artikel über das 125jährige Bestehen des Männergesangvereins »Lyra«, der den Aufmacher für ihre Seite bilden würde.

Sibylle konnte nichts weiter tun, als auf Stevies Artikel zu warten, deshalb kochte sie eine Kanne Kaffee und stellte ihm auch eine Tasse hin.

»Ach, übrigens«, sagte sie leichthin über die Schulter, »heute hätte ich wohl Hunger.«

Stefan erstarrte und spürte augenblicklich sein Herz in die Hose rutschen. Sibylle war nicht absolut sicher, aber sie ahnte doch, dass sie dafür verantwortlich war, dass der Artikel über »Lyra« ein wenig kleiner und das dazugehörige Foto ein wenig größer ausfiel als vorgesehen.

Paul saß währenddessen in seinem Büro und überdachte mit Schneider die weiteren Maßnahmen.

»Auf jeden Fall haben wir jetzt einen Grund, uns auf Körners Gelände mal ausgiebig umzutun«, sagte Paul.

»Und wenn wir ausnahmsweise mal etwas Glück haben, finden wir vielleicht Hinweise auf den Mord an Miriam.«

Schneider stimmte zu und veranlasste sofort telefonisch eine Haus- und Grundstücksdurchsuchung. Gute Idee. Schließlich konnte man nie wissen ...

7

Stefan schlief, den Kopf an Sibylles Schulter gebettet, und sie spürte das Gewicht seines Arms auf ihrem Bauch. Sie fühlte sich um Jahre zurückversetzt. Seine Liebe war ungestüm und leidenschaftlich gewesen, und sie hatte sich davon mitreißen lassen wie ein junges, unerfahrenes Mädchen. Gewöhnlich übernahm sie den führenden Part in ihren Affären, sowohl im Alltag wie auch im Bett. Aber heute Abend hatte sie sich einfach hingegeben, und auch Stefan, so schien es ihr zumindest, war nicht planvoll vorgegangen, sondern intuitiv. Es war wunderschön gewesen; sie hatte es genossen, und er ebenfalls.

Sie dachte an Paul. Er war ein guter Liebhaber, und nicht ein einziges Mal in ihrer Affäre, die immerhin über ein Jahr gedauert hatte, fühlte sie sich gelangweilt. Und trotzdem war es etwas ganz anderes als das, was sie heute Abend mit Stefan erlebt hatte.

Ihm fehlte die Erfahrung des erwachsenen Mannes, die genaue Kenntnis dessen, was eine Frau braucht und erwartet. Aber dafür brachte er eine jugendliche Frische mit, deren Existenz Sibylle fast schon vergessen hatte, und er liebte sie rückhaltlos und so voller Gefühl, dass sie nahezu gerührt war.

Sie zog ihren Arm unter seinem Nacken heraus, legte sich auf die Seite und betrachtete ihn. Sein Gesicht war völlig entspannt im Schlaf, und es war hübsch. Gerade Nase, hohe Wangenknochen, ein leichter Flaum auf Kinn und Oberlippe, dunkles, ein wenig lockiges Haar. Sein Körper war durchtrainiert.

Er fuhr Inline-Skates, hatte sie heute Abend erfahren, und spielte Basketball. Breite Schultern, starke Arme, kräftige Oberschenkel, und seine Männlichkeit war selbst im Ruhezustand noch recht beachtlich.

Sibylle strich mit dem Zeigefinger sanft über die zarte Haut des Gliedes, das weich, aber nicht schlaff war. Ein schöner Mann!

Sie küsste ihn leicht auf die Wange und ließ sich vorsichtig rückwärts aus dem Bett gleiten, um ihn nicht zu stören. Sie goss etwas Scotch in ein Whiskyglas, füllte mit Cola auf und ging ins Bad. Im Spiegel betrachtete sie ihr Gesicht. Die graugrünen Augen waren wie immer nach dem Sex ein wenig gerötet und hatten einen glasigen Schimmer. Das würde in ein, zwei Stunden vergehen. Ohnehin gewann ihr Gesicht durch diese Irritation bestenfalls an Extravaganz.

Ihr blondes Haar war heftig in Unordnung geraten. Sie stellte das Glas ab und drehte die Dusche auf. Der heiße Wasserstrahl massierte ihre Schultern, die von der Arbeit am Computer immer ein wenig verspannt waren. Sie schloss die Augen, hob das Gesicht und hielt es solange in den Strahl, bis sie fast zu ersticken glaubte. Prustend wandte sie sich um und wischte das Wasser aus den Augen.

In diesem Moment spürte sie eine Bewegung, und Hände legten sich auf ihre Hüften. Sie öffnete die Augen. Stefan stand vor der Dusche und betrachtete sie lächelnd. Sein Haar war verstrubbelt und die linke Wange vom Druck des Kissens gerötet. Er stieg zu ihr in die Duschwanne und umarmte sie.

Er war einen halben Kopf größer als Sibylle, und ihr Mund traf auf seine Schulter. Sie atmete den Duft seines Körpers ein, einen sinnlichen, von Liebe und Sex getränkten, sehr männlichen Geruch.

Er begann, ihr Gesicht zu küssen, die Stirn, die geschlossenen Augen, die Wangen, den Mund. Sie erwiderte seine Küsse, genoss die Zärtlichkeit und reagierte auf jede seiner Berührungen. Ihre Körper standen dicht aneinandergepresst unter dem prasselnden Strahl der Dusche, und sie spürte, wie sein Glied an ihrem Bauch anschwoll und fühlte die Hitze, die es ausströmte wie ein Echo der Hitze, die sie selbst empfand.

Er griff unter ihre Achseln und hob sie mühelos hoch. Sie schlang die Beine um seine Taille und klammerte sich mit den Armen an seinen Hals. Er lehnte sie an die gekachelte Rückwand der Dusche, und einen Moment lang empfand sie die Kühle der Fliesen wie einen Schock. Dann drang er in sie ein, und ihre Konzentration wurde völlig gefangen genommen von den Empfindungen, die ihr gemeinsamer Rhythmus in ihr auslöste.

Später trockneten sie sich gegenseitig ab und schlüpften wieder unter die Bettdecke. Dicht aneinander geschmiegt schliefen sie ein, und Sibylle wurde seit Jahren zum erstenmal ihrem Motto untreu: »Liebe zu zweit, frühstücke allein!«

8

»Kinder, ihr ahnt ja nicht, was mir passiert ist!« Sibylle warf ihre Handtasche auf die Bank und blieb mit in die Taille gestemmten Armen vor den Freundinnen stehen. Beate und Barbara sahen sie überrascht an.

»Du hast jemanden getroffen, der noch mehr und noch schneller redet als du«, flachste Barbara.

Sibylle lachte. »Nein, Außerirdische sind nicht gelandet.«

»Du hast dich verliebt«, riet Beate.

»Bingo!« Sibylle ließ sich auf die Bank fallen, die bedenklich in den Fugen krachte.

»Es ist einfach wunderbar!«

In einem aufgeregten Wortschwall informierte sie die Freundinnen über die neuesten Ereignisse in ihrem Leben und zögerte nicht, Stefans besondere Vorzüge auf sexuellem Gebiet zu schildern.

»Beneidenswert«, seufzte Barbara.

»Gut, dass du Paul nicht länger nachtrauerst«, setzte Beate hinzu.

Beim Abendessen plauderten sie fröhlich und gelöst. Barbaras Garten stand in voller Blüte, der Abend war angenehm warm, das Essen gut und der Wein wie immer erlesen.

Als sie das Essen gerade beendet und einen Espresso vor sich stehen hatten, kam Viktoria nach Hause. Ungestüm warf sie das alte Holztor hinter sich zu, und Barbara schloss einen Moment die Augen.

»Irgendwann wird sie die Mauer einreißen«, stöhnte sie.

Viktoria gab ihr einen Kuss auf die Wange und winkte Sibylle und Beate zu.

»Hi, Mädels.« Sie setzte sich in einen der breiten Holzlehnstühle. »Ich verreise.«

Barbara sah sie gespannt an.

»Hat es also geklappt?«

Viktoria nickte.

»Heute habe ich die Zusage bekommen.«

Zu Sibylle und Beate gewandt, erläuterte sie: »Ich habe mich nämlich für eine Studienreise in die USA angemeldet, und da die vom Kultusministerium bezuschusst wird, musste ich auf eine Genehmigung warten. Und jetzt ist sie da!« Sie strahlte übers ganze Gesicht.

»Wirst du denn auch sechs Wochen ohne mich auskommen, Mam?«

»Wahrscheinlich werde ich an Vereinsamung sterben«, sagte Barbara und verzog das Gesicht in kummervolle Falten. »Aber kümmere dich nicht um deine alte Mutter, Kind.«

Viktoria gab ihr einen schmatzenden Kuss auf die Wange und verschwand im Haus.

Beate betrachtete Barbara nachdenklich.

»Sag mal, hast du in den letzten vier Wochen abgenommen? Du kommst mir ein bisschen dünn vor.«

»Ein paar Pfund vielleicht. Nicht der Rede wert. Das ist die Hitze; die schlägt mir auf den Appetit.«

»Dann werd ich dir nächstesmal eine Schachtel Pralinen mitbringen, damit dein Kalorienhaushalt im Gleichgewicht bleibt.«

Barbara lachte.

»Damit kannst du mich immer glücklich machen, weißt du doch.«

Sie kamen noch einmal auf den Fall Gerolstein zu sprechen, und Beate stellte zu ihrer Erleichterung fest, dass auch Barbara mit den gleichen Gewissensbissen zu kämpfen hatte wie Sibylle und sie. Also war sie doch nicht so albern, wie sie geglaubt hatte.

»Stand eigentlich dieser Körner auch auf deiner Liste?«, fragte Sibylle.

Barbara sah sie an. »Das ist nicht meine Liste«, betonte sie. »Und ich kann's dir nicht sagen. Seit der Geschichte mit Gerolstein habe ich mich darum nicht mehr gekümmert. Ich hatte viel zu tun mit meinem Roman.«

»Wollen wir uns die Liste nicht mal ansehen?«, fragte Beate. »Vielleicht kennen wir ja auch den einen oder anderen Namen.«

Sibylle war begeistert von der Idee, und so gingen sie ins Haus und setzten sich vor Barbaras Computer. Sie schaltete ihn ein, lud die Internet-Software und stellte eine Verbindung her. Nach wenigen Minuten erschien eine Namensliste auf dem Bildschirm, und Barbara blätterte sie langsam von oben nach unten durch, so dass die Frauen alle Namen lesen konnten. Mehrere der Adressen hinter den Namen befanden sich in Bonn oder im Nahbereich, aber keine der Frauen kannte einen der Männer.

Die meisten Anschriften aber lagen weiter entfernt, die weitesten in Kiel und München.

Sibylle betrachtete die Liste mit gerunzelter Stirn.

»Etwas fällt mir auf«, sagte sie schließlich. Barbara und Beate sahen sie gespannt an.

»Die Männer, die bisher ermordet wurden, lebten alle in Bonn oder Umgebung.«

»Vielleicht sind auch in anderen Teilen Deutschlands solche Morde vorgekommen«, mutmaßte Beate, »und wir haben nur nichts davon gehört.«

Sibylle schüttelte den Kopf.

»Das glaube ich nicht. Die Art der Morde ist zu spektakulär, als das man sie lokal abhandeln würde. Und im übrigen hätte

Paul mir sicher davon berichtet. Wenn es eine solche Serie ungelöster Mordfälle gibt, dann werden die Fakten an alle Polizeidienststellen in ganz Deutschland verschickt, und wenn es Parallelen gäbe, so hätten wir längst davon erfahren.«

»Das würde bedeuten«, folgerte Beate, »dass der Mörder ebenfalls hier in der Gegend lebt.«

»Genau.«

Sibylle nickte.

»Dann müssen wir nur noch warten, bis sich die Idee durchsetzt und in anderen Teilen unserer bezaubernden Landes ebenfalls vernünftige Menschen zur Selbsthilfe greifen.«

Barbara blickte sie ernst an.

»Du bist sehr brachial, was dieses Thema betrifft«, sagte sie.

»Machst du dir keine Gedanken darüber, dass es auch mal einen Unschuldigen treffen könnte?«

Sibylle schwieg einen Moment betroffen.

»Doch, natürlich«, antwortete sie dann.

»Aber irgendwie glaube ich daran, dass der Mörder weiß, was er tut. Frag mich nicht, warum.« Sie schüttelte leicht den Kopf. »Wahrscheinlich glaube ich tief im Innersten gar nicht an einen tatsächlichen Zusammenhang zwischen der Liste und den Morden. Eigentlich halte ich das alles nur für einen aufregenden Witz.«

»Mich würde doch schon sehr interessieren, was es mit dieser Liste nun wirklich auf sich hat«, rätselte Beate.

»Irgendwie kann ich mir auch nicht vorstellen, dass jemand willkürlich Namen von einer Liste abgreift und die Leute umbringt, einfach auf Treu und Glauben, dass es sich wirklich um Kinderschänder handelt. Nimm mal unseren Fall Gerolstein. Wer außer uns dreien und vielleicht noch die Mutter von Tina und natürlich Tina selbst wussten denn überhaupt von der Geschichte? Wir stellen den Namen in die Liste, und schwups, weg vom Fenster. Einfach so. Blindes Vertrauen eines Mörders in die Rechtschaffenheit anderer Menschen?«

»Du hast recht«, sagte Sibylle, »klingt alles andere als glaubwürdig. Aber welche Erklärung soll es sonst dafür geben?

Glaubst du, es war Zufall, dass Gerolstein ausgerechnet jetzt umgebracht wurde?«

Beate schüttelte nachdenklich den Kopf.

»Nein, das auch wieder nicht. Ich weiß nicht. Ich kann mir keinen richtigen Reim drauf machen.«

»Babs, was hälst du denn davon?«

Barbara hatte schweigend zugehört.

»Ich hab mir das auch schon überlegt«, sagte sie jetzt.

»Keine Ahnung, wie das läuft. Wenn tatsächlich ein Zusammenhang besteht, ist es ein effektives System. Aber eigentlich glaube ich nicht daran.«

Sie schaltete den Computer wieder aus.

»Ich bin müde«, sagte sie. »Lasst uns von erfreulicheren Dingen sprechen. Von Mord und Totschlag haben wir in letzter Zeit wahrlich genug gehört.«

Sie setzten sich wieder in den Garten, und da es allmählich dunkel wurde, entzündete Barbara einige Gartenleuchten. Die Unterhaltung drehte sich in den nächsten Stunden um weniger ernste Themen, aber die fröhliche Stimmung, die zu Anfang des Abends geherrscht hatte, wollte sich nicht mehr einstellen.

9

Die Sommerferien begannen, und mit ihnen die ›Saure-Gurken-Zeit‹ für Sibylle, die Erholung für Beate und die Einsamkeit für Barbara. Am Morgen des ersten Ferientages hatte sie Viktoria zum Köln-Bonner-Flughafen gebracht und in den Flieger nach New York gesetzt. Viktoria war sehr aufgeregt gewesen, hatte unentwegt von Amerika geredet und von dem Flug, hatte sich den Kapitän als hübschen Beau ausgemalt und erwogen, selbst Stewardess zu werden. Sie waren schon gelegentlich nach Ibiza oder Paris geflogen, aber New York – das war doch etwas anderes. Das war eine andere Welt. Und so sehr Viktoria ihrem Ausflug in die Ferne entgegenfieberte, so sehr sorgte sich Barbara um ihre Tochter und um das, was dort alles passieren konnte.

»Hast du auch deine Papiere«, fragte sie wohl schon zu drittenmal, »und dein Geld? Und pass gut darauf auf. Da drüben wird dir die Hose vom Hintern gestohlen.«

»Ja, Mama!« Viktoria rollte die Augen.

»Ich bin ja schon ganz schön groß.«

»Ja, ich weiß, ich weiß. Sei vorsichtig und mach keine Dummheiten.«

»Ja, Mama. Nein, Mama.«

»Und schreib mir regelmäßig. Oder schick mir eine E-mail. Bestimmt kommst du dort an einen Computer heran. Hast du meine E-Mail-Adresse?«

»Ja, Mama, ich hab sie in der Hosentasche, in der Jacke, im Koffer und im Portemonnaie.«

»Und wenn du irgendwas brauchst ...«

»... dann rufe ich an oder schicke eine mail oder sende Rauchzeichen oder schlage die Trommeln. Beruhige dich doch. Ich bin ja bald wieder da.«

Schließlich vergaß Viktoria ihre eigene Aufregung und war vollends damit beschäftigt, ihre Mutter zu trösten und ihr zu versichern, dass sie mit ihren fast 19 Jahren die Sache bestens in den Griff kriegen würde. Dann bestieg sie das Flugzeug, und Barbara stand am Fenster der Abflughalle und sah dem silbern glänzenden Jumbo hinterher, bis er in die Wolken eintauchte.

Sie wischte verstohlen ein paar Tränen weg. Alberne Gans, schimpfte sie. Sorge dich lieber um dich selbst, da hast du genug zu tun.

Sie brauchte zwanzig Minuten, um ihren Wagen wieder zu finden, den sie auf einem der Parkdecks abgestellt hatte.

Die Autobahn war voll; viele Familien fuhren an diesem ersten Ferientag in den Süden. Sie brauchte eine Stunde für die kurze Strecke bis Bonn. Zuhause stellte sie sich erst einmal unter die Dusche und fiel dann erschöpft ins Bett, wo sie den Nachmittag, den Abend und die ganze Nacht verschlief.

Für Beate brachte der Tag eine Ruhe mit sich, wie sie sie als Mutter von drei Kindern nur selten erlebte. Klaus war am späten Vormittag mit Sandra, Jennifer und Florian zu seinen Eltern nach Bayern gefahren. Dort wollten sie einen dreiwöchigen Urlaub verbringen. Beate hatte jede Menge Hausarbeit vorgeschützt und versprochen, eine Woche später mit dem Zug nachzukommen. Klaus wusste wohl, dass es sich um eine Ausrede handelte, aber er wusste ebenso gut, dass Beate seine Mutter nicht mochte und diese Beate ebenfalls nicht.

So winkte Beate ihren Lieben nach, bis das Auto um die nächste Ecke verschwand, ging ins Haus, schnappte sich aus dem Kühlschrank einen Piccolo und legte sich auf die Sonnenliege im Garten. In der ersten Stunde genoss sie ganz bewusst die Ruhe und das Fehlen von »Mama, Sandra zankt«, »Mama, Florian ist blöd« und »Beate, wo ist denn mein grau-weiß gestreiftes Hemd?«

Danach nahm sie einen Roman zur Hand, mit dem sie schon seit drei Wochen kämpfte und begann zu lesen. Und niemand, niemand störte sie dabei.

Sibylle nahm ihren Urlaub meist außerhalb der Saison, da sie als Single nicht auf die Ferien angewiesen war und es überdies nicht sonderlich schätzte, am Strand von schreienden Bälgern mit Sand beworfen oder von schwitzenden, fetten Familienmuttis in Gespräche über Heim und Herd verwickelt zu werden. Solche Gespräche gipfelten regelmäßig in Feststellungen wie: »Was? Noch keine Kinder? Na, so eine hübsche Frau wie Sie ... Sie wissen ja gar nicht, was Sie versäumen.«

Seit einigen Jahren zog sie es daher vor, entweder im späten Frühjahr oder im frühen Herbst zwei oder drei Wochen in einem Ferienclub an der Nordküste Afrikas oder in Spanien zu verbringen, dort, wo es schön warm war und neben anderen alleinreisenden Frauen jede Menge männliche Singles anzutreffen waren, die an Unterhaltung einiges boten.

Jetzt saß sie in der Redaktion und dachte darüber nach, was man den wenigen übriggebliebenen Lesern in diesem Sommer wohl anbieten könnte. Serien boten sich allemal an für diese Zeit.

Wie wäre es etwa mit einer Museen-Serie? Bonn hatte, was das betraf, ja doch einiges zu bieten, seit die neue Kunstmeile fertig gestellt war.

Sie griff gleich zum Hörer und rief Bianca an, eine Studentin, die regelmäßig als freie Mitarbeiterin für ihre Redaktion arbeitete. Bianca war begeistert von Sibylles Idee und nahm den Auftrag gerne an.

Stefan hackte irgendwelche Sportergebnisse in den Computer und schien nicht den rechten Spaß damit zu haben. Sein Gesicht hatte einen missmutigen Ausdruck angenommen, und auf seiner Stirn sammelten sich Schweißperlen.

Am dritten Arbeitsplatz der Redaktion saß Matthias, ein freier Mitarbeiter, der regelmäßig für sie arbeitete und sich mit Kulturtips und ähnlichen Themen befasste. Heute schrieb er an einem Artikel über ein Open-air-Jazzkonzert, das gestern Abend in den Rheinauen stattgefunden hatte.

Sibylle und Stefan waren ebenfalls dort gewesen, aber Sibylle traute sich eine Konzertkritik nicht zu. Klassik vielleicht schon eher, aber auf keinen Fall Jazz.

Was für ein langweiliger Tag! Selbst die Verbrecher schienen Urlaub zu machen. Seit drei Wochen, seit dem Tod von Fritz Körner, hatte es nichts Neues mehr zu den Morden gegeben. Die Fingerabdrücke, die man in Körners Wohnung gefunden hatte, lagen in der Kartei nicht vor und waren damit bis auf weiteres nutzlos. Die Durchsuchung von Haus und Grundstück hatte keinen Hinweis erbracht, dass es sich bei Körner um den Mörder von Miriam gehandelt hatte. Und ansonsten schien die Kriminalität zu schlafen.

Sibylle sah auf die Uhr. Erst drei. Sie stand auf, streckte sich und schlenderte zu Stefan hinüber. Er sah kurz auf, lächelte ihr zu und widmete sich dann wieder seinen Sportergebnissen.

Sie legte eine Hand auf seine Schulter und beugte sich zu ihm hinunter. Dicht an seinem Ohr flüsterte sie: »Komm, lass uns vögeln gehen.«

Er sah überrascht auf, grinste dann von einem Ohr zum anderen und nickte.

Sibylle schnappte ihre Handtasche und trat zu Matthias. »Wir gehen mal einen Kaffee trinken. Hältst du die Stellung?«

Matthias nickte nur.

Gemächlich schlenderten Sibylle und Stefan aus der Redaktion. Sobald die Tür hinter ihnen zugefallen war, griffen sie sich an den Händen, lachten und sprangen die Treppe hinunter wie zwei Kinder, die aus der Schule weglaufen.

So verbrachte jede der drei Freundinnen diesen ersten Ferientag des Sommers auf ihre eigene, besondere Weise. Und auch für Paul sollte dieser Tag nicht wie jeder andere zu Ende gehen. Es war der zweite Tag seines Sommerurlaubs, den er wie jedes Jahr mit Gabi und den Kindern im Süden verbringen wollte. Gestern hatte er das Wohnmobil abgeholt, das sie für die Urlaubsreise gemietet hatten, und Gabi hatte es bis zum frühen Nachmittag mit allem bestückt, was sie während der nächsten drei Wochen brauchen würden: Bettwäsche, Geschirr, Spielsachen, Kleidung, Waschzeug, Lebensmittel.

Die Kinder spielten in der Nachbarschaft, und Paul saß in der Küche am Tisch und arbeitete die Route Richtung Italien aus. Er setzte einige Hoffnungen in diesen Urlaub, Hoffnungen, die vor allem ihre Ehe betrafen. Seit Sibylle sich von ihm getrennt hatte – Gabi gegenüber hatte er natürlich behauptet, er habe sich von ihr getrennt – bemühte er sich darum, die immer noch gespannte Stimmung zwischen ihnen aufzulösen. Er war zuvorkommend und hilfsbereit, freundlich und zärtlich, aber Gabi war wie ein Eisblock. Berührte er sie, versteifte sich ihr Körper und sie harrte einfach aus, bis er sich frustriert abwandte. Tagsüber ging sie ihm nach Möglichkeit aus dem Weg, und abends war sie entweder sehr früh oder sehr spät im Bett, jedenfalls nie dann, wenn er sich hinlegte. Es war zum Verzweifeln.

In den nächsten Wochen konnten sie sich nicht aus dem Weg gehen. Die Urlaubsstimmung und die Ferne vom Alltag würden ihren Teil dazu beitragen, dass seine Beziehung zu Gabi wieder in die richtigen Bahnen kam. Mein Gott, was hatte er schon getan? Er war schwach geworden und hatte den Reizen einer ausgesprochen schönen Frau nicht widerstanden. Jetzt war alles vorbei, und damit musste es doch eigentlich gut sein.

Gabi kam von draußen herein und goss sich ein Glas Limonade ein.

»Sieh mal, Schatz«, sagte er und deutete mit dem Finger auf eine Stelle der Straßenkarte, die vor ihm lag.

»Wenn wir heute Abend bis spätestens acht losfahren, können wir morgen schon im sonnigen Süden mittagessen.«

Gabi blieb an der Spüle stehen und rührte sich nicht. Paul sah auf und stellte fest, dass sie die gleiche, verbissene Miene trug wie die ganzen letzten Wochen. Er seufzte und wandte sich wieder der Karte zu.

»Ich muss mit dir reden, Paul.«

Er sah auf. Nicht schon wieder. Das hatten sie doch jetzt wirklich zur Genüge durchgekaut. Was gab es noch zu sagen? Es tut mir leid, leid, leid, es soll nicht wieder vorkommen. Fluch und Asche auf mein Haupt!

»Wir werden ohne dich in Urlaub fahren«, sagte Gabi ruhig.

Paul traute seinen Ohren nicht.

»Was sagst du da?«

»Du hast mich schon verstanden. Ich möchte nicht, dass du mitfährst.«

Paul war wie vor den Kopf geschlagen.

»Aber ... ich dachte ... wir ...«

»Ja«, sagte Gabi, »das dachte ich auch. Aber es funktioniert nicht. Du hast mich monatelang belogen und betrogen. Du hast angeblich gearbeitet und statt dessen bei dieser ... dieser Frau gelegen. Mit ihr hast du geschlafen, und mir hast du erzählt, wie erschöpft du von der Arbeit bist.«

Sie stockte.

»Ich kann dir das nicht verzeihen, Paul. Tut mir leid.«

»Was soll das heißen? Was ist nach dem Urlaub?«

»Nach dem Urlaub hoffe ich, dass du eine Wohnung gefunden hast. Ansonsten kannst du sicher ein paar Wochen bei deiner Schwester unterkommen.«

Paul war erschüttert. Noch vor einer Minute hatte er geglaubt, alles könnte wieder gut werden, und jetzt ...

»Und was willst du den Kindern sagen?«

»Zuerst einmal, dass du plötzlich einen schwierigen Fall hast und deshalb nicht mitkommen kannst. Und für später wird mir schon was einfallen.«

Gegen sechs Uhr an diesem Abend bestiegen Gabi und die Kinder das Wohnmobil, winkten einmal und fuhren davon. Paul stand auf der Treppe noch lange, nachdem der Wagen aus seinem Blickfeld verschwunden war und wusste zum erstenmal in seinem Leben nicht, was er tun sollte.

10

In ihre einzige ganz und gar freie Ferienwoche hatte sich Beate gleich montags einen Tag Dienst beim Kinderschutzbund eintragen lassen. Sie kümmerte sich gern um den schriftlichen Kram ihrer Ortsgruppe, und sie saß gern in dem kleinen Laden mitten in der Stadt, wo immer wieder mal jemand vorbei kam, ein Schwätzchen hielt oder ein Eis vorbeibrachte, und sie genoss das Gefühl, Kindern helfen zu können, die in problematischen Familien lebten, gequält oder geschlagen wurden.

Jetzt hockte sie schon seit zwei Stunden am Schreibtisch und versuchte, den Schriftverkehr für die Zeit ihres Urlaubs zu ordnen. Sie überlegte gerade, ob sie den Laden zusperren und eine Mittagspause einlegen sollte, als das Windspiel klingelte und eine Frau Mitte dreißig mit einem jungen Mädchen eintrat. Die Frau zerrte das Mädchen hinter sich her bis vor Beates Schreibtisch.

»Guten Tag«, grüßte sie erhitzt.

Das Mädchen schaute trotzig und verlegen auf seine Füße.

»Wir haben ein Problem.«

»Bitte, nehmen Sie doch Platz«, sagte Beate und deutete mit der Hand auf die Stühle vor dem Tisch. Die Frau setzte sich und zog das Mädchen auf den Stuhl neben sich.

»Mein Name ist Beate Frowolt. Was kann ich für Sie tun?«

Beate versuchte, die offensichtlich aufgeregte Mutter durch ihre ruhige Stimme und ein freundliches Lächeln etwas zu beruhigen.

»Martina ist vergewaltigt worden«, sagte die Frau und deutete mit dem Kinn auf das Mädchen. »Und jetzt ist sie schwanger.«

»Das tut mir leid«, sagte Beate und sah Martina an. Die hatte sich auf ihre Hände gesetzt und erwiderte den Blick nicht, sondern starrte weiterhin auf ihre Füße, die jetzt wild vor- und zurück pendelten.

»Würden Sie mir bitte Ihren Namen sagen?«, sprach Beate die Frau an. Sie zog eine Block und einen Stift heran.

»Ellen Wagner«, sagte sie und strich eine schweißnasse Haarsträhne aus der Stirn.

»Das ist meine Tochter. Sie ist erst 13.«

Beate notierte den Namen.

»Wir kommen extra aus Bad Neuenahr.«

Beate schaute auf.

»Warum sind Sie nicht zur dortigen Beratungsstelle des Kinderschutzbundes gegangen?«

»Ach, Sie wissen doch, wie das ist. In so einem Nest kennt einen doch jeder. Da spricht sich schnell was rum.«

Beate notierte sich auch die Adresse.

»Wann ist das denn passiert?«

Sie sah das Kind an, aber die Antwort kam von der Mutter.

»Na, so vor sechs Wochen wohl. Stimmt doch, oder?«

Sie stupste das Mädchen in die Seite, aber es reagierte nicht.

»Waren Sie bereits bei der Polizei und haben Anzeige erstattet?«

Frau Wagner antwortete erst nicht, dann murmelte sie: »Nein, das geht nicht.«

Beate schwieg und sah die Frau an, die sichtlich nervöser wurde und darauf wartete, dass Beate irgendeinen Kommentar abgab. Das tat sie aber nicht, und schließlich stieß Frau Wagner hervor: »Es war ihr Stiefvater.«

»Ihr Stiefvater? Sie meinen, Ihr Mann?«

Die Frau nickte. Das Mädchen schaukelte unaufhörlich mit den Beinen und sah zu Boden.

Beate lehnte sich zurück und dachte nach.

»Wie ist der Name des Stiefvaters?«

»Wagner, Herbert«, antwortete die Frau, und, als Beate den Namen notierte: »Muss das denn wirklich sein?«

»Ja, das muss sein.«

Es entstand eine Pause, in der Beate die beiden Menschen vor ihrem Schreibtisch betrachtete und einzuschätzen versuchte. Das Mädchen pubertierend und frühreif, die Frau hübsch, aber ungepflegt und wahrscheinlich nicht eine der Intelligentesten.

»Was genau erwarten Sie eigentlich von mir?«, fragte Beate und beugte sich gespannt vor.

»Naja, ich dachte ... sie kann das Kind ja nicht kriegen, ich meine ... sie ist ja selbst noch ein Kind.«

Beate holte tief Luft.

»Wenn ich Sie richtig verstehe, Frau Wagner, dann möchten Sie, dass ihre Tochter das Kind abtreiben lässt und danach weiter mit Ihnen und Ihrem Mann zusammenlebt, als sei nichts passiert?«

Beates Ton verunsicherte sie Frau.

»Ja, soll sie das Balg etwa zur Welt bringen?«

Beate versuchte, ruhig zu bleiben.

»Frau Wagner, ich denke, die Schwangerschaft Ihrer Tochter ist nicht das Hauptproblem. In erster Linie sollte doch der Tatbestand der Vergewaltigung geklärt und der Täter dafür zur Rechenschaft gezogen werden. Sie können doch nicht einfach darüber hinweggehen, als sei das eine alltägliche Sache.«

Die Frau starrte sie an.

»Oder handelt es sich etwa um eine alltägliche Sache?«

»Nein, nein«, die Frau schüttelte den Kopf. »Mein Mann fasst die Kleine sonst nie an. Er verhaut sie schon mal, sicher, aber ... anders fasst er sie nicht an. Ich weiß auch nicht, wir hatten wohl ein bisschen viel Krach in letzter Zeit. Aber das ist jetzt vorbei.«

Beate wandte sich zu dem Mädchen.

»Martina, wie siehst du die Situation? Möchtest du, dass dein Stiefvater für das, was er getan hat, bestraft wird?«

Das Mädchen veränderte seine Haltung nicht. Die Mutter stupste es wieder in die Seite.

»Na los, sag schon was.«

»Nein«, flüsterte Martina.

»Na, sehen Sie«, triumphierte Frau Wagner.

»Alles ist vorbei und vergessen. Bis auf diese verdammte Schwangerschaft.«

Beate hätte ihr am liebsten ins Gesicht geschlagen.

»Frau Wagner«, sagte sie, »es wäre mir sehr recht, wenn Sie für eine halbe Stunde eine Tasse Kaffee trinken gingen und ich mit Martina allein sprechen könnte. Wäre das möglich?«

»Was wollen sie denn mit dem Kind allein? Die sagt doch sowieso nichts. Und wir haben keine Geheimnisse voreinander.«

»Trotzdem. Ihre Aufregung macht das Mädchen nur unnötig nervös. Bitte, lassen Sie uns eine halbe Stunde allein. Danach werden wir sehen, was zu tun ist.«

Frau Wagner ging nicht gern auf diesen Vorschlag ein, das konnte Beate nur allzu deutlich sehen. Aber offenbar begriff sie, dass sie keine Wahl hatte, wenn sie die Hilfe dieses Vereins in Anspruch nehmen wollte. Also erhob sie sich mürrisch, packte ihre Tochter am Kinn und sagte: »Überleg genau, was du sagst, Mädchen.«

Dann verließ sie den Laden.

Beate stand auf und ging zum Kühlschrank.

»Möchtest du auch eine Cola?«

Martina nickte. Beate nahm zwei Dosen und stellte eine vor das Mädchen auf den Tisch. Martina öffnete sie und trank gluckernd.

»So, jetzt Erzähl mal«, sagte Beate. »Was ist eigentlich passiert?«

»Haben Sie doch gehört!«

»Ich möchte es aber gern von dir hören. Du brauchst dich nicht zu schämen. Dir ist etwas Schreckliches passiert, und du trägst keine Schuld daran. Was dein Stiefvater getan hat, wird schwer bestraft. Das weißt du doch?«

Martina nickte.

»Und er allein trägt die Schuld daran«, fuhr Beate fort. »Nicht du.«

Das Mädchen nickte wieder und hob den Kopf.

»Es war, als Mama arbeiten war«, sagte Martina leise. »Nachmittags. Sie geht halbtags als Kassiererin.«

Sie brach ab, aber Beate drängte sie nicht.

»Da kam er in mein Zimmer, wo ich Schularbeiten gemacht hab, und da hat er mich gepackt und aufs Bett geworfen. Und dann ...«

Sie verstummte.

»Was hat er dann gemacht, Martina?«, fragte Beate so sanft wie möglich.

Das Mädchen rieb sich die Augen und fing an zu weinen.

»Dann hat er mir die Unterhose runtergezogen, und seine Hose hat er auch aufgemacht, und dann ...«

Sie schluchzte.

»Es hat furchtbar wehgetan. Und geblutet hat es auch.«

Beate nahm ein Papiertaschentuch aus der Schublade, reichte es ihr und streichelte über ihr Haar. Sie hatte großes Mitleid mit dem Kind und eine schreckliche Wut im Bauch. Martina lag altersmäßig genau zwischen ihren Töchtern Sandra und Jennifer. Wenn sie nur daran dachte, dass einer von ihnen so etwas passieren könnte ...

»Ich weiß, das ist schwer für dich«, sagte sie. »Aber man muss es wenigstens einmal aussprechen.«

Sie ließ das Kind weinen. Es beruhigte sich rasch wieder.

»Möchtest du denn, dass dein Stiefvater dafür bestraft wird?«, setzte Beate neu an.

Martina schüttelte den Kopf.

»Der weiß ja nicht mal, dass ich schwanger bin«, sagte sie. »Der würde mich totschlagen.«

»Du müsstest nicht dort wohnen bleiben«, erklärte Beate. »Du könntest in ein Haus ziehen, in dem viele andere Mädchen und

Jungen leben, die aus irgendwelchen Gründen nicht bei ihren Eltern sein können. Du könntest sogar das Kind behalten, wenn du möchtest. Aber du musst natürlich nicht.«

Martina schüttelte wieder den Kopf.

»Ich will das Kind nicht«, sagte sie und schluchzte.

»Hat dein Stiefvater dich denn seitdem in Ruhe gelassen?«

Martina nickte.

»Er hat mich auch nicht mehr geschlagen.«

Solange, Wie's dauert, dachte Beate.

»Also musst du keine Angst haben, wenn du mit deiner Mutter wieder nach Hause fährst?«

Martina schüttelte den Kopf.

»Nein, der lässt mich jetzt in Ruhe.«

»Gut«, sagte Beate. Die halbe Stunde würde gleich vorbei sein. »Dann machen wir es so. Du fährst mit deiner Mutter wieder heim, und ihr kommt übermorgen, das ist Mittwoch, wieder her. Wir vereinbaren einen Termin. Ich selbst werde dann allerdings nicht hier sein, denn ich habe ab heute Urlaub. Aber meine Kollegin, die Frau Darguweit, die ist sehr nett, wird sich um euch kümmern. Vielleicht haben wir bis dahin schon eine Lösung gefunden. Okay?«

Das Mädchen nickte, und in diesem Moment stürmte die Mutter wieder durch die Ladentür.

Sie sah das Mädchen an.

»Warum hast du denn geheult?«, fragte sie.

»Bitte, Frau Wagner, das alles ist nicht leicht für Ihre Tochter. Setzen Sie sich.«

Gehorsam nahm die Frau Platz.

»Frau Wagner, wir werden jetzt einen Termin für den kommenden Mittwoch vereinbaren. 10 Uhr, wenn es Ihnen recht ist. Eine Kollegin von mir wird sich um Sie und Ihre Tochter kümmern. Bis dahin tragen Sie persönlich die Verantwortung dafür, dass Ihrer Tochter kein weiteres Leid geschieht. Haben Sie das verstanden?«

Beate war selbst überrascht angesichts ihres autoritären Tons, aber manche Leute ließen einem einfach keine Wahl.

Offenbar war es genau der richtige Ton für Ellen Wagner, denn sie antwortete: »Ja, natürlich, Sie können sich auf mich verlassen. Mittwoch, 10 Uhr.«

Dann stand sie auf, zerrte Martina vom Stuhl und verschwand.

Beate ergänzte die Notizen, die sie sich während des Gesprächs mit Martina gemacht hatte. Damit würden sich die Kolleginnen beschäftigen müssen. Dagmar Darguweit war eine fähige und resolute Frau. Beate zweifelte nicht daran, dass sie eine Lösung finden würde. Obwohl dies ein ausgesprochen schwieriger Fall zu sein schien.

Sie griff zum Telefon, um ihrer Kollegin Dagmar den Fall zu schildern, solange sie noch alle Einzelheiten im Kopf hatte. Manche Aspekte einer solchen Unterredung konnte man nur schwer zu Papier bringen. Ein persönliches Gespräch war da wesentlich effektiver. Sie wies auf den Termin hin, den sie mit Frau Wagner und Martina ausgemacht hatte, und auf ihre Notizen und verabschiedete sich endgültig in den Urlaub.

Den Rest dieser herrlichen Ferienwoche wollte sie nicht durch solch deprimierende Angelegenheiten verderben.

11

Den Montagabend verbrachte Beate zum Teil in der Badewanne und zum größeren Teil vor dem Fernseher. Sie schob die Videokassette mit »Vom Winde verweht« in den Recorder und ließ sich über vier Stunden vom Schicksal der bezaubernden Scarlett und des verwegenen Rhett einlullen, während sie sich mit einer Kanne Kakao und einer Schachtel Pralinen auf der Couch gemütlich eingerichtet hatte. Lange nach Mitternacht ging sie ins Bett und genoss auch da die unendliche Weite eines nur einfach belegten Ehebettes und die Stille, die nicht durch Klaus' Schnarchen beeinträchtigt wurde.

Dienstag schlief sie bis nach zehn Uhr, frühstückte ausgiebig im Garten und las dabei ihren Roman weiter. Nachmittags begann sie mit einem umfassenden Hausputz, der sie mit Fensterputzen, Gardinen waschen und dem Abwischen der Küchenschränke insgesamt zwei Tage lang beschäftigte. Freitagmorgen erwachte sie und fühlte sich einsam. Und gelangweilt. Noch im Bett griff sie zum Telefon und wählte Barbaras Nummer. Nach drei Klingelzeichen meldete sich eine verschlafene Stimme:

»Hallo?«

»Babs, bist du's? Hier ist Beate.«

»Hallo.«

»Ich hab dich geweckt. Tut mir leid.«

»Schon gut.«

»Ich bin frei und ungebunden. Klaus ist mit den Kindern in Urlaub. Wollen wir beide irgendwas unternehmen?«

»Ich ... es geht mir nicht so gut. Ich bin ein bisschen krank. Grippe wahrscheinlich.«

»Oh, tut mir leid.«

»Vielleicht hat Sibylle Zeit.«

»Nein, weißt du was? Ich komme zu dir nach Hause und pflege dich ein bisschen. Was hältst du davon?«

»Ja, das wäre schön.«

»Also dann, bis gleich.«

Beate sprang aus dem Bett, wusch und kämmte sich flüchtig und saß schon zehn Minuten später im Bus. Barbara hatte sich gar nicht gut angehört. Wahrscheinlich litt sie auch ein wenig unter Viktorias Abwesenheit. So weit Beate wusste, waren die beiden noch nie länger als drei, vier Tage getrennt gewesen.

Die Barbaras Haus am nächsten gelegene Haltestelle war »Ippendorfer Allee«, und von dort musste sie noch rund fünf Minuten zu Fuß gehen. Das Hoftor war nicht abgeschlossen, und so musste sie Barbara nicht rausklingeln. Auch die Haustür ließ sich öffnen.

»Huhu, ich bin's.«

Aus dem ersten Stock vernahm sie ein undefinierbares Geräusch. Sie ging die Treppe hoch und öffnete die Tür zum Schlafzimmer.

Barbara lag im Bett. Ihr dunkles Haar umrahmte ein kalkweißes Gesicht, aus dem die Augen wie brennende Kohlen hervorstachen. Ihre Wangen waren eingefallen. Sie sah zehn Jahre älter aus.

»Meine Güte, Babs, du bist ja wirklich schlecht dran«, sagte Beate erschrocken und setzte sich auf die Bettkante. Sie legte ihre Hand auf Barbaras Stirn. Zumindest hatte sie kein Fieber.

»Hast du schon gefrühstückt?« Barbara schüttelte den Kopf. Beate erhob sich.

»Ich mach dir was.«

Sie lief runter in die Küche und schaltete den Wasserkocher an. Der Kühlschrank hatte kaum noch etwas Essbares zu bieten. Ein angeschimmelter Joghurt und ein graugrünes Stück Wurst waren neben einem Glas Gurken der einzige Inhalt. In den Küchenschränken suchte sie alles zusammen, was sie brauchen konnte: Margarine, Toast, Marmelade, Tee, Zucker. Kurze Zeit später stellte sie das Tablett auf dem Nachttisch ab.

»Setz dich mal auf.« Sie stopfte Barbara ein Kissen in den Rücken und reichte ihr die Teetasse. Barbara trank einen Schluck. Der Tee war heiß, und sie spürte, wie er durch die Kehle in den Magen floss, aber er tat gut.

»Hör mal«, sagte sie und versuchte ein Lächeln. »Ich habe eine Grippe, aber ich liege nicht im Sterben.«

»Das sehe ich«, erwiderte Beate. »Und so weit soll es auch gar nicht erst kommen. Trink noch einen Schluck.«

Barbara gehorchte. Beate reichte ihr eine Scheibe Toast, und Barbara aß sie artig auf. Dann trank sie die Tasse leer, die Beate sofort nachfüllte.

»Wann hast du denn das letzte Mal was gegessen?«, fragte sie. Barbara zuckte die Achseln.

»Ich hab viel geschlafen.«

Beate zupfte die Haut an Barbaras Unterarm hoch.

»Du bist völlig vertrocknet und abgemagert. Kann man dich denn überhaupt nicht aus den Augen lassen?«

Sie schien regelrecht verärgert, aber Barbara wusste, dass sie damit nur ihre Sorge überspielte. Sie hätte tatsächlich nicht sagen können, wann sie zuletzt etwas gegessen oder getrunken hatte. Sie wusste noch nicht einmal, welcher Tag heute war. Aber wenn sie danach gefragt hätte, würde sie Beates Sorge nur vergrößern.

Sie trank noch eine Tasse Tee und aß auch die zweite Scheibe Toast.

»Ich fühle mich schon viel besser.«

Beate betrachtete sie. Ja, das konnte man tatsächlich sehen. Die Augen hatten ihren unnatürlichen Glanz verloren, und in die eingefallenen Wangen war etwas Farbe zurückgekehrt.

»Fühlst du dich gut genug, um zu duschen?«

»Hab ich es so nötig?«, schmunzelte Barbara. »Ja, ich denke, das wird gehen.«

Sie schwang die Beine aus dem Bett und blieb ein paar Sekunden auf der Bettkante sitzen. Dann erhob sie sich langsam, hoffentlich langsam genug, dass ihr Kopf nicht wieder ausrasten würde. Sie stand aufrecht und wartete. Nichts passierte.

Gott sei Dank. Wäre sie jetzt umgefallen, hätte sie Beate überhaupt nicht mehr beruhigen können.

»Alles klar«, beantwortete sie Beates fragenden Blick und verschwand im Bad.

Beate öffnete das Schlafzimmerfenster und schlug die Bettdecke zurück. Dann nahm sie einen frischen Schlafanzug aus dem Kleiderschrank. Im unteren Fach entdeckte sie Bettwäsche, und so bezog sie das Bett in wenigen Minuten.

Als Barbara in ein Handtuch gehüllt wieder ins Zimmer trat, reichte sie ihr den Schlafanzug.

»So, du legst dich gleich wieder hin und schläfst noch etwas. Ich kümmere mich um alles andere. Die Tür lassen wir offen, und wenn du etwas brauchst, rufst du. Verstanden?«

Barbara war wieder einmal versucht, »Ja, Mama« zu sagen, nickte aber nur, zog den Schlafanzug an und legte sich dankbar in das frische Bett.

Beate setzte in der Küche die Kaffeemaschine in Gang, warf die Bettwäsche in die Waschmaschine und reinigte Bad und Toilette.

Sie schlich nach oben und warf einen Blick ins Schlafzimmer. Barbara schlief fest. Ihr feuchtes Haar war mit einem Handtuch umwickelt.

Die Frisur ist auch hin, dachte Beate, aber das spielte ohnehin keine Rolle.

Sie ging wieder in die Küche und bereitete alles für eine Instant-Rinderbrühe vor, die Barbara nach dem Aufwachen trinken sollte. Sie goss Kaffee in eine Tasse und wanderte damit durch die Räume. In Barbaras Arbeitszimmer setzte sie sich an den Schreibtisch und schaltete den Computer ein. Sie selbst besaß keinen, aber in der Geschäftsstelle des Kinderschutzbundes hatte sie gelernt, damit umzugehen.

Sie fand verschiedene Spiele auf dem Hauptbildschirm, die sie nacheinander ausprobierte. Bewusst vermied sie, das Internet-Symbol anzuklicken. Während sie spielte, wanderten ihre Gedanken jedoch immer wieder zu der Liste, und schließlich gab sie der Versuchung nach und wählte sich ein.

Aus der Favoritenliste probierte sie nacheinander Adressen aus, bis sie die richtige traf. Die Liste blätterte vor ihren Augen herunter. Waren es mehr Namen oder weniger? Sie wusste es nicht. Sie las die Namen durch. Keiner dabei, den sie kannte.

Und dann tat sie etwas, das sie selbst überraschte und schockierte. In die dafür vorgesehene Zeile schrieb sie »Herbert Wagner, Bad Neuenahr, Heerstraße 327.« Normalerweise konnte sie sich Namen und Adressen nicht sonderlich gut merken, aber die Adresse von Martina und ihrer Familie war ihr – aus welchen Gründen auch immer – im Gedächtnis geblieben.

Sie markierte die Zeile und setzte sie kursiv. Dann klickte sie auf den Button »Absenden« und schloss das Programm wieder.

Danach blieb sie ganz still sitzen und wartete, dass sich ihr Herzschlag wieder beruhigen würde. Sie dachte an die Unterhaltung, die sie mit Sibylle über Martin Gerolstein geführt hatte. Es war gut. Es war richtig. Das Kind musste geschützt werden. Und überhaupt: Es war ja nur ein Spaß. So konnte sie ein wenig ihre Aggressionen gegen diesen Mann abbauen. Ihm würde nicht wirklich etwas passieren. Nicht wirklich.

Ihr Herz brauchte trotzdem noch ein paar Minuten, bis es wieder den normalen Rhythmus schlug, und ihr Magen brauchte sogar noch etwas länger.

Barbara schlief volle drei Stunden bis in den Nachmittag hinein. In dieser Zeit hatte Beate die Bettwäsche getrocknet und gefaltet, die untere Etage geputzt und die Blumen gegossen. Jetzt brachte sie eine Schale Bouillon und eine Tasse Kaffee hoch.

Barbara hatte sich deutlich erholt. Nach der Mahlzeit zog sie einen bequemen Hausanzug an und setzte sich mit Beate in den Garten. Es war sehr warm, aber Barbara fand die Hitze und den Sonnenschein äußerst angenehm.

»Hat Viktoria sich schon mal gemeldet?«

»Ja, sie rief Anfang der Woche an. Es geht ihr gut, und sie fühlt sich wohl. Sie hat schon Anschluss gefunden an ein paar junge Leute. Ich glaube, sie amüsiert sich prächtig.«

»Das ist schön«, sagte Beate. »Und du? Wie kommst du damit zurecht, allein zu sein?«

»Ach, weißt du«, antwortete Barbara, »ich muss mich früher oder später sowieso daran gewöhnen. Du hast mich jetzt in einer schlechten Phase erwischt, aber ich denke, normalerweise werde ich damit zurechtkommen.«

»Ich fahre morgen nach Bayern zu meinen Schwiegereltern«, sagte Beate. »Morgen früh komme ich noch mal bei dir vorbei und sehe, ob du auch was gegessen hast. Ich werde ein bisschen für dich einkaufen. Du hast ja kaum noch was da.«

Barbara lächelte.

»Okay.« Beate stand auf. »Dann bin ich jetzt wieder weg. Bitte, iss heute Abend noch was und vergiss auch nicht, zu trinken. Sonst wirst du alt und hässlich.«

Während der Busfahrt nach Hause entschied sie, Sibylle anzurufen und damit zu beauftragen, sich gelegentlich um Barbara zu kümmern. Immerhin würde sie zwei Wochen fort sein, und wenn sie in dieser Zeit so vergammelte wie in den letzten Tagen ...

Dieser Gedanke beruhigte sie. Es passte so gar nicht zu Barbara, sich so gehen zu lassen. Ob da nicht noch was anderes dahinter steckte als Grippe und Einsamkeit?

Zuhause angekommen, telefonierte sie sofort mit Sibylle und begann dann, ihren Koffer zu packen.

Barbara blieb noch eine Zeit lang in der Sonne sitzen, nachdem Beate gegangen war. Die Wärme tat ihrem ausgemergelten Körper gut, und auch ihrem Kopf schien es etwas besser zu gehen. Wenn sie sich auch nicht erinnerte, was die Ernährung der letzten Tage betraf, so wusste sie doch genau, dass sie die Tropfen regelmäßig eingenommen hatte. Dreimal täglich.

Dr. Kröner hatte sie darauf hingewiesen, dass sie durch die Tropfen recht schnell schmerzfrei, gleichzeitig aber auch ruhiggestellt würde. Er hatte ihr ein Antidepressivum als Gegenmittel empfohlen. Zunächst hatte sie darauf verzichten wollen, aber nun schien es ihr doch angebracht.

Sobald sie sich besser fühlen würde, könnte sie in der Apotheke ein Mittel besorgen.

Am späten Nachmittag legte sie sich ins Bett, schaltete den kleinen Fernseher ein und fiel schon bald wieder in tiefen Schlaf.

Beate erschien am nächsten Morgen, wie versprochen, mit zwei dicken Einkaufstüten in der Hand. Sie bereitete sofort ein großes Frühstück für Barbara zu, verstaute die Lebensmittel im Kühlschrank und musste sich dann beeilen, um ihren Zug nach München nicht zu versäumen.

Sibylle meldete sich am späten Vormittag telefonisch an und kam nachmittags mit ein paar Kaffeeteilchen vorbei. Barbara ahnte, dass sie von Beate beauftragt worden war, freute sich aber deshalb nicht weniger über ihren Besuch. Es war ein großer Trost, Freunde zu haben, die sich sorgten und halfen, besonders wenn man, wie sie und Viktoria, sonst keine Familie mehr hatte.

Erst am Sonntagnachmittag, just zu der Zeit, da Beate mit Klaus und den Kindern zu einem Spaziergang durch den bayrischen Wald aufbrach, setzte sie sich ins Arbeitszimmer und schaltete den Computer ein. Wie immer in den letzten Monaten wählte sie zuerst die Liste an.

Die Textzeilen entwickelten sich der Reihe nach auf dem Bildschirm. An oberster Stelle stand ein Name, den sie bisher noch nicht gelesen hatte. Er war kursiv gesetzt.

Das ist ein Auftrag, dachte sie. Ein gezielter Auftrag.

12

Trotz ihres bislang ungetrübten Glücks mit Stefan hatte Sibylle durchaus den einen oder anderen Gedanken an die Probleme verschwendet, die der Altersunterschied zwischen ihnen mit sich bringen könnte. Dabei dachte sie weniger an ihre Beziehung an sich. Sollten sich da jemals ernsthafte Schwierigkeiten zeigen, so würden sie sie lösen, wenn es so weit wäre. Oder auch nicht.

Deutlich mehr beunruhigte sie der Gedanke, wie etwa ihre oder Stefans Eltern darauf reagieren würde.

Ihre Mutter würde sich in Stefans Gegenwart nichts anmerken lassen, freundlich und nett sein wie immer, und, sobald Sibylle das nächste Mal allein auftauchen würde, ein schreckliches Gezeter anstimmen des vorwiegenden Inhalts, was denn die Leute denken sollten, um Himmels willen.

Sibylles Vater würde wie immer nur die Schultern zucken, »Wenn du das für richtig hältst, Kind« sagen und sich dann wieder seinem Hobby, dem Modelleisenbahnbau, widmen. Mit beiden Reaktionen, war Sibylle sicher, würde sie spielend fertig werden. Und Stefan ebenso.

Stefans Vater war Lehrer an einem der städtischen Gymnasien, und, wie Stefan erzählt hatte, einer der zurückhaltend-fortschrittlichen Sorte. Natürlich war man tolerant und aufgeschlossen, aber doch in vernünftigen Grenzen, wenn ich bitten darf.

Stefans Mutter führte eine kleine Boutique in der City, die den viel versprechenden Namen »Ladys Chic« trug. Sibylle war einmal daran vorbeispaziert und hatte das Schaufenster betrachtet. Klassisch-elegante Damenmode, knielange Röcke, gedeckte Farben oder Pastelltöne, in der Jacketttasche stets das Tuch passend zum Blüschen. Seit diesem Tag ahnte Sibylle, womit sie bei Stefans Mutter zu rechnen hatte.

Und nun war der gefürchtete Tag da: Stefan wollte sie seinen Eltern vorstellen. Sie erwog kurz, eine Ausrede vorzuschieben, entschloss sich dann aber doch, diese wahrscheinlich eher unerfreuliche Angelegenheit hinter sich zu bringen. Je früher, desto besser.

Nachmittags stand sie unschlüssig vor ihrem Kleiderschrank und stellte wieder einmal fest, dass sie wahrhaftig nichts, aber auch gar nichts zum Anziehen hatte. Und was wäre denn wohl angemessen? Ein Kostüm á la »Ladys Chic« hatte sie nicht aufzuweisen, bestenfalls etwas ähnliches: ein helles Leinen-Ensemble mit kurzem Rock, das sie ausgezeichnet kleidete. Darin sah sie tatsächlich wie eine erwachsene Frau aus.

Das würde den Altersunterschied natürlich noch unterstreichen.

Also eher ein Paar Jeans und ein T-Shirt? Die 13 Jahre zwischen Stefan und ihr würden dadurch auch nicht weniger, und darüber hinaus hatte sie es wahrhaft nicht nötig, sich jünger erscheinen zu lassen, als sie war.

Sie schwankte zwischen allen Möglickeiten, die ihr Kleiderschrank bot, und wurde dabei immer zorniger, ohne recht zu wissen, worauf. Auf Stefans Eltern, denen sie bereits im Vorfeld die schlimmsten Eigenschaften unterstellte? Oder auf sich selbst, weil sie offenbar doch ein Problem mit dem Altersunterschied hatte und es nur nicht wahrhaben wollte? Oder hatte sie kein Problem damit, sondern nur mit der Reaktion der Umwelt?

Sie ließ sich aufs Bett fallen und entspannte sich einige Minuten. Dann sprang sie auf, nahm das Leinenkostüm aus dem Schrank und suchte einen passenden Body heraus. Sie war 36, und sie war erwachsen, und sie war schön. Was sollte der ganze Quatsch?

Stefan trug wie immer Jeans und T-Shirt, und als sie vor dem Haus seiner Eltern aus dem Wagen stiegen, spürte Sibylle ein ganz und gar undamenhaftes Kribbeln in der Magengegend. Wirklich zu albern.

Das Haus der Brandenburgers war eine der typischen alten Villen aus der Zeit der Jahrhundertwende, die Bonn noch zuhauf zu bieten hatte. Es war extravagant in dunklem Lachsrosa gestrichen mit weiß abgesetzten Fenstern. Sehr elegant und gewiss sehr teuer.

Plötzlich fiel ihr etwas ein.

»Hast du deinen Eltern eigentlich gesagt, wie alt ich bin?«

Stefan lächelte jungenhaft.

»Nee, wieso? Spielt das eine Rolle?«

Auch das noch, dachte Sibylle und atmete tief durch.

Stefan ging voraus und öffnete mit seinem Schlüssel die Haustür. Sie traten in einen geräumigen Flur, und irgendwo im Haus spielte leise klassische Musik. Stefan nahm Sibylles Hand und zog sie hinter sich her. Er öffnete eine Glastür am Ende des Flurs.

»Hallo, da sind wir.«

Er schob Sibylle in den Raum.

»Das ist Sibylle, das sind meine Eltern«

Stefans Mutter stand vor dem Tisch, offenbar bereits in Erwartung der Begrüßungsszene. Ihr schwarz-weißes Kostüm stammte ganz offensichtlich aus ihrem eigenen Geschäft. Das dunkle Haar war leicht antoupiert, und ein dezentes Makeup betonte die Augen hinter einer ausgesprochen schicken Brille. Sie war höchstens 48.

Stefans Vater saß auf der Couch und hatte eine Zeitung in den Händen. Er verkörperte den Prototyp des Oberstudiendirektors, wie Sibylle ihn noch aus ihrer eigenen Schulzeit kannte. Gepflegt kurzer Vollbart mit ausrasierten Wangen, legere Kleidung.

Beide starrten Sibylle an, ohne die geringste Reaktion zu zeigen. Sibylle erwiderte die Blicke, trat dann auf Stefans Mutter zu und streckte ihr eine Hand entgegen.

»Guten Tag, Frau Brandenburger. Ich freue mich sehr, Sie kennen zu lernen.«

Sie bemühte sich um einen freundlich-lockeren Ton, und sie hatte das Gefühl, dass er ihr ganz gut gelang.

Frau Brandenburger nahm ihre Hand und drückte sie flüchtig. »Herzlich willkommen«, sagte sie, ohne eine Miene zu verziehen. Stefans Vater löste sich aus seiner Starre und erhob sich.

»Wir haben schon viel von Ihnen gehört«, sagte er und drückte Sibylle die Hand. Sibylle lächelte ihm zu, und er schaffte es wahrhaftig, die Lippen auseinander zu ziehen.

Das Abendessen verlief ausgesprochen ruhig. Hin und wieder richteten Stefans Eltern eine Frage an Sibylle, die sich meist auf ihren Beruf bezog. Wahrscheinlich, dachte Sibylle amüsiert, hatten sie den ursprünglichen Fragenkatalog für diesen Abend bereits im Klo versenkt. Denn »Was machen denn deine Eltern« oder »Was willst du denn mal werden« waren an diesem Abend ganz offensichtlich nicht einsetzbar.

Nach dem Essen half Sibylle Stefans Mutter, das Geschirr in die Küche zu tragen und in die Spülmaschine einzuräumen. Sie wollte eben wieder in das Wohnzimmer zurückkehren, als Frau Brandenburger »Einen Moment noch« sagte und sie wieder in die Küche zog. Sie schloss die Tür und lehnte sich an die Anrichte.

»Meinen Sie nicht, Sie wären etwas zu alt für den Jungen?«, fragte sie ohne Umschweife.

Sibylle sah sie offen an. »Bisher habe ich nicht den Eindruck.«

Frau Brandenburger rang die Hände und begann, durch die Küche zu wandern.

»Sie müssen sich doch darüber im Klaren sein«, fuhr sie fort, »dass der Junge Sie irgendwann wegen einer jüngeren Frau verlassen wird. Stellen Sie sich mal vor, irgendwann sind Sie 50, und er ist dann erst Anfang 30. Das kann doch nicht gut gehen.«

Sibylle zählte in Gedanken bis zehn.

»Vielleicht haben Sie recht«, sagte sie dann ruhig. »Aber ich habe es mir in meinem langen Leben angewöhnt, Probleme erst dann zu lösen, wenn sie tatsächlich existieren.« Dann öffnete sie die Tür und ließ Stefans Mutter in der Küche stehen.

»Nun, mein Junge, das ist also die Frau deiner Träume?«

Stefan strahlte seinen Vater an.

»Ja. Wie gefällt sie dir?«

Herr Brandenburger lehnte sich zurück und trank einen Schluck Wein.

»Sie ist wirklich sehr schön«, sagte er dann langsam. »Aber sie ist auch viel älter als du.«

»Tatsächlich? Das ist mir noch gar nicht aufgefallen.«

»Sei nicht albern«, sagte sein Vater. »Du weißt genau, was ich meine. Das wird Probleme geben. Irgendwann wirst du mit einer alten Frau verheiratet sein.«

Stefan erhob sich.

»Du auch«, sagte er und wandte sich zur Tür. »Und im übrigen halte ich es da mit den alten Griechen: Unnötig leidet, wer zu früh leidet.«

Er öffnete die Tür und trat hinaus, steckte aber noch einmal den Kopf ins Zimmer und setzte hinzu: »Seneca.«

Er betrat die Küche in dem Moment, als Sibylle sie verlassen wollte. Sie lächelte ihm zu, aber ihm entging nicht, dass es sie einige Mühe kostete. Er legte einen Arm um ihre Schulter, bereit, sofort das Haus mit ihr zu verlassen. Aber die Stimme seiner Mutter hielt ihn zurück.

»Stefan, kommst du mal, bitte?«

Er rollte die Augen und trat in die Küche.

Sibylle schlenderte langsam ins Wohnzimmer zurück. Sie ahnte, dass ihr hier noch einmal eine ähnliche Gardinenpredigt bevorstand.

Stefans Vater erhob sich bei ihrem Anblick.

»Sibylle«, sagte er lächelnd, »ich weiß leider nicht, wie ich Sie sonst nennen soll, aber ich denke, das ist in Ordnung, oder? Ich heiße Bernd.«

Sibylle lächelte nur.

»Kommen Sie, Sibylle, wir trinken mal ein Glas.« Bernd goss zwei Sektgläser voll und reichte Sibylle eins.

Er tippte mit seinem Glas ihres an und trank.

»Der Junge wird wohl jetzt eine ordentliche Standpauke kriegen«, schmunzelte er. »Meine Frau war – gelinde gesagt – überrascht.«

Sibylle nippte an ihrem Glas. »Das ist mir nicht entgangen.«

Sie ging langsam zu der gläsernen Terrassentür, die den Blick auf einen riesigen, gepflegten Garten freigab.

Bernd Brandenburger folgte ihr.

»Na, ist ja auch eigentlich keine Wunder, was? So ein Junge, und dann eine Frau wie Sie.« Er ließ den Blick viel sagend an Sibylles Körper hinabgleiten.

»Für ihn ist das sicher sehr aufregend«, fuhr er fort. »Aber ich frage mich ...«, er räusperte sich kurz, »... was Sie wohl davon haben können?«

Dann legte er einen Arm um Sibylles Schultern.

Sibylle sah ihn an. Kurz erwog sie, ob sie ihm das Glas Sekt ins Gesicht schütten oder besser eine Ohrfeige geben sollte. Dann begann sie zu lachen, drehte sich um und verließ das Zimmer.

Im Flur begegnete sie Stefan, der mit wütendem Blick aus der Küche stürmte. Sie nahmen sich an den Händen und verließen das Haus, er mit hochrotem Kopf, sie vor Lachen gekrümmt.

13

Der Nachmittagsverkehr ballte sich auf der Friedrich-Ebert-Allee. Abgaswolken stiegen in die Höhe und vermischten sich mit dem Dunst zigtausender von Menschen zu einer in der Hitze wabernden Dunstglocke. Ein Teil davon wurde von den breiten Kronen der alten Bäume entlang der B 9 aufgesogen.

Wieso wird der Verkehr nie weniger, dachte Paul, selbst jetzt, wo schätzungsweise die Hälfte der Bonner Bevölkerung in irgendwelchen Urlaubsregionen herumgondelt und dort die Luft verpestet.

Er stand seit geraumer Zeit am offenen Fenster seines Büros, sog die abgasgetränkte Luft in seine Lungen, beobachtete den stetig fließenden Verkehrsstrom und dachte an Gabi und die Kinder. Irgendwo in Italien lagen sie jetzt am Strand, planschten im Wasser oder spielten Ball mit anderen Kindern, während ein glutäugiger Gigolo seine Frau mit dummem Geschwätz betörte, und sie würde mit ziemlicher Sicherheit lächeln oder sogar lachen und ebenfalls dummes Zeug schwatzen, und mit ziemlicher Sicherheit würde der braunhäutige Hund seinen Kindern ein Eis kaufen, weil er aus reicher Erfahrung wusste, dass man ein Mutterherz mit sowas gewinnen konnte.

Dabei war ihr Herz, dachte Paul grimmig, vermutlich das letzte, auf das es der Kerl abgesehen hatte.

Er trat vom Fenster zurück und schloss es, bevor seine Gedanken den weiteren Verlauf dieses Tages bis in den einsamen Abend und die unvermeidliche Nacht gestalten konnten.

Der Sonntag allein zu Hause hatte ihn bereits von den Freuden des Single-Daseins kuriert, und montags war er im Büro erschienen und hatte kurzerhand ohne weitere Erklärung seinen Urlaub abgebrochen. Lieber quälte er sich mit Mördern herum, die erstens geschickt und zweitens offenbar nicht vorbestraft waren, als dass er sich daheim in Selbstmitleid und Alkohol ertränkte.

Er wandte sich seiner überdimensionalen Pinwand mit Fotos von Leichen und Tatorten zu. Auch kein erfreuliches Thema, aber es lenkte zumindest ab.

Die Spuren, die der Mörder bisher hinterlassen hatte, waren sämtlich im Sande verlaufen; die Fingerabdrücke nicht bekannt, die Täterbeschreibung dürftig, falls es sich bei der beobachteten Frau überhaupt um den Täter handelte. Dafür sprach, dass sie an keiner anderen Haustür in der Straße geklingelt hatte, um ihre Umfrage durchzuführen. Halt, zügelte er sich selbst, du setzt voraus, dass das Klemmbrett mit dem Fragebogen von ihr stammt. Das wiederum konnte man nicht wissen. Genauso gut konnte es sich bei der Frau um eine Avon-Beraterin gehandelt haben – gab's die überhaupt noch? – oder um eine Durchreisende, die sich nach dem Weg erkundigte, und das Klemmbrett konnte ebenso gut vom wirklichen Täter stammen oder von einem ehrlichen Interviewer, der es vielleicht einen oder zwei Tage vorher bei Körner vergessen hatte.

Tatsache war, resümierte Paul, sie wussten gar nichts Genaues und konnten ausschließlich mutmaßen. Das war nicht viel, und es war umso erbärmlicher, als er es mittlerweile mit sechs

Mordfällen zu tun hatte und mit über einem halben Jahr, in dem er sich der Öffentlichkeit als Versager präsentieren musste.

Sechs Monate, sechs Morde, dachte Paul. Eigentlich wurde es wieder Zeit.

Er ertappte sich bei dem Wunsch, der Mörder möge in den nächsten Tagen wieder zuschlagen. Dann gäbe es wenigstens wieder neue Hoffnung auf eine Spur oder einen Zeugen. Andererseits gäbe es aber sieben ungeklärte Morde.

Idiotischerweise war das Schlimmste, was passieren konnte, dass der Mörder aus welchen Gründen auch immer seine Arbeit eingestellt hatte. Dann blieben sie vermutlich für alle Zeiten auf diesen ungeklärten Leichen sitzen.

Daran glaubte Paul allerdings nicht ernsthaft. Warum sollte jemand, der sechsmal unerkannt gemordet hat, offenbar einen höheren Auftrag damit erfüllt und obendrein noch eine Menge Spaß dabei zu haben scheint, plötzlich aufhören? Dazu bestand kein Grund. Leider überhaupt keiner, dachte er im Hinblick auf seine erfolglose Arbeit zerknirscht.

Das große Problem war, dass sie nicht einmal einen Verdächtigen hatten. Hätte man den erstmal, da wäre die Beweisführung wohl nicht mehr so schwierig. Irgendwas fand sich immer: Blutspuren auf Kleidungsstücken, Verletzungen, Tatwaffen, Haare im Auto. Aber wo sollte er nach diesen Dingen, die garantiert da waren, suchen?

Er öffnete die Tür zu Brigittes Zimmer. Sie saß an ihrem Schreibtisch und tippte ein Briefdiktat in den Computer.

»Brigitte!«

Sie drehte sich um und nahm den Kopfhörer des Tonbandgerätes ab.

»Machst du bitte einen Kaffee?«

Sie nickte, wandte sich wieder um und schrieb weiter. Zehn Minuten später betrat sie mit einer Kanne Kaffee und einer sauberen Tasse sein Büro. Während sie den Kaffee eingoss, betrachtete er sie.

Eigentlich nicht übel, dachte er. Schlank, blond, an den richtigen Stellen üppig. Sie registrierte seinen Blick und schaukelte mit wiegenden Hüften aus dem Zimmer.

Beck, du bist ein Arschloch, dachte er und nahm Brigitte damit die letzte Chance auf Erfüllung ihrer geheimsten Wünsche.

Seine Gedanken schweiften ab zu Sibylle. Letzten Sommer um diese Zeit hatten sie sich häufig getroffen, waren auch mal zusammen ins Kino gegangen oder zu einem Konzert im Freien. Sie hatten viel Spaß miteinander gehabt, die ganze Zeit über.

Er verstand einfach nicht, was eigentlich passiert war. Er hatte ein Verhältnis, seine Freundin wusste, dass er verheiratet war. Gut. Seine Frau kam dahinter und verlangt den Abbruch der Beziehung. Auch gut. Er täuscht den Abbruch vor; ist nach wie vor verheiratet, hat nach wie vor eine Affäre – und seine Freundin trennt sich von ihm ebenso wie seine Frau. Das mochte verstehen, wer will.

Vielleicht sollte er sich doch noch mal bei Sibylle melden. Möglicherweise war ihr Zorn zwischenzeitlich verraucht, und sie war ebenso einsam wie er. Natürlich müsste er einen Vorwand finden. Einfach plump mit der Tür ins Haus fallen – das ging nicht. Offensichtliche oder geheime Neuigkeiten über die Morde hatte er nicht zu bieten. Mal überlegen ... Sie hatte ihm doch mal was von einer Liste erzählt von Kinderschändern ... wie war das noch? Naja, egal, jedenfalls könnte er da ja mal nachhaken.

Er sah auf die Uhr. Halb sechs. Möglicherweise war Sibylle schon zu Hause. In den Ferien hatte sie nie viel zu tun. Er wählte ihre Privatnummer. Es klingelte mehrmals bis Sibylle abhob.

»Turinski.«

»Sibylle, das ist schön, dass du schon zu Hause bist. Nicht viel zu tun, was?«

»Paul? Na, das ist eine Überraschung. Solltest du nicht in Familienurlaub sein?«

»Ist nichts draus geworden diesmal. Zu viel Arbeit. Sag mal, können wir uns gleich mal treffen? Ich hätte was mit dir zu besprechen.«

»Geht das nicht am Telefon?«

»Nein, nicht so gut. Du hast doch nichts vor, oder?«

»Doch, hab ich.«

»Ich könnte auch jetzt mal schnell bei dir vorbeikommen. Es wird nicht lange dauern.«

»Nein, lieber nicht. Sag mir doch einfach, um was es geht.«

»Nicht am Telefon. Pass auf, Schatz, ich bin in fünf Minuten bei dir. Okay?«

Er legte rasch auf, bevor sie einen weiteren Einwand vorbringen konnte. Wenn sie erst erfuhr, dass er sich von Gabi getrennt hatte, würde schon alles wieder ins Reine kommen. Er schob seine Unterlagen zusammen und schloss den Schreibtisch ab.

Sibylle betrachtete den Hörer einen Moment verblüfft und legte auf. Auch das noch. Sie drehte sich um und sah zweifelnd zu Stefan, der sich in den verschwitzen Laken rekelte.

»Ist was passiert?«

»Paul kommt vorbei. Ich konnte ihn nicht davon abhalten.«

Stefan richtete sich auf.

»Soll ich lieber gehen?«

Was für ein Schatz, dachte Sibylle und erwog einen Moment sein Angebot.

»Nein«, entschied sie dann und ging zu ihm.

»Du gehörst hierher.«

Sie küsste ihn zart auf die flaumige Wange.

»Von mir aus kannst du sogar im Bett bleiben.«

Stefan zog es in Unkenntnis dessen, was kommen mochte, vor, sich anzuziehen. Ein nackter Mann kämpft nicht gut, dachte er und – mit Blick auf Sibylle – sieht beim Kampf auch nicht gut aus.

Sibylle streifte sich ein leichtes gelbes Shirtkleid über und kämmte sich rasch übers Haar. Sie füllte zwei Gläser mit Eiswürfeln, goss Whisky und Cola darüber und stellte eins vor Stefan hin, der sich – mittlerweile vollständig bekleidet – auf die Couch gesetzt hatte. Es klingelte.

»Na denn«, sagte Sibylle und ging zur Tür.

Paul stürmte sofort auf sie zu, nahm sie schwungvoll in den Arm und küsste sie schmatzend auf die Wange.

»Mein Schatz«, sagte er ein wenig atemlos, »ich habe gute Nachrichten.«

»Willst Du nicht erstmal reinkommen?«, fragte Sibylle kühl und löste sich aus seiner Umarmung. »Und vielleicht etwas trinken? Du bist ja total erhitzt.«

»Gern, dann können wir gleich meine Trennung von Gabi begießen.«

Sibylle blieb so abrupt vor der Tür zum Wohnraum stehen, dass Paul fast gegen sie prallte. Über die Schulter sah sie ihn an.

»Du hast dich von Gabi getrennt?«

Paul nickte. Sie sah ihn stur und abwartend an.

»Naja, es war eher einvernehmlich, wie man so schön sagt.«

»Aha«, war Sibylles einziger Kommentar, dann stieß sie die Tür auf und betrat das Wohnzimmer. Paul folgte ihr.

»Darf ich vorstellen? Paul, das ist Stefan. Stefan, Paul.«

Pauls Unterkiefer klappte herunter, als Stefan von der Couch aufstand. Er schnappte nach Luft, sah Sibylle an, dann wieder Stefan, dann wieder Sibylle, und dann fiel sein Blick auf das zerwühlte Bett.

»Soll das heißen ...« fing er an, brachte den Satz aber nicht zu Ende. Sibylle nahm ihm diese Mühe ab.

»Das soll heißen, du kommst zu spät.«

Sie ging weiter in den Raum hinein.

»Möchtest du vielleicht trotzdem etwas trinken?«

Paul schüttelte den Kopf.

»Nein, danke. Ich ...«

Dann drehte er sich um, ging hinaus und schlug die Wohnungstür hinter sich zu.

14

Der See lag ruhig und außergewöhnlich klar im warmen Sonnenschein. Kein Lufthauch bewegte die Wasseroberfläche, und nur das Entenpärchen mit seinem Nachwuchs schickte mit jeder Bewegung kreisrunde Wellen über den Wasserspiegel.

Barbara saß im Lehnstuhl auf der kleinen Terrasse und ließ die Atmosphäre von Ruhe und Besinnlichkeit auf sich wirken. Die Bäume rundherum waren dicht begrünt, nur eine Kiefer in der ersten Kurve, die der See zur Linken machte, hatte keine frischen Triebe gebracht.

Aber selbst abgestorben sah der Baum noch schön aus. Barbara beschloss, ihn nicht abzusägen, sondern zu warten, bis die Herbststürme dieses oder des nächsten Jahres ihn fällen würden.

Dieses oder des nächsten Jahres, dachte sie. Der Mensch identifiziert sich entweder über seine Vergangenheit oder über seine Zukunft. Selten oder nie über die Gegenwart. Die Gegenwart erlangte ironischerweise erst dann Bedeutung, wenn sie nicht mehr in einer Zukunft ihre Vollendung erfahren würde. Ansonsten blieb sie bedeutungsloses Zwischenspiel, das zwangsläufig zu Vergangenheit wurde.

Ein leichter Wind kam auf und kräuselte das Wasser. Er brachte eine angenehm erfrischende Kühle mit sich, die Regen verhieß.

Barbara nahm das Manuskript vom Tisch und las noch einmal die letzten acht Seiten durch, die Arbeit dieses Wochenendes.

Das Buch war nun fast fertig. Ein letztes Kapitel fehlte noch, und dann würde sie das Manuskript mit einem großen ENDE abschließen. Nächsten Sonntag um diese Zeit würde sie hier sitzen und den ersten und einzigen Roman in den Händen halten, den sie jemals geschrieben hatte und jemals schreiben würde. Die Titelseite fehlte noch. Auch die würde sie am nächsten Wochenende fertig stellen. Und damit würde ihre Kraft nahezu aufgebraucht sein.

Einzelne, dicke Regentropfen klatschten auf die Wasseroberfläche, dann fielen mehr und mehr, und der Wind wurde frischer. Barbara legte das Manuskript wieder auf den Tisch und beschwerte es mit der Petroleumlampe. Barfuß trat sie ans Wasser heran, hob den Kopf und ließ Wind und Regen die Müdigkeit aus ihrem Gesicht waschen.

15

Die dritte Ferienwoche, die zweite für Beate, ließ sich ruhig an. Nach einem heftigen Gewitter am Wochenende war die Luft etwas abgekühlt, aber schon am Wochenanfang stiegen die Temperaturen wieder über 30 Grad.

Diese Hitze, die Kinder, die sich allmählich langweilten und ihre Schwiegermutter, die permanent an ihr herumnörgelte, ließen Beate das Ende des Urlaubs fast mit Sehnsucht erwarten. Klaus zuliebe wollte sie die letzten Tage noch in Frieden durchhalten, aber es fiel ihr zunehmend schwerer.

Nach neun Tagen trug sie ständig einen dicken Kloß im Hals mit sich herum, und ihr Magen begann langsam, aber sicher, verrückt zu spielen.

Fünf Tage noch, dachte sie, dann hast du es geschafft. Nur noch fünf Tage.

Und als die Hitze am späten Nachmittag etwas nachließ, packte sie die Kinder ins Auto und fuhr mit ihnen in den nächsten Ort ein Eis essen.

Sibylles Tage waren ausgefüllt mit Schreiben, Redigieren und Lieben. In der vergangenen Woche war sie dreimal bei Barbara gewesen, der es zunehmend besser ging. Beim letzten Mal hatte sie Stefan mitgenommen, und Barbara schien ganz angetan von dem jungen Mann. Sie hatten einen ganzen Abend in Barbaras Garten bei Kaffee und Wein verplaudert und sich glänzend unterhalten. Sibylle glaubte aus ihren Blicken, Gesten und Worten nicht den leisesten Hauch von Missfallen oder Neid gespürt zu haben. Obwohl sie sich leicht darüber hätte hinwegsetzen können, war ihr Barbaras Urteil doch ausgesprochen wichtig.

Paul hatte sich nicht mehr gemeldet. Für sie war die Affäre endgültig beendet, und nun, schätzte sie, hatte er es wohl auch begriffen. Sie ging ohnehin davon aus, dass er sich wieder mit Gabi aussöhnen würde. Eine Familie, zumal wenn Kinder da sind, lässt man doch nicht einfach so auseinander brechen.

Sie ertappte sich zunehmend dabei, Kinder nicht mehr als lästige Notwendigkeit zur Erhaltung der Menschheit anzusehen, sondern als ein Produkt aus der Liebe und der Verbundenheit zweier Menschen. Und schließlich war sie erst 36, noch kein Alter für eine Frau dieser Zeit ...

Paul schlug sich die einsamen Abende in Biergärten um die Ohren oder saß zu Hause und überlegte, was er von all seinen Sachen wohl mit zu seiner Schwester nehmen könnte. Im Grunde hatte er aber bereits beschlossen, nicht auszuziehen bis Gabi und die Kinder wieder aus dem Urlaub zurück waren. Irgendwie musste sich doch ein Weg zurück finden lassen. Ausgeschlossen, dass eine so gute Ehe, die über neun Jahre gedauert hatte, an einer läppischen Kleinigkeit wie einem Seitensprung zerbrach.

Vielleicht hatte er Glück, und Gabi war im Urlaub einem Papagallo zum Opfer gefallen und kehrte entsprechend reumütig zurück. Das könnte die Sachlage entscheidend zu seinen Gunsten beeinflussen.

Die Chancen dafür, dachte er, standen nicht schlecht. Gabi war sexuell immer recht aktiv gewesen, und drei Wochen im sonnigen, temperamentvollen Süden waren doch eine lange Zeit.

Sollte sie nicht selbst damit rüberkommen, so würde er schon aus den Kindern rauskitzeln, was er wissen wollte. Die kleinen Racker bekamen nämlich alles mit.

Dann würde er erst einmal den Beleidigten spielen und ihr zweifellos schlechtes Gewissen ausnutzen, ihr Vorwürfe machen, weil sie keine Rücksicht auf die Kinder genommen hatte, und dann konnten sie sich wieder versöhnen und alles würde sein wie früher.

Und wenn er wieder mal den Reizen einer ausgesprochen hübschen Frau nicht würde widerstehen können, so würde er wenigstens vorsichtiger sein und sich nicht mehr erwischen lassen.

Barbara bemühte sich, in dieser Woche etwas Normalität in ihren Alltag zurückkehren zu lassen. Die Talsohle ihrer Krankheit hatte sie anscheinend durchschritten. Möglicherweise hatte sich ihr Körper erst an die neuen Medikamente gewöhnen müssen.

Zusätzlich zu den Schmerztropfen nahm sie jetzt regelmäßig ein Antidepressivum, das die Bodennebel der Betäubung auflöste und zuließ, dass Sonne und Tageslicht in ihren Verstand eindrangen. Die Schwindelanfälle waren nicht völlig verschwunden, aber doch deutlich weniger geworden.

Sie stellte den Wecker auf 8.30 Uhr, um nicht mehr, wie in den vergangenen zwei Wochen, den halben Tag zu verschlafen. Sie wollte nicht den Rest ihres Lebens im Bett verbringen, in einem Zustand zwischen Halbschlaf und Koma. Sie musste sich zusammenreißen, ihre Kräfte bündeln und das Leben vernünftig abschließen.

Abends bereitete sie die Kaffeemaschine vor, die sie neben ihr Bett gestellt hatte, und platzierte auf dem Nachttisch einen Teller mit Kuchen oder Keksen.

Morgens frühstückte sie im Bett und stand erst auf, wenn sich Kopf und Kreislauf stabilisiert hatten. Sie duschte jeden Morgen und zwang sich, nicht immer die gleiche bequeme Hauskleidung zu tragen. Statt dessen wählte sie jeden Tag aus dem schier unerschöpflichen Angebot ihres Kleiderschranks etwas anderes aus: ein rotes Kostüm mit kurzem Rock, das sie schon mindestens drei Jahre nicht mehr getragen hatte, eine wildgemusterte, farbenfrohe Schlabberhose mit passender Weste, ein elegantes Nadelstreifen-Ensemble. Sie durfte sich nicht gehen lassen.

Sie nahm zwei Mahlzeiten zu sich, trank mindestens eine Kanne Tee zusätzlich zum Kaffee und verbrachte täglich zwei Stunden an der frischen Luft, entweder im Garten oder bei einem Spaziergang durch Ippendorf. Eine der Eigenschaften Bonns, die ihr immer besonders gefallen hatte, erleichterte ihr die einsamen Spaziergänge: Nach ein paar hundert Metern in Richtung Stadtmitte verwandelte sich das städtische Flair von einem Schritt zum anderen in ein ländliches Ambiente. Rechts und links der Straße erstreckten sich goldgelbe Getreidefelder, rechts bis hin zum weit entfernten Waldrand, links bis zur Autobahn, vereinzelte bäuerliche Anwesen verstärkten den dörflichen Charakter. Sie liebte das Landleben, und hier kam sie ihm inmitten einer Großstadt am nächsten.

Viktoria hatte schon zwei Briefe und eine E-mail geschrieben. Zweimal hatten sie miteinander telefoniert. Barbara war froh und erleichtert, dass ihre Tochter sich wohl fühlte und keinerlei Probleme mit dem Fremden in Amerika oder mit der Trennung von Zuhause zu haben schien. Sie war erwachsen geworden. Barbara registrierte diese Erkenntnis mit einer Mischung aus Wehmut und Erleichterung.

Beate hatte sich ebenfalls zweimal telefonisch aus Bayern gemeldet, sich nach ihrem Befinden erkundigt und versichert, viel lieber würde sie sich um Barbara kümmern als mit ihrer Schwiegermutter streiten.

Sibylle war mehrfach zu Besuch gewesen, hatte sie mit fröhlichem Geplauder abgelenkt und ihr sogar ihre neue Eroberung vorgestellt.

Was für ein netter Junge, dachte Barbara. Wenn Viktorias erste Liebe nur halbwegs diesem Jungen ähnlich wäre, könnte sie mehr als zufrieden sein.

Mit jedem Tag fühlte sie sich besser. Die frische Luft, die Medizin und vor allem das regelmäßige Essen päppelten sie regelrecht auf. Bis zum Ende der Woche hatte sie sich so weit erholt, dass sie sich stark genug fühlte, den Roman zu beenden. Morgen wollte sie zum See hinausfahren und mit dem letzten Kapitel beginnen, und Sonntagabend würde sie zum letzten Mal ein

Blatt in die alte Schreibmaschine einspannen, in die Mitte mit Großbuchstaben den Titel des Buches setzen und damit diesen Abschnitt ihres Lebens beenden.

Aber vorher hatte sie noch etwas Wichtiges zu erledigen.

Sie suchte eine bequeme schwarze Jeans heraus und eine dunkle Bluse. Die Strickjacke würde sie vorsichtshalber mitnehmen. Man konnte nie wissen ...

Aus dem Portemonnaie nahm sie 50 Mark und steckte sie in eine der hinteren Hosentaschen. Die Handtasche blieb zu Hause.

Während sie auf den Einbruch der Dämmerung wartete, wählte sie am Computer die Liste an und meditierte einige Minuten in Betrachtung der Namen.

Die Liste war lang; viele Namen, hinter denen sich viele Schicksale verbargen. Sie kannte die Geschichten dahinter nicht im Detail, aber die Grundstruktur jeder einzelnen war ihr vertraut: Ein Mann missbraucht ein Kind.

Sie hatte sich viel vorgenommen, aber ihre Kraft reichte jetzt nicht weiter. Sie musste sich für einen dieser Namen entscheiden. Einer war so gut wie der andere. Aber sie würde nur noch diesen einen schaffen, das spürte sie.

Ihr Blick fiel auf die kursiv gesetzte Zeile, die ihr schon vor einigen Tagen aufgefallen war. Der Auftrag!

In die Zeile, die für den Eintrag eines weiteren Namens vorgesehen war, schrieb sie: »Delete: Herbert Wagner, Bad Neuenahr, Heerstraße 327.«

Sie klickte auf »Absenden« und wartete, bis die Liste kurz verschwand und dann wieder erschien. Sie schloss die Seite, rief ihre Favoritenliste auf und löschte die dritte Adresse von oben. Auf diesem Bildschirm würde die Liste ab heute nicht mehr existieren.

Keine fünf Minuten später befand sie sich auf der A 565 in Richtung Süden.

Es herrschte nur schwacher Verkehr. Die wenigen Autos fuhren bereits mit Licht, und auch Barbara schaltete die Scheinwerfer an und wenig später auch die Scheibenwischer, als ein leichter

Nieselregen einsetzte, überraschend nach diesem klaren, heißen Sommertag. Sie fuhr langsam, nicht schneller als 80.

In Höhe der Ausfahrt Meckenheim bohrte sich plötzlich von hinten rechts eine glühende Nadel in ihren Kopf, durchstach gnadenlos die Windungen ihres Gehirns und explodierte in einem lautlosen Inferno hinter ihrem linken Auge. Sie verlor augenblicklich das Bewusstsein. Der Wagen steuerte auf die linke Fahrbahnseite, schrammte über die Länge von 200 Metern an der Leitplanke entlang, schleuderte zweimal in einem wilden Wirbel um sich selbst und blieb quer auf der Linie zwischen beiden Fahrstreifen stehen.

Der nachfolgende Fahrer kam auf der nassen Fahrbahn bei dem Versuch einer Vollbremsung ins Schleudern und rammte die Kühlerhaube seines Wagens in die rechtsseitige Böschung. Sein linker Arm wurde beim Zusammenprall mit dem Lenkrad an zwei Stellen gebrochen, und an der Stirn erlitt er eine kleine Platzwunde.

Trotzdem hatte er ausreichend Zeit, die Unfallstelle zu sichern, bevor die Scheinwerfer des nächsten Wagens aus der Dunkelheit aufleuchteten und aus dem Unfall ein Massaker werden würde.

16

Dunkel. Kalt. Ich bin tot. Gestorben. Tot. Wo bin ich? Es ist kalt. Bring mir eine Decke, Liebling. Wo bist du? Ich spüre nichts. Ich schlafe. Ich schlafe nicht. Ich sehe Licht. Bist du da? Ich komme, warte, ich komme ...

17

»Sie wacht auf!« Die Schwester beugte sich hinunter und legte ihre Hand auf die Stirn der Frau. Ihre Augenlider flackerten leicht, sie öffnete den Mund und atmete stöhnend. Ihr Kopf bewegte sich langsam hin und her.

»Frau Damian, hören Sie mich?« Die Schwester sprach laut und eindringlich.

»Frau Damian, wachen Sie auf.«

Barbara öffnete die Augen und zwinkerte. Das Licht war so hell. Die Schwester streichelte ihre Wange.

»Na, da sind wir ja wieder. Wie fühlen Sie sich?«

Barbara versuchte zu sprechen. Ihre Zunge schien nicht gehorchen zu wollen. Sie gab ein paar unverständliche Laute von sich.

Die Schwester griff nach einer Schnabeltasse und hielt sie an Barbaras Lippen.

»Trinken Sie erst einmal einen Schluck.«

Die lauwarme Flüssigkeit verteilte sich in Mund und Hals. Barbara hustete.

»Was ist passiert?«, fragte sie mit leiser, krächzender Stimme. Die Schwester strich ihr wieder über die Wange.

»Sie hatten einen Autounfall. Es ist nicht weiter schlimm. Machen Sie sich keine Sorgen. Sie haben einen guten Schutzengel gehabt.«

Ein Autounfall. Barbara erinnerte sich vage an eine nassglänzende Autobahn, an Scheinwerferlicht, an irgendetwas, das sich in ihr Gehirn bohrte.

»Ja«, sagte sie, »ein Unfall.«

Die Schwester richtete sich auf.

»Ich hole den Doktor.«

Sie verließ mit raschen Schritten den Raum. Barbara hob den Kopf. Er schien merkwürdig schwer zu sein, als trüge sie einen Hut aus Blei. Sie sah sich um. Ein Krankenhauszimmer. In ihrem rechten Arm steckte eine Nadel, und von dort führte ein durchsichtiger Schlauch zu einer Flasche, die mit klarer Flüssigkeit gefüllt war und über ihrem Bett hing. Infusion, dachte Barbara. Ich bin nicht tot. Ich lebe, und ich hatte Glück.

Sie hob nacheinander beide Arme an, dann bewegte sie versuchsweise die Beine und konnte die Bewegung unter der weißen Bettdecke mit den Augen nachvollziehen. Die Gelenke schmerzten, doch so weit schien alles in Ordnung zu sein. Aber da war dieses Gefühl ... ein dringendes Gefühl ... irgendwas bedrängte ihre Erinnerung, wollte ans Licht, aber sie konnte es nicht greifen.

Sie ließ den Kopf zurückfallen und fühlte sich erschöpft.

Die Tür öffnete sich und ließ einen Arzt und in seinem Schlepptau die Krankenschwester ins Zimmer. Der Arzt setzte sich auf die Bettkante und nahm ihre Hand.

»Wie fühlen Sie sich?«

»Es geht. Ich bin nicht verletzt, oder?«

Der Arzt zögerte.

»Nein«, antwortete er. »Verletzt sind Sie nicht. Nur ein paar Prellungen und Blutergüsse. Wir haben alle notwendigen Untersuchungen vorgenommen, und es scheint, als seien Sie mit dem Schrecken davon gekommen. Eventuell haben sie eine leichte Gehirnerschütterung, aber das werden wir in den nächsten Tagen noch beobachten. Aber ...« Er brach ab.

»Was aber?«, fragte Barbara, obwohl sie die Antwort bereits kannte.

»Wir haben natürlich auch Röntgenaufnahmen gemacht, um versteckte Knochenbrüche aufzuspüren. Auch von Ihrem Kopf.«

Barbara nickte leicht.

»Ich weiß, was Sie gefunden haben. Machen Sie sich darum keine Gedanken.«

Sie schloss die Augen.

»Wir werden später noch einmal darüber sprechen«, sagte der Arzt und erhob sich. »Jetzt brauchen Sie erst einmal Ruhe.«

»Bitte, verständigen Sie Dr. Kröner«, flüsterte Barbara und fiel in einen Halbschlaf.

Karl war da. Er streckte die Hände nach ihr aus. Und da war Viktoria. Auch sie hob die Arme und kam ihrer Mutter entgegen. Sie nahm Viktorias Hand und versuchte mit der anderen, Karl zu erreichen. Es ging nicht. Sie wollte aber Viktoria nicht loslassen. Und konnte Karl nicht erreichen.

18

Die Kinder warfen die Taschen in den Flur und stürmten sofort hinauf in ihre Zimmer. All ihre Habseligkeiten, die sie drei Wochen lang entbehrt hatten, mussten erst einmal auf ihr Vorhandensein und ihre Befindlichkeit überprüft werden.

Beate und Klaus ließen es etwas ruhiger angehen. Sie waren beide von der langen Autofahrt erschöpft. Sie luden das Gepäck aus, und dann setzten sie sich mit einer Tasse Kaffee in den Garten und legten die Füße hoch.

»Ich bin so froh, wieder zu Hause zu sein«, seufzte Beate und hielt das Gesicht in die Sonne.

»Ich auch. Meine Mutter kann ganz schön nervig sein, was?«

»Da sprichst du wahr.«

Beate wechselte in den Liegestuhl und sank auf das Polster zurück. »Mein Gott, ist das schön.«

Keine drei Minuten später war sie eingeschlafen. Klaus störte sie nicht. Sie hatte sich diesen ungestörten Schlaf wahrhaftig verdient.

Während Beate ihren aufgestauten Frust ausschlief, packte Klaus die Taschen aus, trennte die schmutzige von der sauberen Wäsche und verstaute alles an seinem Platz. Von den Kindern sah und hörte er nichts.

Am Blinken des kleinen Lämpchens auf der Telefonbasis konnte er erkennen, dass Sandra telefonierte. Wahrscheinlich plauderte sie die nächste Stunde mit ihrer Freundin und ließ sich all die unglaublich wichtigen Dinge berichten, die sie in den letzten drei Wochen verpasst hatte.

Jennifer, die introvertiertere der beiden Töchter, vertraute vermutlich ihre Eindrücke und Erlebnisse ihrem Tagebuch an, und Florian saß unter Garantie vor seinem Computer und ließ zwei wahnsinnig aussehende Karatekämpfer aufeinander einschlagen.

Klaus bereitete ein kleines, kaltes Abendbrot und trug es auf die Gartenterrasse. Dazu öffnete er eine Flasche Sekt und schenkte zwei langstielige Kelche voll. Dann weckte er Beate mit einem sanften Kuss auf die Nase.

Sie erwachte, erstaunt darüber, dass sie überhaupt geschlafen hatte. Sie stießen auf ihre Heimkehr an und darauf, dass es zu Hause doch am schönsten sei, und als Beate die unbeholfen aber liebevoll dekorierten Schnittchen sah, wusste sie wieder ganz genau, warum sie die Launen ihrer Schwiegermutter regelmäßig ertrug.

An diesem Abend rührte sie im Haushalt keinen Finger mehr. Nach einem wohltuend entspannenden Bad schlüpften Klaus und Beate recht früh unter die Bettdecke und genossen das, was man am besten im eigenen Heim genießen kann.

Am nächsten Nachmittag versuchte sie vergeblich, Barbara zu erreichen. Wahrscheinlich verbrachte sie das Wochenende am See, und dort gab es kein Telefon. Sibylle war wie erwartet in der Redaktion und ausgesprochen glücklich. Sie verabredeten sich für die kommende Woche zu einem Kaffeenachmittag.

Laut Dienstplan begann ihre Arbeit beim Kinderschutzbund erst wieder am Mittwoch, aber am Montagmorgen fuhr sie dennoch kurz entschlossen mit dem Auto in die Stadt, um nach dem Rechten zu sehen und sich über die Ereignisse der vergangenen zwei Wochen zu informieren.

Dagmar Darguweit thronte hinter dem Schreibtisch in dem kleinen Laden und langweilte sich. Beate erschien wie ein Geschenk des Himmels, und so klönten die beiden Frauen ausgiebig über Beates Urlaub, die Schrecknisse, die Schwiegermüttern im allgemeinen und im besonderen anhaften und über das, was Dagmars ungeratener Sohn zwischenzeitlich wieder alles angestellt hatte. Der Bengel war 16, führte sich auf wie 28 und besaß die geistige und moralische Reife eines schwer erziehbaren Sechsjährigen. Dieser Umstand machte Dagmar für viele der Hilfe suchenden Familien zum idealen Gesprächspartner.

In den letzten zwei Wochen hatte er allerdings deutlich Zurückhaltung geübt. Er hatte nur einen Zigarettenautomaten aufgebrochen und war nur ein einziges Mal ohne Führerschein am Steuer eines Autos erwischt worden. Dagmar war zufrieden.

»Immer noch besser als die Göre, die ich letztens hier hatte«, konstatierte sie.

»Was war denn mit der?«, erkundigte sich Beate.

Die tollsten Sachen, hatte sie das Gefühl, passierten immer dann, wenn sie frei hatte oder in Urlaub war.

»Ich kann dir flüstern«, sagte Dagmar, »wenn das meine wäre, ich würde sie windelweich schlagen.«

Erschrocken schlug sie eine Hand vor den Mund. Keine eben angebrachte Äußerung für eine Beraterin des Kinderschutzbundes. »Aber ist doch wahr«, entschuldigte sie sich selbst.

»Behauptet doch das Gör, sein Stiefvater habe es vergewaltigt, und später stellt sich raus, dass sie mit einem Knaben aus ihrer Klasse rumpoussiert hat.«

Beate spürte ein flaues Gefühl im Magen.

»Und das Schlimmste an der Sache: Sie war schwanger und wollte das Kind natürlich nicht. Da hat sie sich gedacht: Erzählst du, Paps hätte es dir gemacht, dann machen sie's schon weg. So ein Luder.«

»Wie hieß denn das Mädchen?« Beate flüsterte fast.

»Martina Wagner«, antwortete Dagmar.

»Der Stiefvater hat sie sogar adoptiert, und dann knallt sie ihm so eins vor den Latz. Du müsstest dich eigentlich erinnern. Das war die Geschichte, die du mir vor deinem Urlaub aufgehalst hast.«

Beate spürte, wie das Blut aus ihrem Kopf lief und sich in der Herzgegend sammelte, wo vor Überlastung eine Art Stau zu entstehen schien.

»Ist es denn absolut sicher, dass sie die Geschichte von der Vergewaltigung erfunden hat?«

»Absolut«, nickte Dagmar. »Unter Krokodilstränen hat sie mir hier in einem Zweiergespräch alles gestanden. Ich hätte ihr am liebsten eine gefegt.«

Beate erhob sich hektisch.

»Ich muss jetzt gehen.«

»Was ist los mit dir? Du siehst auf einmal so käsig aus. Ist dir schlecht?«

»Ich hab eine Grippe verschleppt«, murmelte Beate. »Also dann, bis Mittwoch.«

Sie stolperte durch die Ladentür ins Freie und dachte auf dem Weg zu ihrem Wagen nichts anderes als: »O mein Gott, o mein Gott, was hab ich getan?«

Sie raste durch die belebte Innenstadt, verzweifelte fast an jeder roten Ampel und spürte nicht einmal, dass ihr Gesicht von Tränen nass war. Vielleicht ist ja wirklich alles nur ein Spaß, dachte sie mit rasendem Herzen. Was rege ich mich eigentlich auf? Aber ein viel tiefer liegendes Gefühl trug ihr auf, sich zu beeilen.

Endlich hatte sie die City hinter sich gelassen und trieb den kleinen Wagen über die Parallelstraße zur Autobahn in Richtung Ippendorf.

»Bitte, lieber Gott!«, betete sie unablässig.

»Bitte, lass es nicht zu spät sein.«

Sie blieb im Parkverbot direkt vor Barbaras Haus stehen, sprang aus dem Auto und drückte die Klingel. Nervös trat sie von einem Fuß auf den anderen, während sie gespannt auf näherkommende Schritte lauschte. Nichts. Sie klingelte wieder, und diesmal war es ihr unmöglich, den Daumen wieder von dem kleinen Knopf zu lösen.

»Bitte, bitte, bitte, bitte ...«

Sie schluchzte laut auf, als sie endlich begriff, dass Barbara nicht zu Hause war. Oder die Tür nicht öffnete. Sie sah sich um. Barbaras Wagen war nirgendwo zu sehen. Sie war nicht da. Beate verlor völlig die Fassung und stand weinend mitten auf dem Bürgersteig.

Eine Frau auf der gegenüberliegenden Straßenseite blieb interessiert stehen und beäugte sie, hatte aber nicht den Mut, die Straße zu überqueren und nachzusehen, was denn da passiert sei.

Dann lief Beate mit schnellen Schritten zu ihrem Auto, stieg ein und fuhr los. Die Frau ärgerte sich. Jetzt würde sie die Geschichte wohl nie erfahren.

Beate scherte in den fließenden Verkehr auf der A 565 ein. Barbara war am See. Sie musste am See sein. Viktoria war nicht da, sie war allein, was sollte sie also zu Hause? Sie war am See und schrieb ihren Roman fertig. Ganz klar.

Die Tränen trockneten, und der inbrünstige Glaube an die Richtigkeit ihrer Theorie gab Beate die Kraft, das Gaspedal ganz durchzutreten und in Richtung Eifel zu rasen.

Sie brauchte etwas mehr als eine Stunde, Zeit genug, sämtliche Gebete gen Himmel zu schicken, die sie jemals in ihrem Leben gelernt hatte, und selbst die, die ihr vergessen schienen, tauchten plötzlich wieder auf.

Barbaras Auto stand nicht hinter dem Haus. Beate rannte zur Vorderseite. Abgeschlossen. Kein Mensch weit und breit. Verzweifelt ließ sie sich auf die Terrasse sinken und weinte.

Nach einer Weile versiegten ihre Tränen. Ihr Kopf schmerzte, und die verquollenen Augen brannten. Sie stolperte zum Wagen und fuhr langsam an dem Wäldchen vorbei zurück zur Landstraße. Sie fühlte sich ausgebrannt und vermochte kaum, einen klaren Gedanken zu fassen.

Hinter der nächsten Kurve kam eine Tankstelle in Sicht.

Beate fuhr auf das Tankstellengelände und rannte in das Kassengebäude: »Kann ich irgendwo telefonieren?«

Der Tankwart nickte und deutete mit der Hand in eine Ecke. Beate stürzte auf den Münzautomaten zu. Kleingeld. Sie riss ihr Portemonnaie aus der Handtasche und schüttete den Inhalt des Münzfachs auf den Stehtisch neben dem Telefon. Mit zitternden

Fingern wählte sie einige Münzen aus, warf sie in den Schlitz und wählte eine Nummer.

»Sibylle Turinski«, sagte sie nur, als sich jemand meldete.

Der Tankwart beobachtete sie misstrauisch. Entweder war etwas wirklich Schlimmes passiert, dachte er oder diese verheulte Frau war total verrückt. Er öffnete die Schublade unterhalb der Kasse und vergewisserte sich, dass seine Gaspistole griffbereit lag. Bei verrückten Weibern konnte man nie wissen ...

»Sibylle, weißt du, wo Barbara ist?«, schrie Beate jetzt ins Telefon. »Es ist furchtbar wichtig. Ich muss sie sprechen. Unbedingt.«

Sie lauschte.

»O mein Gott. Sibylle, ich hab etwas Furchtbares getan.«

Der Tankwart nahm die Gaspistole aus der Schublade, überprüfte mit einem Blick, ob sie geladen war und schob sie in die Tasche seines grauen Kittels.

»Ich bin ... ich weiß nicht ... irgendwo. Ich komme zu dir. Bitte, warte auf mich.«

Sie hängte den Hörer ein und verließ weinend den Kassenraum. Der Tankwart blieb still stehen und beobachtete, wie sie in den Wagen stieg und wieder auf die Straße fuhr. Dann ging er zum Telefon, überblickte kurz die Anzahl der Münzen auf dem Stehtisch und strich sie dann mit einer großzügigen Handbewegung ein.

Sibylle lief nervös in der Redaktion auf und ab. Beates Anruf hatte sie in Panik versetzt. Wenn Beate, die ruhige und besonnene Beate, derart aus dem Häuschen geriet, dann musste wirklich etwas Schlimmes passiert sein.

Gleich nach Beates Anruf hatte Sibylle versucht Barbara telefonisch zu erreichen, aber sie meldete sich nicht. Eine halbe Stunde war das jetzt schon her. Von wo, um Gottes Willen, hatte Beate angerufen? Hoffentlich war ihr nichts passiert. Wenn sie in dem Zustand Auto fuhr ...

Sibylle rang die Hände und unterbrach ihre Wanderung, um sich rasch von Stefan in den Arm nehmen zu lassen.

»Beruhige dich«, sagte er. »Wir werden die Sache schon in den Griff kriegen, was immer es ist.«

Sie küsste seine Schulter und nahm die Wanderung durch die Redaktion wieder auf.

Endlich wurde die Tür aufgerissen, und Beate rannte auf sie zu, fiel ihr um den Hals und schluchzte wie ein Kind. Sibylle drückte sie fest an sich und kämpfte selbst mit den Tränen angesichts ihrer Verzweiflung.

»Was ist denn nur passiert?«

»Ich hab einen Namen auf die Liste gesetzt«, schluchzte Beate, und Sibylle hatte Mühe, die Worte zu verstehen.

»Und er ist unschuldig.«

Sibylle spürte, wie ihre Beine nachzugeben drohten und suchte mit der Hand Halt an der Tischkante.

»Du lieber Himmel«, sagte sie.

Stefan sah dem Schauspiel stumm zu. Er verstand kein Wort. Was für eine Liste? Unschuldig?

Er schob einen Stuhl hinter Beate, packte sie an den Schultern und sagte: »Setz dich doch erst einmal.«

Beate ließ sich fallen, schlug die Hände vors Gesicht und weinte unaufhörlich. Stefan goss eine Tasse Kaffee ein. Der war zwar nicht mehr ganz frisch, aber das spielte jetzt wohl keine Rolle. Er drückte Beate die Tasse in die Hand.

Sibylle hatte sich ebenfalls hingesetzt. Ihr Gesicht war ernst. Ihre Gedanken überschlugen sich. Stefan sah ihre steinerne Miene und füllte noch eine Tasse mit Kaffee. Er stellte sie vor Sibylle hin.

»Kann ich irgendwas ...« setzte er an, aber Sibylle brachte ihn mit einer Handbewegung zum Schweigen. Er zog sich an seinen Tisch zurück und beobachtete die Frauen.

Beate weinte immer noch.

»Beruhige dich jetzt, um Himmels willen. Mit Heulen ist uns nicht gedient«, herrschte Sibylle sie an.

Stefan war schockiert.

Beate hob den Kopf.

»Du hast recht«, flüsterte sie. »Tut mir leid.«

Ihr Schluchzen verebbte, und sie trank einen Schluck Kaffee.

»Zuerst einmal«, sagte Sibylle und legte Beate eine Hand aufs Knie, »gehe ich davon aus, dass das ohnehin alles nur ein Scherz ist. Wir haben doch alle drei nicht wirklich daran geglaubt. Oder?«

Beate schüttelte zweifelnd den Kopf.

»Nein, nicht wirklich«, flüsterte sie, »aber ich bin mir jetzt nicht mehr sicher ...«

»So weit, so gut«, sagte Sibylle. »Grundsätzlich denke ich, dass keine Gefahr besteht. Aber da man nie weiß, denken wir jetzt einfach mal ganz logisch und ruhig nach. Okay?«

Beate nickte.

»Wann war das?«, fragte Sibylle

»Vor zwei Wochen.«

»Dann ist es wahrscheinlich noch nicht zu spät«, stellte Sibylle fest.

»In den letzten Wochen wurde kein weiteres Opfer gefunden. Bleibt die Frage, was ist mit Barbara?«

»Sie ist nicht zu Hause und am See auch nicht. Ich war eben da.«

Sibylle überlegte.

»Wir warten bis heute Abend und versuchen fortlaufend, sie zu erreichen. Wenn sie bis dahin nicht aufgetaucht ist, fahren wir noch mal zum See raus. Vielleicht war sie heute nachmittag nur unterwegs. Und wenn nicht ... dann sehen wir weiter.«

Sibylles pragmatische Art beruhigte Beate einigermaßen. Zumindest war sie nicht mehr allein.

Als ihre Stimme wieder sicherer klang, rief Beate zuhause an und meldete sich für den Rest des Tages ab. Sie würde Sibylle auf einem interessanten Termin begleiten, erklärte sie, und Klaus versprach, sich um die Kinder zu kümmern.

Sie blieb in der Redaktion und wählte im halbstündigen Abstand Barbaras Telefonnummer, während Sibylle und Stefan ihrer Arbeit nachgingen, schrieben und Seiten bauten.

Um halb acht stand Sibylle endlich auf.

»Fertig.«

Ein letztes Mal drückte Beate auf den Wahlwiederholungsknopf des Telefons und wartete zehn Klingelzeichen ab. Als sie auflegte und den Kopf schüttelte, fühlte sie schon wieder Tränen aufsteigen, schluckte sie aber fast ärgerlich hinunter. Sibylle hatte recht. Heulen brachte gar nichts.

»Also los, fahren wir«, sagte Sibylle, gab Stefan einen Kuss und nahm Beate an die Hand.

Die Fahrt über die Autobahn hatte keine besonderen landschaftlichen Reize zu bieten, aber die beiden Frauen hätten ohnehin keinen Blick dafür gehabt. Beate berichtete detailliert von dem Gespräch, das sie vor ihrem Urlaub mit Martina Wagner geführt hatte und von ihrem plötzlichen Entschluss, den Namen ihres Stiefvaters auf die Liste zu setzen.

Nachmittags hatten sie ein intensives Gespräch über das Problem vermieden, um Stefan nicht mehr Einblick als unbedingt nötig zu gewähren.

Beate beendete ihren Bericht mit den Informationen von Dagmar Darguweit vom Morgen dieses schrecklichen Tages.

»Schöne Scheiße«, kommentierte Sibylle.

»Wenn wirklich was dran ist an der Geschichte, hab ich allerdings den Eindruck, der Mörder macht gerade Sommerferien. Seit mehr als sechs Wochen ist kein neuer Mord geschehen. Vielleicht haben wir Glück.«

Das Haus am See war ebenso verlassen wie mittags. Nichts deutete darauf hin, dass Barbara zwischenzeitlich hier gewesen war. Die Frauen setzten sich wieder ins Auto und fuhren den langen Weg zurück. Unterwegs gab Sibylle Beate ihr Handy, und Beate wählte noch einmal die Nummer, die sie wahrscheinlich zukünftig in ihren Alpträumen verfolgen würde. Freizeichen. Niemand meldete sich.

Sibylle sah auf die Digitaluhr im Armaturenbrett. 22.14 Uhr. »Wir fahren erstmal zu mir und machen uns einen starken Kaffee. Und dann denken wir verschärft nach.«

Sibylle kochte einen Kaffee, der Tote aufgeweckt hätte.

»Nicht ganz ohne Witz, dieser Gedanke«, dachte sie, als sie den ersten Schluck trank.

»Also, wo kann sie sein? Verwandte hat sie nicht mehr, so weit ich weiß. Ihre Eltern sind tot, keine Geschwister, und zu Karls Familie hat sie keinen Kontakt mehr.«

Beate nickte.

»Sie könnte einen Unfall gehabt haben«, überlegte Sibylle. »Und jetzt in irgendeinem Krankenhaus liegen.«

Beate nickte stumm. Sibylle suchte das Telefonbuch aus dem Papierwust auf ihrem Arbeitstisch heraus. Sie blätterte, bis sie die Seite mit »Kliniken/Krankenhäuser« gefunden hatte. Schätzungsweise 70 verschiedene Einträge waren unter dieser Rubrik aufgelistet. Sie überflog die Namen.

»Es kommen etwa 20 Kliniken in Frage. Na, denn.«

Sie griff zum Telefon und begann mit den Allgemein-Krankenhäusern, die für einen Unfall am ehesten in Frage kamen. Es schien jedes Mal Stunden zu dauern, bis die Frau an der Pforte ihre Aufnahmeliste durchgesehen hatte. Sibylle hatte am Mittwoch gegen Mittag zum letzten Mal mit Barbara telefoniert, so dass ab Mittwoch jeder Tag ein potentieller Aufnahmetag war.

Die Telefonate endeten jedes Mal mit Sibylles Worten: »Ja, dann, vielen Dank für Ihre Mühe. Gute Nacht.«

Beate schwitzte Blut und Wasser und rutschte immer weiter auf der Couchkante nach vorn.

Der sechste Anruf endlich hellte Sibylles finstere Miene etwas auf. Beate sank vor Erleichterung in die Polster zurück, richtete sich aber sofort wieder gespannt auf.

»Wann wurde Frau Damian denn eingeliefert?« Sibylle lauschte. »Ist sie schwer verletzt? Ich bin eine Freundin. Kann ich sie vielleicht telefonisch sprechen? Schon zu spät, ich verstehe. Ja, natürlich. Gut. Vielen Dank.« Sie legte auf.

»Barbara liegt in der Uniklinik. Sie hatte am Freitag einen Autounfall, ist aber nur leicht verletzt. Mehr wollte die Schwester mir nicht sagen, weil ich keine Verwandte bin, und für einen Anruf war es schon zu spät. Jedenfalls können wir sie morgen früh besuchen. Und dann sehen wir weiter.«

Sie setzte sich neben Beate auf die Couch und nahm sie in den Arm.

19

Sibylle klopfte an die breite olivgrüne Tür mit der Nummer 147 und trat mit Beate ein. Barbara lag in dem Bett am Fenster. Auf der Bettkante saß ein weiß gekleideter Mann, offenbar ein Arzt, und hielt ihre Hand. Das zweite Bett im Zimmer war unbenutzt.

Der Arzt sah auf, erhob sich und kam ihnen entgegen.

»Ich bin Dr. Kröner«, sagte er.

»Sind Sie die Freundinnen von Frau Damian?«

Sibylle nickte.

»Bitte«, sagte Dr. Kröner und ließ sie vorbeigehen.

»Aber nur fünf Minuten. Sie steht unter Medikamenteneinfluss und braucht viel Ruhe.«

Barbara hatte ihr Gesicht ihnen zugewandt und versuchte zu lächeln. Es wurde nicht mehr als die Andeutung eines Lächelns daraus. Sibylle trat an ihr Bett und küsste sie zart.

»Mein Liebchen, wie geht es dir?«

Beate ging um das Bett herum auf die andere Seite und küsste Barbara ebenfalls, brachte aber kein Wort heraus.

»Es geht«, flüsterte Barbara, und die wenigen Worte schienen sie ungeheuer anzustrengen. »Gehirnerschütterung.«

Sie schloss einen Moment die Augen.

Sibylle und Beate sahen sich über das Bett hinweg an. Beiden erschien es barbarisch, Barbara jetzt mit ihrem Problem zu belästigen, aber es blieb ihnen keine Wahl.

Sibylle berichtete in so wenigen Worten wie möglich von dem Namen in der Liste und von den neuesten Erkenntnissen dazu. Barbara lauschte stumm. Ihre Hände strichen suchend über die Bettdecke, und jede der Frauen ergriff eine Hand und hielt sie. Barbara drückte die beiden Hände leicht und schloss die Augen.

Sibylle dachte schon, sie sei eingeschlafen, als Barbara langsam die Lider hob und Beate ansah.

»Mach dir keine Sorgen«, flüsterte sie, und ihre Stimme war kaum zu verstehen. »Es ist alles in Ordnung.«

Beate wechselte einen fragenden Blick mit Sibylle.

»Wie meinst du das?«, fragte sie dann und merkte, dass sie ebenfalls flüsterte.

Barbara schien erst Kraft zu sammeln, bevor sie antwortete. »Es ist vorbei.«

Dann schloss sie die Augen und schlief ein. Die beiden Freundinnen blieben noch zehn Minuten an ihrem Bett stehen und hielten ihre Hände. Dann verließen sie leise das Zimmer. Beide sprachen kein Wort.

Erst, als sie vom grellen Sonnenlicht aus der unwirklichen Atmosphäre dieses Krankenzimmers befreit wurden, sagte Beate: »Was meint sie bloß damit?«

Sibylle betrachtete sie nachdenklich. In ihrem Blick mischten sich Neugier und Erstaunen. Beates Gesicht war offen und wissbegierig.

Sibylle sah sie nur stumm an, legte ihr einen Arm um die Schulter und führte sie die Straße hinab zum Parkplatz.

Herbst

1

Wer jetzt kein Haus hat, baut sich keines mehr.
Wer jetzt allein ist, wird es lange bleiben ...

(aus »Herbsttag« von Rainer Maria Rilke)

2

Sibylle wanderte langsam die vor langer Zeit ausgefahrenen, grasbewachsenen Feldwege entlang. Im dichten Grün der Wälder rings um sie her zeigten sich die ersten gelben Tupfen. Nicht lange, dann würden rote und braune hinzukommen. Und irgendwann, in einer Zukunft, die Sibylle so fern schien wie Sonne und Mond, würden sich die Wälder lichten, kahl und dunkel werden und schließlich wie von Zauberhand eines Morgens strahlend weiß daliegen.

Sibylle spürte den Herbst in der Luft, obwohl es noch warm war und Mücken in Schwärmen ihren Weg begleiteten. Auch das Licht war schon in seiner Intensität verwandelt. Es war nicht mehr das grelle, gleißende Sommerlicht, sondern das getönte, wärmere Licht des Herbstes.

Sie überschritt die Grenze, die Feld und Wald voneinander trennte, und tauchte ein in das anheimelnde Halbdunkel des Wäldchens, das wie eine kleine grüne Insel zwischen dem See und der Straße lag. Sie atmete den üppigen Duft der Bäume und des moosigen Waldbodens ein. Vögel zwitscherten, und hier und da raschelte es im flachen Unterholz.

Auf der anderen Seite trat sie aus dem Wäldchen heraus in den Sonnenschein, ging ein paar Schritte zum Ufer hinab und setzte sich ins Gras. Auf der gegenüberliegenden Seeseite lag das kleine blauweiße Haus, halb von den schwarzen Schatten der alten Bäume verborgen. Dort saß Barbara an ihrer Schreibmaschine und tippte die letzten Buchstaben.

Seit Barbaras Unfall oder vielmehr seit dem Tag, da Beate und Sibylle sie zum ersten Mal im Krankenhaus besuchten, hatte sich in ihrem Verhältnis zu Barbara eine Veränderung vollzogen. In den fünf Tagen, die Babs zur Beobachtung in der Klinik blieb, saß Sibylle oft stundenlang an ihrem Bett und hielt sie in den wachen Zeiten im Arm. Zuerst schlief Barbara noch die meiste Zeit, erholte sich erst allmählich und kehrte für immer längere Zeitspannen in die Wirklichkeit zurück.

Sie sprachen kaum miteinander. So viel hätten sie sich sagen können, aber auch so wenig. Und nichts musste wirklich ausgesprochen werden. Sibylle hatte Zweifel an der Aussage Barbaras, dass sie lediglich an einer Gehirnerschütterung laborierte. Dafür waren ihre Absenzen zu tief und hielten zu lange an, und die Phasen des Erwachens dauerten in den ersten Tagen fast ebenso lange wie die Wachphasen selbst.

Der Arzt war nicht bereit gewesen, mit ihr über den Zustand seiner Patientin zu sprechen. Zum einen sei sie keine Angehörige, und zum anderen habe die Patientin sich ausdrückliches Stillschweigen erbeten.

Einmal hatte sie das Schweigen gebrochen und Barbara gefragt, was wirklich los sei. Barbara hatte sie umarmt und geantwortet, nicht mehr lange, und sie würde es erfahren.

In den stillen Stunden, die sie schweigend an dem weißen Krankenhausbett gesessen und Barbaras Schlaf bewacht hatte, waren ihre Gedanken um Monate zurückgewandert und hatten das vergangene Jahr aus einer neuen Sicht betrachtet. Vieles wurde klar, aber ebenso viel verlor seine vermeintliche Klarheit.

Seit Barbaras Entlassung war kein Tag vergangen, an dem sie und Sibylle sich nicht gesehen hatten. Ihre Gespräche blühten wieder auf und drehten sich um alltägliche Dinge. Keine von beiden sah die Notwendigkeit einer umfassende Aussprache. Wozu auch? Die Zeit würde jede allzu frühe Offenheit überflüssig machen. Und jedes im Eifer zu viel gesagte Wort könnte die tiefe

Intimität zerstören, die so unerwartet zwischen den beiden Frauen gewachsen war.

Viktoria war vor drei Tagen aus Amerika zurückgekehrt und hatte die herbstliche Stimmung wie ein Wirbelwind fortgepustet. Sie verteilte Souvenirs, Geschenke und Fotos zu Hunderten im Wohnzimmer und erzählte ohne Pause von ihren Erlebnissen, ihren neuen Bekannten und all den Eindrücken, die sie gesammelt und noch längst nicht verarbeitet hatte.

Gestern war sie über Nacht zu einer Freundin gefahren, um dort den Bericht noch einmal von vorne zu beginnen, und Sibylle und Barbara waren zum See hinaus gefahren. Barbara hatte ihr Manuskript aus der Schublade des alten Schreibtisches genommen und es Sibylle entgegengestreckt.

»Du kannst es lesen, wenn du möchtest.«

Sibylle hatte sie angesehen und den Kopf geschüttelt. »Noch nicht.«

Dann hatte Barbara zu schreiben begonnen, und Sibylle hatte im See gebadet, in der Sonne gelegen, Kaffee gekocht und Fleisch gegrillt über dem offenen Lagerfeuer. Die einzigen Geräusche waren das Plätschern des Wassers, wenn ein Fisch hochschoss, um eine Mücke zu fangen, das Knistern des Feuers und das rasche Stakkato von Barbaras Fingern auf der Schreibmaschine. Abends waren sie nebeneinander im Bett eingeschlafen.

Heute morgen hatte Barbara sie mit einem Kuss und einer Tasse Kaffee geweckt, und als sie ein neues Blatt in die Maschine einspannte, war Sibylle zu ihrem Spaziergang aufgebrochen.

Ihr Weg führte sie an dem kleinen Schuppen vorbei, der direkt an das Haus angebaut worden war. Sie wusste, dass darin Holz gelagert wurde und alte Gartenmöbel.

Sie blieb eine Zeit lang vor der geschlossenen Tür des Schuppens stehen und betrachtete sie nachdenklich. Dann griff sie nach der Klinke und zog die Tür auf. Ein seltsamer Geruch wehte ihr entgegen. Sie trat einen Schritt hinein und tastete mit der Hand den inneren Türrahmen ab. Dort, wusste sie, hing an einem Haken eine Taschenlampe. Sie fand sie und schaltete sie an.

Reglos blieb sie im Türrahmen stehen und betrachtete den Raum. Langsam glitt der runde Lichtkegel über Boden und Wände. Der Geruch wurde intensiver und verschlug ihr fast den Atem. Ihre Augen wanderten über die Regale an der Wand und blieben schließlich an dem Stuhl in der Mitte des Raums haften. Direkt darüber hing eine fleckige alte Petroleumlampe an einer rostigen Eisenkette von der Decke herab. Sie ließ das Bild einige Sekunden auf sich wirken, dann begann sie zu würgen, drehte sich rasch um und schöpfte frische Luft.

Als sie sich erholt hatte, nahm sie ein Taschentuch aus der Hosentasche, wischte die Taschenlampe ab und hängte sie wieder an den Haken. Sie schob die Tür mit der Schulter zu und wischte die Klinke ebenfalls mit dem Taschentuch ab.

Ein paarmal atmete sie tief durch. Als sie sich umwandte, um ihren Spaziergang wieder aufzunehmen, sah sie Barbara an der Hauswand lehnen. Es schien, als habe sie Sibylle schon eine Zeit lang beobachtet. Die beiden Frauen sahen sich lange Zeit an. In keinem der beiden schönen, ernsten Gesichter regte sich ein Muskel. Barbaras Miene war gespannt wie kurz vor einem Angriff. Sibylles Gesicht war ruhig und nachdenklich.

Dann lächelte Sibylle, und als ihr Lächeln ihre Augen erreichte, lächelte Barbara ebenfalls.

Bis zum gegenüberliegenden Ufer konnte Sibylle das Hämmern der Schreibmaschine hören. Sie lauschte dem fernen taktak, taktaktak und ließ ihre Gedanken treiben. Ein Schmetterling flatterte vor ihren Füßen über das Gras, setzte sich auf eine Halmspitze und verharrte eine Sekunde, faltete dann seine zarten Flügel auf und schwebte ein paar Halme weiter. Er war hellblau, mit zart gekräuselten Flügelrändern.

Ganz allmählich drang die Stille in Sibylles Bewusstsein. Das taktak hatte aufgehört. Sie erhob sich ganz vorsichtig, um den Schmetterling nicht zu vertreiben, und spazierte am Ufer entlang zum Haus zurück.

3

Paul und Schneider saßen bei Lotz im Büro und ließen die Köpfe hängen wie zwei kleine Schuljungen, die dabei erwischt worden waren, dass sie den Mädchen unter die Röcke geschielt hatten.

»Meine Herren«, sagte Lotz streng, »die Ferien sind vorbei. Die Anfragen der Presse häufen sich. Alle wollen wissen, was mit unserer Mordserie los ist. Wo, meine Herren, bleibt der Mörder?«

Bei den letzten Worten war Lotz aufgestanden und hatte sich theatralisch mit beiden Armen auf den Schreibtisch gestützt.

Paul zog es vor, keine Antwort zu geben. Schneider stand auf, kehrte seine Hosentaschen nach außen und sagte mit todernster Miene: »Ich hab ihn nicht, Chef, ehrlich!«

»Seien Sie nicht blöd, Schneider«, knurrte Lotz und setzte sich wieder. »Ich weiß einfach nicht mehr, was ich denen noch sagen soll.«

Jetzt meldete sich Paul doch zu Wort.

»Ich fürchte, uns bleibt keine andere Wahl, als die Akte vorläufig zu schließen. Seit drei Monaten ist der Mörder in der Versenkung verschwunden. Wir haben keinerlei Hinweise aus den vorliegenden Fällen, und falls er nicht wieder zuschlägt, kann uns nur ein glücklicher Zufall helfen.«

»Na, da werden wir lange drauf warten können.« Lotz zog seine Brille ab und rieb sich die Augen.

»Das ist ein verdammter Scheiß-Fall«, sagte er, und angesichts der ungewohnten Fäkalsprache beim Chef zog Schneider anzüglich die Augenbrauen in die Höhe und spitzte die Lippen wie eine säuerliche alte Jungfer.

Nachdem Lotz endlich eingesehen hatte, dass auch Haareraufen das Problem nicht würde lösen können und sie wieder entlassen hatte, gingen die beiden Männer in Schneiders Büro.

»Ich glaub, ich mach Feierabend«, sagte Paul. »Ich hab keine Lust mehr. Gehst du mit ein Bier trinken?«

Schneider nickte.

»Seit du bei deiner Schwester wohnst, treibt es dich wohl nicht mehr so früh nach Hause, was?«

Paul seufzte.

»Wir haben uns als Kinder schon nicht verstanden. Ständig weiß sie alles besser und nörgelt an mir rum, schlimmer als meine Mutter, sag ich dir. Es wird Zeit, dass ich eine Wohnung finde.«

Sie traten durch das Portal des Präsidiums auf die Straße.

»Mit Gabi ist nichts mehr zu retten?«

Paul schüttelte den Kopf.

»Der Zug ist endgültig abgefahren. Ich hab es bis heute nicht verstanden.«

»So sind die Weiber«, sagte Schneider, und mit dieser allumfassenden Erkenntnis wandten sich beide dem Biergarten an der Ecke zu.

Beates Leben hatte sich wieder in den normalen Trott eingependelt. Die Kinder gingen zur Schule, Klaus zur Arbeit, sie führte den Haushalt und absolvierte ihre Stunden beim Kinderschutzbund. Nur wer sie sehr gut kannte, konnte feststellen, dass sie ein klein wenig ihrer liebenswerten Naivität verloren hatte. Sie war eine Spur ernster und härter geworden, härter gegen sich selbst und gegen andere.

Klaus spürte diese Veränderung als erster und fand weder bei sich selbst noch im Familienleben eine Erklärung dafür. Der Versuch, mit Beate darüber zu sprechen, scheiterte bereits im Ansatz.

Beate selbst nahm ihre gesteigerte Ernsthaftigkeit mit einer gewissen Trauer zur Kenntnis. Irgendwo, irgendwann in diesem seltsamen Sommer, schien es, hatte sie ihre letzte Jugend eingebüßt und war plötzlich zur reifen Frau geworden.

Sie freundete sich nicht leicht mit diesem Gedanken an. Er war verbunden mit einer Idee von Alter und Einsamkeit und Tod, sämtlich Dinge, die ihrer mädchenhaften Natur fremd gewesen waren.

Sie besuchte Barbara häufig, und oft traf sie auch Sibylle an, mal mit, mal ohne Stefan. Auch Sibylle, stellte Beate fest, hatte sich verändert. Ihre unbekümmerte Sprunghaftigkeit war einer ruhigen Überlegenheit gewichen, die ihr gut zu Gesicht stand. Sie wurde noch schöner durch diesen halb ernsten, halb traurigen Ausdruck.

Manchmal betrachtete sie Barbara mit einem Blick, der Beate Angst machte.

Viktoria war die einzige, die den Veränderungen die entsprechende Beachtung schenkte. Eines Nachmittags, als sie aus der Schule heimkam und wieder einmal Beate, Sibylle, Stefan und Barbara im Garten versammelt fand, stellte sie spontan fest: »Ich glaub, wir leben in einer Kommune, oder wie nanntet ihr das damals?«

Die Frauen sahen sich an und prusteten laut los, und Viktoria und Stefan wechselten einen Blick voller Unverständnis.

Im übrigen schienen sowohl Viktoria als auch Stefan mit der wachsenden Familie zufrieden zu sein. Sie gingen miteinander um wie Geschwister, hänselten sich, zankten manchmal und lachten viel.

4

Barbara besänftigte ihre Kopfschmerzen mit einem neuen wunderbaren Medikament; MST-Tabletten, ein Medikament auf Morphiumbasis. Als Gegengift gegen die niederschmetternden Begleiterscheinungen nahm sie weiterhin regelmäßig Antidepressiva.

Die Schmerzen ließen sich fast völlig eindämmen, die grauen Nebelschleier voller Traurigkeit verschwanden vollkommen. Sie hatte mit der üblichen Dosierung begonnen, zögerte aber nicht, die Abstände zwischen den Einnahmen zu verringern, sobald die Schmerzen früher einsetzten.

Nach diesen Tabletten, hatte Dr. Kröner angekündigt, gäbe es nur noch eine Steigerung: MST intravenös. Das bedeutete, Krankenhausaufenthalt. Und das kam nicht in Frage.

Barbara hatte eine mehr als ausreichende Erfahrung in Krankenhäusern gesammelt.

Sibylle, die als Kind eine schwere Lungenerkrankung durchstehen musste, hatte ihre Erfahrungen beigesteuert. Das daraus geschnürte Paket war eindrucksvoll und nicht dazu angetan, einen längeren Klinikaufenthalt verlockend erscheinen zu lassen.

Barbara dachte viel darüber nach, welche Möglichkeiten ihr blieben, die restlichen Wochen ihres Lebens zu gestalten. Mehr als Wochen würden es nicht mehr sein, das spürte sie so deutlich, als sähe sie ihr Leben wie einen dünner werdenden Abreißkalender vor sich.

Sie tauschte ihre Gedanken nicht mit Sibylle aus, aber sie wusste, dass Sibylle ihr das innere Ringen ansah und mit ihr fühlte. Häufig nahm Sibylle unvermittelt ihre Hand und drückte sie oder nahm sie spontan in den Arm.

Sie würde die Entscheidung allein treffen, aber es würde keine einsame Entscheidung sein.

Am einem warmen Spätsommertag Ende September rief Barbara Viktoria zu sich ins Schlafzimmer. Sie lag auf dem Bett, als ihre Tochter eintrat.

»Komm, leg dich neben mich«, sagte sie. Viktoria sah sie an mit einer Mischung aus Überraschung und Angst.

»Was ist denn los, Mama?«

Sie krabbelte über ihre Mutter hinweg, streckte sich aus und schmiegte sich in Barbaras Arm.

»Viktoria, mein Liebling«, begann Barbara und suchte nach Worten. »Ich muss dir etwas sagen.«

Sie stockte.

»Zwei schlimme Dinge muss ich dir sagen. Und ich weiß nicht, welches schlimmer sein wird für dich.«

Viktoria hob den Kopf und sah sie entsetzt an.

»Mein Gott, Mama, das klingt ja schrecklich.«

Barbara nickte.

»Ja, das ist es auch.«

Sie drückte Viktorias Kopf wieder runter auf ihre Schulter. In den Momenten der Eröffnung wollte sie nicht den Ausdruck in den Augen ihres Kindes sehen.

»Ich werde sterben, mein Schatz«, sagte sie leise. »Und zwar bald.«

Viktoria verbrachte diese Nacht im Bett ihrer Mutter, Arm in Arm mit Barbara. Sie schliefen kaum, weinten viel und trösteten sich gegenseitig. In den ruhigeren Zeiten sprachen sie darüber, wie Viktorias Leben nach Barbaras Tod weitergehen könnte. Und sie sprachen darüber, was Barbara getan hatte im letzten Jahr ihres Lebens.

Als die Dämmerung anbrach, sagte Viktoria leise:

»Wir müssen es den anderen sagen.«

Barbara dachte schweigend eine lange Zeit nach. Schließlich drückte sie Viktoria fest an sich.

»Ich glaube, du hast recht. Wir werden das heute zusammen durchstehen, okay?«

Schließlich schliefen sie doch noch ein und wachten am späten Vormittag erschöpft und voller Traurigkeit auf.

Viktoria übernahm es, Beate und Sibylle anzurufen und für den Abend einzuladen. Schon allein die Tatsache, dass der Anruf nicht von Barbara selbst kam, bereitete Sibylle große Sorgen. Sie beeilte sich, ihre Arbeit zu beenden und fuhr so früh wie möglich mit Stefan raus nach Ippendorf.

Beate schien ähnlich empfunden zu haben, denn sie war bereits da, als Sibylle kam. Die Kinder saßen im Garten und spielten ein Kartenspiel, und die Erwachsenen setzten sich mit Viktoria in die Küche.

Zunächst sagte keiner ein Wort. Barbara und Viktoria sah man die verweinte Nacht immer noch an.

Sibylle brach schließlich das Schweigen.

»Ihr habt keine guten Nachrichten, was?«

Viktoria schüttelte nur den Kopf. Tränen liefen über ihr Gesicht. Barbara atmete tief durch und bemühte sich, ihrer Stimme einen festen Klang zu verleihen.

»Ich werde nicht mehr lange leben.«

Alle starrten sie an. Sibylles Gesicht zeigte tiefes Mitleid und Verstehen. Beate war erschüttert.

»Ich habe einen Gehirntumor«, fuhr Barbara fort. »Einen von der bösartigen Sorte, und ich habe mich entschlossen, keine weitere Behandlung durchführen zu lassen.«

Viktoria griff nach ihrer Hand. Sie weinte unaufhörlich.

»Mein Gott«, flüsterte Beate und kämpfte vergeblich mit den Tränen.

»Bist du ganz sicher, dass man nichts mehr machen kann?«, fragte Klaus. Barbara nickte.

»Ich hatte einen solchen Tumor schon einmal vor etwa 13 Jahren. Damals wurde ich operiert und habe anschließend eine Chemotherapie mitgemacht. Es sah aus, als ob danach alles in Ordnung gewesen wäre.«

Sie zögerte.

»Und vor knapp einem Jahr ging es wieder los.«

»Es gibt eine Menge neuer Methoden ...« begann Stefan, aber Sibylle legte ihm eine Hand auf den Arm, und er verstummte.

»Ich kann sehr gut verstehen, dass du deine restlichen Tage nicht im Krankenhaus verbringen möchtest«, sagte sie leise.

»Wir werden für dich da sein. Wir sind deine Familie.«

Barbara sah sie dankbar an. Sibylle umarmte sie fest, und dann begannen sie beide wider jede Vernunft zu weinen.

5

»Wir werden ein großes Fest feiern«, kündigte Barbara ein paar Tage später an, »und zwar am Samstag in einer Woche.«

»Das ist eine Super-Idee«, sagte Stefan. »So richtig gefeiert haben wir schon lange nicht mehr.«

Seit Barbaras schrecklicher Eröffnung schwankte die Stimmung im Haus ständig zwischen himmelhoch jauchzend und zu Tode betrübt. Barbara hatte sie dringend gebeten, ihre letzten Lebenswochen nicht durch Trauermienen zu verderben. Aber der feste Vorsatz, fröhlich zu sein, und die Fähigkeit, ihn auch umzusetzen, waren zwei verschiedene Dinge.

Barbara schlief regelmäßig nach dem Mittagessen zwei Stunden und hielt sich durch ausgewogene Ernährung bei Kräften. Sie hatte die Dosierung der MST-Tabletten mittlerweile verdoppeln müssen, aber sie bemerkte noch keine Anzeichen der von Dr. Kröner angekündigten Schluckbeschwerden, die eine Medikamentierung per Tabletten unmöglich machen würden. Gott sei Dank, wenigstens das blieb ihr, schien es, erspart.

Die Familie nahm ihr jede Arbeit ab, um ihre Kräfte nicht vorzeitig aufzuzehren. Sie verbrachte viel Zeit im Garten oder ging mit Viktoria spazieren.

Zwischendurch saß sie manche Stunde am Schreibtisch, wo sie Notizen machte, Briefe schrieb, Akten sortierte und geheimnisvolle Anrufe tätigte, bei denen sie stets die Tür schloss.

6

Endlich war der lang erwartete Samstag da. Barbara und Viktoria schliefen bis in den späten Vormittag hinein. Die Nacht würde lang werden, und da musste man gewappnet sein. Nach dem Frühstück, das sie in den letzten Wochen immer gemeinsam in Barbaras Bett einnahmen, suchten sie sich beide etwas besonders Schönes zum Anziehen heraus.

Kurz nach Mittag trafen Sibylle und Stefan ein mit Kisten voller Flaschen, die sie im kühlen Keller abstellten.

Beate, Klaus und die Kinder kamen gegen drei. Sibylle überraschte alle damit, dass sie einige Kartentricks beherrschte, mit denen sie den Kindern enorm imponierte. Stefan öffnete das Wohnzimmerfenster und platzierte die Boxen der Stereoanlage so, dass sie den Garten beschallten.

Um fünf Uhr klingelte der Partyservice und baute ein sensationelles kalt-warmes Buffett auf. Damit war die Party offiziell eröffnet. Klaus und Stefan schichteten Holz und Kohle in die Feuerstelle, die Klaus mitten im Garten eingerichtet hatte, und bald loderte ein prächtiges Lagerfeuer auf.

Als es kühler wurde, setzten sich die Erwachsenen dicht um das Lagerfeuer, und Viktoria schloss den Kindern ein Computerspiel, das Florian mitgebracht hatte, an den Fernseher im Wohnzimmer an.

Die ausgelassene Stimmung des Nachmittags verflog und machte der Melancholie Platz, die an Lagerfeuern leicht um sich greift. Eine Weile hingen alle ihren Gedanken nach. Viktoria füllte die Gläser auf, und hier und da entwickelte sich ein leises Gespräch.

Als die Wohnzimmeruhr, die Barbara von ihren Großeltern geerbt hatte, Mitternacht schlug, stand Viktoria auf und legte die »Vier Jahreszeiten« von Vivaldi in den CD-Player. Sie ließ die Musik beim Herbst beginnen und setzte sich wieder ans Feuer neben ihre Mutter.

Barbara räusperte sich.

»Ich habe euch etwas zu sagen.«

Die leisen Gespräche verstummten, und alle Augen richteten sich auf ihr Gesicht, das vom flackernden Feuerschein lebhaft beleuchtet wurde. Sie war sehr schön in diesem Moment.

»Hier um dieses Feuer sind die Menschen versammelt, die mir am meisten bedeuten. Viktoria natürlich an erster Stelle, aber auch ihr seid meine Familie, alle, und ihr seid auch Viktorias Familie.« Sie griff nach Viktorias Hand und hielt sie fest.

»Wir feiern heute ein großes Fest, und wir wissen alle: Es ist mein Abschiedsfest.«

Sie ließ die Worte einen Moment wirken. Alle Blicke waren auf sie gerichtet.

»In den letzten Tagen habe ich meine Angelegenheiten geordnet. Auf dem Schreibtisch liegt mein Testament. Daneben ein großer Umschlag. Er ist an Sibylle adressiert. Darin befindet sich das Manuskript meines Romans.«

Sie sah Sibylle an, die ihren Blick fest erwiderte.

»Es bleibt dir überlassen, was du damit anfängst.«

Sie sah die Gesichter in der Runde der Reihe nach an. Viktoria weinte leise. Stefan war sichtlich erschüttert, ebenso wie Klaus. Beate liefen Tränen über die Wangen. Sibylle war ruhig und gefasst. Vivaldis »Vier Jahreszeiten« hatten das Largo im Winter erreicht.

»Ich habe dreiundvierzig schöne Jahre erlebt«, fuhr Barbara fort. »Ich habe nichts versäumt, und ganz zum Schluss habe ich mir sogar noch einen Jugendtraum erfüllt.« Sie lächelte.

»Am meisten graut mir davor, die letzten Wochen elend dahin zu vegetieren. Und auch für euch wäre das wahrscheinlich das Schlimmste von allem, vor allem aber für Viktoria. Deshalb werde ich noch heute nacht eine Reise antreten. Wir sehen uns jetzt alle zum letzten Mal.«

»Aber ... warum ...«, begann Beate, sprach den Satz aber nicht zu Ende.

Barbara stand auf und umarmte einen nach dem anderen, zuerst die Männer, dann die Frauen, zuletzt Viktoria. Jetzt konnten auch Sibylle und Barbara die Tränen nicht mehr zurückhalten. Barbara löste sich mühsam aus Viktorias Umarmung. Sibylle stand bereits neben ihr, um das Mädchen aufzufangen.

Barbara lief ins Haus. Zwei Minuten später trat sie wieder in den Garten. In der Hand hatte sie einen großen Koffer, über ihrem Arm hing eine Jacke. Schweigend ging sie an ihrer Familie vorbei zum Hoftor. Sie konnte kein Wort mehr hervorbringen. Sie öffnete das Tor, drehte sich noch einmal um und winkte. Dann trat sie hinaus auf die Straße.

7

Es ist so schwer, so verdammt hart. Dieses Leben loszulassen, Viktoria loszulassen. Es ist fast unmöglich. Mein Herz ist zerrissen, und es tut so weh.

Wir fliegen über den Wolken dem Sonnenaufgang entgegen, in einen wunderschönen Tag hinein, dem schlimmsten Tag meines Lebens.

Hätte ich mein Leben anders gelebt, wenn ich gewusst hätte, wie kurz es sein würde? Ich weiß es nicht. Ich war die meiste Zeit glücklich, nicht immer zufrieden, aber fast immer glücklich. Hätte ich etwas besser machen können? Ich glaube nicht. Ich habe mein Bestes getan, bis zum Schluss.

Diese Tabletten, sie haben den Schmerz vertrieben. Und den Dämon, der sich breit gemacht hatte in mir. Ich spüre ihn nicht mehr. Wenn er sich meldet, nehme ich die nächste Dosis. Nach fünf Stunden. Oder nach zwei Stunden. Es ist gleich. Die Tabletten täuschen eine Besserung vor. Aber es gibt keine Heilung.

Es gibt keine Erlösung, außer der, der ich entgegen fliege. Die Medizin vertreibt den Schmerz aus meinem Kopf. Den Schmerz in meinem Herzen kann keine noch so hohe Dosis lindern. Ich habe mich entschieden. Es gibt kein Zurück.

Die Stewardess in der schmucken roten Uniform, zu der auch ein kesses Käppchen gehörte, zupfte ihre Kollegin am Ärmel. »Komm mal mit, ich muss dir was zeigen.«

Geschickt die unruhigen Bewegungen der Maschine ausbalancierend gingen sie hintereinander durch die Sitzreihen und lächelten professionell hier und da einem Passagier zu. Die meisten schliefen.

Die Stewardess blieb neben dem Sitz mit der Nummer 171 stehen und deutete mit einer unauffälligen Kopfbewegung auf den Passagier. Die Rückenlehne des Sitzes war etwas zurückgeklappt, und darauf lag eine Frau und schlief. Sie atmete ruhig und regelmäßig. Aber unter ihren geschlossenen Lidern quollen Tränen hervor, die die schmalen Wangen hinab liefen und die Blüten ihres Sommerkleides benetzten.

8

Am Ende der zweiten Woche nach Barbaras Abschied lag ein amtlich aussehendes Kuvert mit rotblauem Rand im Briefkasten. Es war an Viktoria adressiert. Sie fand den Brief, als sie nachmittags aus der Schule nach Hause kam, warf ihre Tasche in den Flur und riss den Umschlag auf.

Absender war die Deutsche Botschaft in Kairo, Ägypten. Der Umschlag enthielt mehrere Blätter. Das erste war ein an sie gerichtetes, persönliches Anschreiben.

»Sehr geehrte Frau Damian«, hieß es darin, »wir bedauern sehr, Ihnen mitteilen zu müssen, dass Ihre Mutter, Frau Barbara Damian, am 8. Oktober 1998 in Kairo verstorben ist. Ihre Mutter befand sich auf einer Nil-Kreuzfahrt.«

Viktoria ließ den Brief sinken. Ihre Augen schwammen in Tränen, 8. Oktober 1998. Das war der vergangene Donnerstag gewesen. Mama war schon seit über einer Woche tot, und niemand hatte es gewusst. Viktoria setzte sich an den Tisch und weinte. Erst Minuten später konnte sie weiterlesen.

»Die näheren Umstände entnehmen Sie bitte dem beiliegenden Totenschein und der Erklärung über die Einäscherung. Die Dokumente wurden von der Stadtverwaltung Kairo in Abstimmung mit der Deutschen Botschaft in Kairo abgefasst.

Ihre Mutter hat ein Schreiben hinterlassen, in dem sie genaue Anweisungen über die Veranlassungen nach ihrem Tode festgelegt hatte. Eine Abschrift dieses Schreibens liegt ebenfalls bei.

Nehmen Sie bitte unser aufrichtiges Beileid entgegen. Sollten Sie über die beiliegenden Informationen hinaus Fragen haben, zögern Sie nicht, sich unter oben genannter Adresse zu melden. Auch das Auswärtige Amt in Bonn wird Ihnen gerne behilflich sein.

Mit freundlichen Grüßen
Dr. Georg von Habenau
Botschafter der Bundesrepublik Deutschland«

Viktoria betrachtete die anderen Blätter, die mit dem Brief in dem Umschlag gesteckt hatten. Der Totenschein. Er war in asiatischen Schriftzeichen verfasst, aber daran geheftet war eine Übersetzung ins Deutsche. Demnach war Barbara am 8. Oktober um 8.15 Uhr morgens in ihrer Kabine auf dem Kreuzfahrtdampfer »Aida« tot aufgefunden worden. Todesursache war Herzversagen, ausgelöst durch eine Überdosis Morphium.

Das nächste Blatt war eine Verfügung der Stadtverwaltung Kairo, ebenfalls mit deutscher Übersetzung, wonach die sterblichen Überreste im städtischen Krematorium verbrannt worden waren. Die Urne wurde auf dem Kairoer Friedhof beigesetzt, auf ausdrücklichen Wunsch der Verstorbenen ohne einen Hinweis auf die Identität der Verstorbenen.

Das letzte Blatt war die Kopie eines mit der Hand verfassten Schreibens.

»Im vollen Besitz meiner geistigen und körperlichen Kräfte lege ich, Barbara Damian, folgende Veranlassungen für den Fall meines Todes fest:

Mein Körper soll innerhalb von 24 Stunden in der Stadt verbrannt werden, die für den Ort meines Ablebens verwaltungsrechtlich verantwortlich ist. Falls mit den Gesetzen dieses Ortes vereinbar, soll die Asche im Nil versenkt oder begraben werden. Sollte dies nicht möglich sein, so soll die Urne wie üblich bestattet werden, allerdings ohne einen Hinweis auf meine Identität.

Nach der Bestattung soll meine Tochter Viktoria Damian verständigt werden. Adresse laut Eintrag in meinem Personalausweis.

Kairo, den 7.10.1998
Barbara Damian«

Als Sibylle und Stefan am frühen Abend nach Hause kamen, saß Viktoria immer noch am Tisch und weinte, vor sich einen Luftpostumschlag und sechs Blätter, die alle heimlich gehegten Hoffnungen zerstört hatten.

9

Sibylle strich über die glatte Oberfläche des braunen Umschlags und fuhr mit dem Zeigefinger die Buchstaben ihres Namens nach, in Barbaras schöner, großer Handschrift geschrieben. Sie hob den Umschlag mit beiden Händen hoch. Er war schwer. Sibylle ahnte, dass der Inhalt noch deutlich schwerer wog.

Vorsichtig löste sie die Klappe, ohne das Papier zu beschädigen. Es war immerhin ... ein Relikt, das sorgsame Behandlung wohl verdiente.

Sie griff hinein und zog einen Packen Blätter hervor, die durch einen Plastikbinder zusammengehalten wurden. Sie drehte den Packen um und las die erste Seite:

»Die Liste« stand in großen Lettern im oberen Drittel des Blattes, und zwei Zentimeter darunter in kleineren Buchstaben »von Barbara Damian«.

Das Manuskript, schätzte Sibylle, hatte etwa 150 Seiten, vielleicht etwas mehr.

Sie legte es auf den Tisch und stand auf, holte Whisky und Cola und füllte damit ein Glas zu gleichen Teilen. Sie setzte sich wieder in den Sessel, nahm einen großen Schluck, griff nach dem Manuskript und blätterte das erste Blatt um.

Winter

1

»Der bärtige Mann auf dem Bildschirm hatte Tränen in den Augen, und seine kräftige Stimme zitterte und brach mitunter, als er jetzt sprach.
›Meine Frau und ich, wir bitten den Entführer nur um eins: Geben Sie uns unser Kind zurück.‹ Er schluckte. ›Lassen Sie Miriam einfach irgendwo frei. Niemand wird wissen, dass Sie das Kind entführt haben.‹ Eine Träne löste sich aus seinem rechten Auge und tropfte auf den Tisch, auf dem die Mikrophone stand. Die verhärmt aussehende junge Frau, die neben ihm saß und ihren Tränen freien Lauf ließ, griff nach seiner Hand. Der Mann atmete durch. Seine Lippen zitterten. »Und bitte, tun Sie ihr nicht weh.« Dann konnte er sich nicht länger beherrschen und brach vor laufenden Kameras in Tränen aus. Seine Frau ...«

Sibylle las weiter, trank hin und wieder, füllte das Glas nach, rauchte und las. Stefan steckte irgendwann den Kopf durch die Tür und sagte: »Abendessen.«

Sibylle hörte ihn nicht einmal.

Nach mehr als vier Stunden legte sie das Manuskript beiseite. Sie zündete eine Zigarette an, rauchte und sah gedankenverloren der zitternden Rauchfahne nach.

Sie nahm das Manuskript und drückte es an ihre Brust. Dann stand sie auf und trug es in die Küche, wo Stefan und Viktoria am Tisch saßen und auf sie warteten.

Viktoria starrte ihr mit weit aufgerissenen Augen entgegen. Sibylle glaubte, einen Hauch von Angst darin zu erkennen. Sie hielt das Manuskript fest an sich gepresst.

»Willst du es wirklich lesen?«, fragte sie und sah Viktoria in die Augen. Sie erwiderte den Blick und Sibylle sah, wie ihr Verstand dahinter arbeitete und um eine Entscheidung rang. Schließlich stand Viktoria auf und streckte die Hand aus.

»Ja, ich will es lesen.«

Epilog

Am Nachmittag des folgenden Tages begannen die polizeilichen Ermittlungen. Sibylle hatte das Manuskript zweimal kopiert und eine Fassung Beate, die andere Paul überbracht.

Jetzt wurden das Haus und das Grundstück am See durchsucht, Werkzeuge und Kleidungsstücke sichergestellt, alle Mitglieder der Familie, bis auf die Kinder, die verschont blieben, als Zeugen vernommen. Barbaras Auto, das die Polizei am Köln-Bonner-Flughafen aufspürte, wurde beschlagnahmt. Überall im Auto fanden die Beamten Spuren, die Barbara als Täterin identifizierten: Blut, Hautfetzen, Stofffäden, Fingerabdrücke.

Sibylle und Paul standen am Ufer des Sees und beobachteten die Polizisten bei der Spurensicherung.

»Du hast es gewusst, oder?«, sagte Paul ohne Sibylle anzusehen.

Sie verschränkte die Arme vor der Brust und dachte lange nach. »Nein, nicht wirklich«, sagte sie dann. »Vielleicht habe ich es ... geahnt.«

»Du könntest Schwierigkeiten bekommen deswegen«, sagte Paul.

»Das glaube ich nicht.« Sibylle lächelte. »Du kannst mir nichts beweisen.«

Einer der Spurensicherer trat aus dem Holzschuppen und winkte Paul heran. Er hielt ein größeres Glas mit Deckel in der Hand.

Paul zog sich ein Paar Gummihandschuhe über, nahm das Glas entgegen und besah den Inhalt. In einer klaren Flüssigkeit schwamm irgendetwas.

Erst, als er das Glas hochhob und es gegen das Sonnenlicht betrachtete, erkannte er, was darin war. Rasch drückte er es einem der neben ihm stehenden Beamten in die Hand, lief um den Schuppen herum und übergab sich.

So konnte auch die Leiche von Martin Gerolstein wieder vervollständigt werden.